JACK LONDON

LA LLAMADA DE LO SALVAJE

CUENTOS DE LOS MARES DEL SUR

Título: La llamada de lo salvaje / Cuentos de los Mares del Sur
Título original: *The Call of the Wild / South Sea Tales*
Autor: Jack London

© Edimat Libros, SA
C/ Primavera 10, nave 35
28500 Arganda del Rey
Madrid-España
www.edimat.es

Traducción: Realizada o adquirida por Equipo editorial
Introducción: María José Llorens Camp
Diseño e ilustraciones de cubierta: Karakachoff estudio

ISBN: 978-84-9794-585-1
Depósito Legal: M-1292-2024

Impreso en España - *Printed in Spain*

INTRODUCCIÓN

La escritura de Jack London remite al cine de aventuras de fin de semana, voz en *off,* paisajes amplios y circunstancias sorpresivas. Sus relatos siguen el formato propio de un cuento que se confía principalmente al contenido: narración omnisciente, una acción intensa, un héroe con la vida en peligro en medio de una situación insólita y la sorpresa del azar precipitando el desenlace. Son historias con misterio y suspense, contadas con excelencia y ubicadas en un escenario exótico o extraordinario.

Es probable que gran parte del cine americano, posterior en el tiempo a la obra de Jack London, utilizara ciertos modelos realistas, naturalistas o deterministas tal y como lo hicieron muchos de los escritores que atravesaron el período de 1865 a 1914. Tal vez, también, gran parte del cine americano recree su imaginería dentro de este período en el que se refuerzan los mitos nacionales y se desarrolla la joven tradición que precede a la gesta épica. El wéstern, la conquista del Oeste y gran parte del repertorio de aventuras halla su inspiración en los relatos contados y traspasados a lo largo de las generaciones, lo que ha permitido la elaboración de un glosario de figuras y personajes que se van recreando en el tiempo. Es la mitología del hombre blanco: rudo, valiente, obsesionado; cercando fronteras y venciendo al salvaje al ritmo del tendido ferroviario y a fuerza de gatillo. «Nos gustaba la frontera —escribía Frank Norris—, era romántica, el lugar de la poesía de la Gran Marcha, la línea de fuego en la que había acción y lucha, y donde la vida de los hombres dependía del dedo índice, curvado sobre el gatillo, de los demás. Los que habían estado allí volvían con historias espectaculares, y los que no, inventaban otras historias todavía más espectaculares»[1].

---

[1] FRANK NORRIS, *Las responsabilidades del novelista y otros ensayos,* texto bilingüe: traducción, introducción y notas: Constante González Groba, León, Universidad de León, 1998, p. 131.

Seguramente, muchas leyendas se labraron alrededor de esta etapa que asistió a la industrialización más importante del mundo occidental y moderno, más veloz, más eficaz y más voraz que se haya conocido. Este período, de más de medio siglo, no es ni homogéneo ni compacto y dentro de él se pueden vislumbrar movimientos contradictorios de fuerzas económicas, políticas y sociales. La teoría del «Destino Manifiesto»[2] junto al reciente darwinismo social, la esperanza en la superación económica y la manifestación de una brecha entre ricos y pobres, las granjas y ciudades, el mercado masivo, los nativos y los inmigrantes, los blancos, los negros y todo unido por el tendido de las vías, los cables de electricidad y el teléfono. El hombre aparece como nudo o nexo entre la parte y el todo, ya sea decidiendo con su voluntad, venciendo los impulsos y actuando de acuerdo con normas morales de la época, o siendo determinado por una fuerza superior, que no puede controlar y que justifica o interpreta sus actos. Esta última posibilidad, explicada en la sociología del momento bajo el concepto de «determinismo», es la que gobierna toda la producción de Jack London. Los personajes no son más que figuras dentro de un decorado, la mayoría de las veces, hostil y desconocido; o bien familiar, pero lleno de sorpresas. Estas características han hecho que su literatura sea catalogada como naturalista, una versión renovada del realismo que, desde Europa, había llegado a las costas americanas y que fue adoptando características distintivas dentro de las producciones particulares[3].

Jack London, como así también el grupo de escritores que se denominan naturalistas, reaccionaron contra los supuestos del realismo propugnado por maestros como Williams Dean Howells y Henry James, y comenzaron a fijar su atención en aquellos hechos o circunstancias que definían también al mundo moderno y que podríamos ubicar en los extremos del mapa conocido (o reconocido/representado). Fueron entonces los cuadros de los suburbios pestilentes donde habitaban los vagabundos y desplazados y donde se cocía la crítica más fuerte al sistema. En el caso particular de Jack

[2] El «Destino Manifiesto» fue un proyecto político que se asentó en fuertes bases religiosas y que se utilizó para explicar la expansión como misión dentro del territorio norteamericano. Centraba su fuerza en la idea de llevar la libertad a todas las regiones distantes y utilizaba la imagen de la Tierra Prometida.

[3] Dentro de los que usaron esta formulación, mencionamos a los más reconocidos: Frank Norris, Theodore Dreiser, Jack London y Stephen Crane.

London, a esto deben sumársele los paisajes extremos como Alaska o las islas del Pacífico Sur. Tanto él, como sus contemporáneos, cambiaron el interés: «los escenarios de las novelas se trasladaron de los recibidores y salas de estar de la burguesía a los barrios bajos y a las factorías, y los refinados modales de la clase media dieron paso a un mundo de lucha brutal y despiadada por la supervivencia en el ámbito de los negocios y en la jungla urbana»[4].

El recorrido y el desarrollo de estas historias, además y a esta altura de la crítica literaria, permiten analizar no sólo la pertinencia de estos hechos, sino también destruir las concepciones en torno al género, la raza, el poder y la política que, como fondo ideológico, sostienen subterráneamente la urdimbre temática de la narración convirtiéndose en herramientas muy interesantes en el desarrollo de la literatura y de las formulaciones ideológicas. Por lo tanto, y después de mucho tiempo en el olvido, Jack London resurge bajo el impulso de las nuevas aproximaciones y escuelas de análisis que retoman su obra para leerla en otras claves[5]. Tradicionalmente para comentar una pieza de Jack London se solía recurrir a su biografía, tan extraordinaria como sus ficciones, en muchos puntos, autobiográficas. Se suele decir que *Martin Eden* es su *alter ego* y que todas las circunstancias que le tocaron vivir desde la niñez, ayudaron para construir el imaginario del personaje. Los relatos de la infancia de Jack London convocan imágenes de vidas miserables propias del cine: estancias pequeñas, oscuras, desordenadas. Además, en los sucesivos trabajos, y durante los viajes que fue realizando, logró conocer o vincularse con aquellas personas o lugares que le proporcionaban material idóneo para sus historias, porque él mismo era sus historias encerradas dentro del mundo del sueño norteamericano.

Jack London se hizo escritor. Todas sus publicaciones —novelas, cuentos, artículos periodísticos, ensayos—, inclasificables dentro de un corpus único, responden más a su hacerse, a su actividad, que a necesidades creativas. James Williams[6] señala seis razones o puntos por los que atraviesa Jack London a lo largo de su carrera y que lo conforman como un escritor que gana una identidad,

---

[4]   Frank. Norris, *op. cit.,* p. 13.
[5]   Al respecto: Leonard Cassuto y Jeanne Campbell Reesman (eds.): *Rereading Jack London,* Stanford, Stanford University Press, 1996.
[6]   *Cfr.* James Williams: «Commitment and Practice», en Leonard Cassuto y Jeanne Campbell Reesman (eds.): *Rereading Jack London,* Stanford, Stanford University Press, 1996.

precisamente, en el desarrollo de esos puntos. La primera característica es la adopción del color o modelo local, descartando de esta manera aquellos parámetros que llegaban desde Europa o desde Nueva York o Boston, constituidos como centros culturales que gobernaban las modas. Como señala Williams, el mismo trabajo en Nueva York fue ofrecido a Frank Norris y a Jack London en el mismo período de tiempo y en la misma etapa de sus carreras. Norris lo acepta y Jack London lo rechaza: «La frontera física podría estar cerrada, pero London la recrea en el espacio psicológico de su identidad»[7]. Otra de las características que lo definen, siguiendo el esquema propuesto, es la condición de «viaje» continuo. Viajar y observar transformando la experiencia en escritos. Había decidido ser un escritor en movimiento constante, un escritor en la naturaleza. Los viajes se complementaban con otra de las características: la documentación. Como señala Williams, London generó lo que él mismo llamó «documentos humanos»[8] y se utilizó a sí mismo en esta labor: contó sus vivencias y transformó su escritura en una especie de fotografía textual.

Las publicaciones se vendían en revistas, que a su vez y pasado un tiempo y unas cuantas entregas, las compilaban en libros. Esta forma de «doble publicación» señala otra de las características de su escritura y se relaciona directamente con la «producción continua». Era autor y agente, y en él se sumaban ambos roles del proceso. Para concluir, Williams señala que para comprender la identidad de un autor como el que nos convoca, debemos señalar también la «naturaleza pública» y la necesidad y capacidad de generar una escritura de «impacto» en el medio —valorado por la temática o contenido mucho más que por la forma—, transformándose así en un personaje «público» de las primeras décadas del siglo xx.

Las demandas de entregas y el constante flujo de publicaciones hacían que Jack London estuviera continuamente produciendo bajo el modelo de agente periodístico mucho más que autor en el sentido estricto o clásico del término. Al mismo tiempo, este tipo de publicaciones exigían un ingrediente de impacto propio del mundo periodístico.

---

[7] J. WILLIAMS, *op. cit.,* p. 15.
[8] *Cit.* J. WILLIAMS: *op. cit.,* p. 14.

Todas estas características conforman la identidad creadora y profesional de un escritor como Jack London, un hombre que escribía mil palabras al día para mantener su estatus económico convirtiéndose en el escritor mejor pagado del momento.

Un escritor de mil palabras al día

La obra de Jack London puede leerse como el canto del coraje en las tierras hostiles y la eterna determinación del hombre a fuerzas que lo superan, haciendo gala de la teoría del «Destino Manifiesto» y afianzando, de esta manera, la ideología del mejor entre todos medida en la obtención de riquezas y conquistas sociales. Al mismo tiempo, London, dueño de una personalidad plural y de unas inmensas contradicciones ideológicas en cuanto a raza, género y poder, es considerado como uno de los representantes del naturalismo literario al especular sobre la realidad afectada por los cambios políticos y económicos que trastocaron al conjunto social.

Imperialismo y socialismo han sido dos de las tendencias que estructuraron su literatura, compartiendo con ellas las paradojas del reconocimiento de la superioridad racial en un mundo que se pretende sin clases. Crece y madura junto al imperialismo americano y a una versión del darwinismo social, reformulado por Herbert Spencer al adaptar la teoría de la selección natural de Charles Darwin a la sociología. Esta idea se mezcla, además, con una creciente tendencia anglófona que se manifestó en Estados Unidos por entonces, y que reconocía la superioridad del pueblo anglosajón: la élite blanca que ocupaba el poder y que se cargaba a sus espaldas las victorias de las sucesivas conquistas de su pueblo. Primero había sido la conquista de territorio, y una vez cerrada la frontera, el afán de conquista se transformaba dentro del comercio. «Pero aunque somos la misma raza, con los mismos impulsos, con los mismos instintos que los antiguos frisios de las marismas, ahora estamos en una época distinta y la palabra clave de nuestro siglo no es ya la Guerra sino el Comercio»[9]. Sin embargo, la postura de Jack London fue un poco más allá al reconocer que lo que garantizaba la supervivencia era la cooperación entre la especie. Mediante esta idea, como también a través de la lectura de los escritos de Marx, se aproximó al socialismo.

---

[9] FRANK NORRIS: *op. cit.,* p. 137.

Cuando en 1902 viaja a Londres, en una escala que lo llevaría como cronista a Sudáfrica y cuya misión se ve truncada, descubre, en la vieja capital del Imperio, una ciudad que se había mantenido oculta. Aprovecha entonces el momento político para generar un nuevo tipo de discurso bajo los supuestos de una nueva subjetividad: el imperialismo americano. Con el cierre de la frontera y el auge industrial, sus escritos portan el mensaje secreto que reza: «existe un mundo mejor y está en Estados Unidos». De esta manera, realza y reafirma un relato que su literatura ayuda a formular. La escritura de su novela *The People of the Abyss* (1902), *La gente del abismo,* se construye a partir de la mirada distanciada y redentora del profeta americano. Recoge sus propias apreciaciones al vagar por los barrios bajos de la ciudad y descubrir a los mendigos, vagabundos y desplazados. Y toda su escritura se puede entender como una excusa para enarbolar, por comparación, los valores de su tierra[10].

De esta manera, y como correlato a la situación política de los Estados Unidos, estos recursos convergen y legitiman, como señala Peluso, el desarrollo del imperialismo americano. Describir la situación de la pobreza en Londres conduce a un análisis y reflexión que se orienta hacia la reafirmación de lo propio. Jack London se sorprende en el corazón del Imperio y arremete contra éste autoafirmándose como raza y como nación. De esta manera, reconoce Peluso, los escritos sobre el tema señalan un momento en la política de Jack London, ya que descubre la formación discursiva para discutir la pobreza urbana, que puede sostenerse junto a su creencia en la superioridad de su raza y en el imperialismo como una forma de actualizarla. Se llega, entonces, a la conclusión de que su postura no se ocupa tanto en la crítica al imperialismo, sino en la identificación y localización del Imperio.

Siguiendo el planteamiento de Peluso, London adopta la actitud del colonizador al mostrar cierta simpatía hacia los pobres urbanos y revolverse contra esa miseria estableciendo un paralelismo, una distancia y una diferencia entre ellos y los ciudadanos americanos.

---

[10] Tal y como recoge Robert Pelusso en «Gazing at Royalty»: «his book about the East End also reveals a production of knowledge deeply indebted to a number of fundamental American values and meanings. And, more to the point, London's deployment of these values and meanings converges with and legitimizes a rapidly developing American imperialism». Citado en: Leonard Cassuto y Jeanne Campbell Reesman (eds.): *Rereading Jack London,* Stanford, Stanford University Press, 1996, p. 55.

Jack London desarrolla una «nueva subjetividad» y una nueva estructura de discurso donde se expresan elementos comparativos entre un lugar y otro dando lugar a una agenda nacionalista.

Sin embargo, y más allá de estos personajes urbanos, el imaginario de Jack London se abre hacia el Oeste. La fuerza de la raza, a la que alude Frank Norris, que empujó a los anglosajones desde las tierras frisias hasta el Pacífico, adopta, en Jack London, el tono de la gran aventura. A pesar de que las fronteras del país se encontrasen cerradas, se empezó a mirar hacia los otros continentes y hacia otras regiones. Políticamente: Hawai, Cuba, Filipinas, Panamá. Literariamente y para Jack London: Alaska y las islas de los mares del Sur. El espíritu viril del hombre del oeste americano se desplaza hacia esas tierras alejadas en el mapa, sobre las que escribe como reportero, fotografiando narrativamente e inventando historias exóticas y extremas en situaciones y aventuras. De la misma manera, sus escritos desobedecen los mandatos académicos de prestigio y renombre de la costa Este, y continúa con su producción relacionada con las publicaciones periódicas, los encargos, las revistas y, sobre todo, el dinero. Sus novelas más famosas han sido aquellas que transportan las aventuras a la gélida Alaska, y sus relatos cortos, género en el que brilló como escritor más que en ningún otro, suelen recrear esos territorios que el propio Jack London visitó.

Jack London ha sido afectado y producido por y en este proceso y bajo estas circunstancias, y con esta afirmación no hacemos más que constatar el lema con el que sostenía sus escritos: determinación. Como hemos señalado en el apartado anterior, desarrolló la labor de cronista periodístico tanto en sus viajes por Londres como en los viajes que realizó por México y, en compañía de su esposa, por el Pacífico Sur. Pero también, como señalamos al comienzo y teniendo presente la tesis de James Williams, su compromiso como escritor se lleva a cabo en el desarrollo de una versión del ser autor, desarrollando un tipo de producción con un *timing* industrial: escribió casi cincuenta libros en escasos años y compuso a un ritmo de mil palabras por día.

Al mismo tiempo, la vida de Jack London coincide con el apogeo del cuento como género literario nuevo, tanto en Europa como en Estados Unidos. Francisco Cabezas explica dos razones que influyeron en el triunfo de este género en los Estados Unidos: por un lado, tomando a Henry James, habla de «la tenuidad de la vida

norteamericana; es decir, la ausencia de un tejido social denso y complejo que posibilitase la amplia novela social y de costumbres al estilo victoriano inglés» y, por otro, «el auge de las publicaciones periódicas»[11] de las que ya hemos hecho mención anteriormente y que influyen de manera decisiva en las fórmulas de ficción y en la profesionalización del escritor. Esto hace que el cuento goce de un excelente momento comercial y editorial y que Jack London se transforme en un escritor de éxito por llevar adelante un tipo de escritura en la que mejor se desenvuelve. Los lectores pedían acción y brevedad, aventuras y efectos. Los lectores pedían circunstancias contrastables biográficamente.

Los relatos se desarrollan al borde del mundo civilizado, más allá de la frontera, en una nueva línea de acción y de aventura, en regiones donde manda la naturaleza, brutal y peligrosa para el hombre. Sus personajes llegan a estas regiones generalmente impulsados por motivos económicos, pero sus objetivos se entremezclan con la supervivencia. Esto es lo que le ocurre al joven empresario o a la anciana de *La Casa de Mapuhi*: la búsqueda de la fortuna se convierte en la lucha por la vida. Y en ambos, la voluntad del hombre poco tiene que hacer en momentos cruciales. Una tormenta tropical, un gran tifón destruye la aldea y permite a los sobrevivientes imponerse a su destino. La misma naturaleza violenta y voraz les permite continuar su futuro.

El Naturalismo en América

«Todo es extraño, imaginativo, incluso grotesco, con una vaga nota de terror que palpita todo el tiempo como la vibración de un diapasón siniestro y de baja intensidad. Es todo romántico, a veces de forma inequívoca (...) Tenemos los mismos dramas ingentes, los mismos enormes efectos escénicos, el mismo amor por lo extraordinario, lo vasto, lo monstruoso y lo trágico.

El Naturalismo es una forma de romanticismo, y no un círculo interno del realismo. (...) El hecho de que la obra de Zola no sea puramente romántica como la de Hugo se debe sobre todo a la selección del ambiente. Estos dramas grandes y terribles no se desarrollan ya entre los miembros de la nobleza

---

[11] F. CABEZAS: *op. cit.*, p. 51.

feudal o renacentista, los que están en primer plano, sino entre las clases bajas —casi las más bajas; los que han sido echados o arrancados de entre los que se van cayendo a la cuneta—. Esto no es romanticismo: es drama de la gente, que da lugar a sangre y sufrimiento. No es realismo. Es una escuela independiente, única, sombría, con un poderío indecible. Es el naturalismo.»

Frank Norris,
Las responsabilidades del novelista y otros ensayos.

Sobre este contexto histórico, sobre el cambio de siglo y el pasaje de la América rural al mundo industrial y urbano, se desarrolla el naturalismo, una formulación proveniente del realismo y matizada, como señala la cita de Norris, con un toque de romanticismo por su necesidad de trascender lo meramente cotidiano, extrayendo de ahí lo extraordinario. Si entendemos que el campo cultural se encuentra directamente vinculado con la esfera política, económica y social, es evidente que las condiciones de producción, como la representación misma, necesitaban y respondían a otras intenciones, más allá de las formulaciones románticas de la generación de escritores previa a la Guerra de Secesión, como Washington Irving, Edgar Allan Poe, Herman Melville o Nathaniel Hawthorne. La cita de Alfred Kazin: «el realismo americano surge de la perplejidad y se nutre de la tristeza»[12] tal vez ayude a sintetizar lo que este movimiento vino a significar. Un ambiente en ebullición, cambiante e innovador que requería programas de acción originales, así como renovadas miradas hacia el mundo.

El aumento desmedido de las ciudades en tan poco tiempo, y el pasaje de una vida rural a la experiencia de la metrópoli, ofrecían un contraste que los escritores posteriores a la Guerra convirtieron en parte de su programa estético: debajo de la fastuosidad de los edificios y de la creciente modernidad existía un sustrato de habitantes empobrecidos, proletarios, inmigrantes. Todos ellos constituían la fuerza de trabajo que sostenía un ideal que no los afectaba y eran las víctimas de un sistema que privilegiaba la concentración de capital y, aceptada como parte de este juego, la brecha insalvable entre pobres y ricos. Al mismo tiempo, la corrupción política y económica, y los

[12] FRANK. NORRIS: *op. cit.,* p. 10.

desfases entre lemas oficiales y realidades locales, germinaban en materiales a tener presente para construir un relato fiel de los hechos.

La narrativa se dejó influenciar por una versión realista patrocinada por la visión científica, y el relato fidedigno, como material que se podría contrastar, fue ganando terreno a otras alternativas de ficción. El movimiento del naturalismo se desplaza desde Europa a Norteamérica con maestros como Balzac, Flaubert o Zola, y es recibido por William Dean Howells, Mark Twain, Henry James, quienes, a su vez, ejercen una influencia decisiva en la literatura de Stephen Crane, Theodore Dreiser, Frank Norris y Jack London.

El realismo, como teoría estética, surge en Francia y designa principalmente a un tipo de arte que recurre a la observación directa, dejando de lado simbolismos y rechazando los convencionalismos más arraigados utilizados por los géneros tradicionales. Cuando esta tendencia entra en América, las cuestiones vinculadas al tema y estilo se pierden, recayendo toda la fuerza del movimiento en la exploración de la realidad social y la ciudad como terreno de conflicto. La apertura que realizó Howells con el realismo, tiene su continuidad en el naturalismo que extrae su principal fuente de inspiración de la sordidez, de los márgenes, de los bordes del sistema: vías de ferrocarril y la vida en los muelles. Este naturalismo, como así también gran parte del realismo, y por qué no del regionalismo, asume una nueva actitud frente a lo que se está contando y frente a la cultura oficial.

Siempre se señala que entre el realismo y el naturalismo media la categoría del determinismo, un concepto propio de los años 50 del siglo XX que aparece como corolario de la teoría de Charles Darwin sobre la evolución de las especies, y como ya hemos señalado, también de la adaptación a la sociología de Herbert Spencer. Bajo este término, se engloba la formulación de que el hombre actúa movido —o determinado— por las fuerzas externas del medio ambiente o la sociedad que al mismo tiempo le proporcionan el material para su desarrollo y superación. Pero el conjunto y el control de estas fuerzas son ajenos y se ubican por encima del entendimiento. Al mismo tiempo, esto coincidía con la pérdida de confianza en el sueño americano y el decaimiento de la fe, en virtud del crecimiento en la confianza científica.

El naturalismo americano no se constituyó como escuela o movimiento. No compartían un interés estético y sus representantes no conocían la obra de los demás. Poco habían leído de los referentes europeos que se les acusaban y, en el caso de Jack London, sólo cuando llevaba varios años produciendo, se acerca a la lectura de Marx y Darwin. Lo que los ligaba era el contexto histórico y filosófico, alejado de la ética tradicional y cercano al determinismo. Realistas y naturalistas modificaron su foco de atención y las tramas o condicionamientos de la ficción: «Los realistas —comenta Lee Clark Mitchel[13]— podían continuar confiando en una chispa inherente de divinidad moral, pero en la década del 1890 los naturalistas dirigieron la atención a los rasgos innatos y los hábitos creados por la sociedad. En vez de en dramas de elección centraron su obra de ficción en escenas de coerción, puesto que los dilemas morales no tenían absolutamente ninguna importancia en un universo que enredaba a los personajes lógicamente». En este pasaje del realismo al naturalismo, en este cambio de cariz de una postura a otra en el orden de las decisiones, causas y consecuencias de la acción, también se vislumbraban advertencias o preguntas acerca del sueño americano y la doctrina del destino manifiesto. Durante estos años que rodearon el cambio de siglo, se empezaron a notar los efectos del capitalismo más brutal, la diferencia y distancia entre los que tenían la riqueza y los que trabajaban para aumentar las posesiones de los otros. Los valores republicanos de la igualdad y la independencia comenzaron a cuestionarse y la ideología cristiana ya no tenía el mismo poder y apoyo en las nuevas generaciones.

Entonces, teniendo en cuenta el auge del concepto de determinismo y el surgimiento del naturalismo literario, aparecieron otros temas y técnicas de escritura. Entre ellos: la vida en las granjas, la experiencia de la fábrica y los modos urbanos. La importancia recaía más en el escenario que en la voluntad. Por lo tanto, con el cambio de siglo y con una nueva base ideológica para explicar lo cotidiano, el concepto de determinismo prendió, en cuanto a escenarios y personajes, sobre todo en la narrativa de los cuatro escritores que señalábamos como herederos del realismo.

En los textos que aquí se presentan, el entorno actúa como condicionante para ayudar a la supervivencia de los personajes. A Jack London le fascinaba la vida afuera de las convenciones sociales de la ciudad de aventureros y lanzados a territorios lejanos y descono-

---

[13] «El naturalismo y los lenguajes del determinismo», en EMORY ELLIOT (ed.): *Historia de la Literatura Norteamericana,* Madrid, Cátedra, 1991, p. 498.

cidos. Las obras presentadas comparten los espacios abiertos y diferenciados de la prosa de Jack London. En *La llamada de lo salvaje,* publicada por primera vez en 1903, la historia sigue las aventuras de Buck, un perro doméstico de California que es robado y vendido como perro de trineo en Alaska durante la fiebre del oro. La novela explora temas como la lucha por la supervivencia, la domesticación, la naturaleza salvaje y la búsqueda de uno mismo en un entorno hostil. Los paisajes que recorre junto a su esposa desde 1907 constituyen el nuevo paisaje literario, una escenografía distinta y asombrosa para la aventura. En este caso, las islas exóticas de los mares del Pacífico Sur, las costumbres de los pobladores y sus relaciones con el hombre blanco, cuyo único poder dentro de este territorio exótico es el dinero que muchas veces, como en el caso de la perla gigantesca de Mapuhi, poco puede hacer frente a la violencia desmedida de la naturaleza. Todos los personajes están completamente determinados por el ambiente que les toca y en el que se desempeñan.

Aquí la imaginería de London se despliega: confianza en la ciencia y afán por penetrar en la cultura de los demás, la subordinación del personaje a estados que no puede controlar y la aparición del azar dentro de una naturaleza desaforada como determinante en el desarrollo de la historia. En el fondo, todos son intrusos en un medio que no dominan y que los supera en fuerza y poder. La naturaleza es el oponente y el adversario, y también, la fascinación misma.

Cronología de la vida de Jack London

1876 John Griffith (Jack London) nace en San Francisco. Su padre, un astrólogo y aventurero ambulante, abandona al niño y a su madre Flora que, transcurridos unos meses del nacimiento, contrae matrimonio con John London, un droguero de la localidad de Oakland. La familia comienza un periplo por varios poblados de la zona para mejorar su economía y su situación laboral. Pasan por las granjas de Alameda, donde Jack se dedica a cultivar hortalizas, pero deben regresar a los barrios de Oakland y a la pobreza de la ciudad. Allí, en los muelles de la bahía, Jack se relaciona con marineros, estafadores, ladrones y todo tipo de personajes marginales.

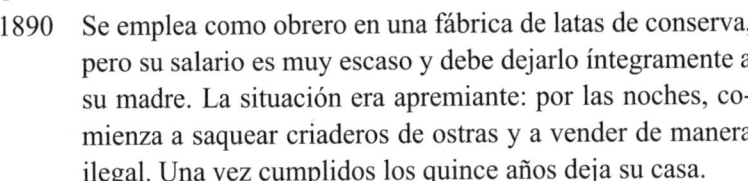

1890 Se emplea como obrero en una fábrica de latas de conserva, pero su salario es muy escaso y debe dejarlo íntegramente a su madre. La situación era apremiante: por las noches, comienza a saquear criaderos de ostras y a vender de manera ilegal. Una vez cumplidos los quince años deja su casa.

1893 Con diecisiete años, se embarca como marinero en el *Sophia Sutherland,* un buque dedicado a la caza de focas del Pacífico. De esta época datan sus primeros intentos literarios. Gana veinticinco dólares como premio por un relato enviado al concurso que organiza el periódico *Morning Call.* Con este relato, *Historia de un tifón frente a la costa de Japón,* comienza su vida de escritor. Pero no le sería fácil y debe continuar trabajando y pasa por una serie de circunstancias: fábricas, ferrocarriles, obrero, vagabundo.

1897 Participa de una expedición para conseguir oro en Alaska, pero enferma de escorbuto y regresa a los Estados Unidos con las manos vacías.

1899 El *Overland Monthly* le publica una historia sobre la experiencia en Alaska.

1900 Aparece su primer libro de publicaciones reunidas bajo el título *El hijo del lobo.* Ese mismo año se casa con Elizabeth Maddern, que le dio dos hijas, cuidaba de él y de su casa y le ayudaba con los manuscritos.

1901 Su carrera como escritor se va afianzando y continúan las publicaciones y las recopilaciones en libros de los escritos en periódicos. Ese mismo año, nace una de sus hijas, Joan.

1902 Viaja a Londres como corresponsal del periódico. De allí, partiría a Sudáfrica, pero, tras la cancelación de este viaje, se dedica a vagabundear por los alrededores y de allí extrae el material para su novela *The People of the Abyss.*

1903 Publica uno de sus mayores éxitos, la novela *The Call of the Wild.*

1904 Corresponsal en la guerra ruso-japonesa. De este año es su novela *The Sea Wolf.*

1905 Se divorcia de su mujer y se casa con Charmian Kittredge.

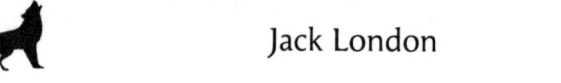

1906   Se vincula más activamente al Partido Socialista. Escribe su novela política *The Iron Heel* que saldrá en 1907.

1907   Comienza su viaje alrededor del mundo en un velero —*The Snark*— que mandó construir para ese fin en compañía de su esposa. El periplo comienza en las exóticas islas del Sur: Hawai, Tahití, las Islas Marquesas, etc. De allí extrae un completo imaginario para sus relatos.

1908   Escribe *Martin Eden,* una novela que puede considerarse autobiográfica.

1909   Las enfermedades tropicales debilitan a Jack London, que debe ser hospitalizado en Australia y suspender, de esta manera, su recorrido.

1910   Se instala en un rancho: Glen Ellen, y a partir de allí, dedica el resto de su vida a la agricultura y a aumentar sus posesiones y propiedades.

1913   Sus novelas se traducen a once idiomas y Jack London es uno de los escritores más ricos y populares del mundo.

1916   En su lujoso Beauty Ranch, muere de sobredosis de morfina.

LA LLAMADA
DE LO SALVAJE

CAPÍTULO PRIMERO

HACIA LO PRIMITIVO

*Ansias inmemoriales de nomadismo brotan debilitando
la cadena de la costumbre; otra vez, de su sueño milenario,
se despierta, feroz, el atavismo.*

«Buck» no leía los diarios. De haberlo hecho se habría enterado de la amenaza que se cernía no sólo sobre él, sino también sobre cualquier otro perro de la costa, desde San Diego hasta Puget Sound, que tuviera músculos fuertes y pelo largo y abrigado. Como los hombres, al tantear en la oscuridad del Ártico, habían descubierto un metal amarillo y las empresas navieras y de transportes en general pregonaban el hallazgo, miles de aventureros se lanzaban rumbo al Norte. Esos hombres necesitaban perros, y los perros que necesitaban eran perros resistentes, de músculos fuertes para el trabajo y de abundante pelo para resistir el frío.

«Buck» vivía en una gran casa, en el soleado valle de Santa Clara. La finca del juez Miller: tal era su nombre. Estaba apartada del camino, casi oculta entre árboles que apenas dejaban entrever la galería que rodeaba el edificio por los cuatro costados. Se llegaba a ella por caminos de grava que serpenteaban entre extensiones de césped y por debajo de entrelazadas ramas de álamos muy altos. La finca era mucho más vasta en la parte trasera que en el frente. Había grandes caballerizas atendidas por media docena de mozos de cuadra y algunos chiquillos, una prolija fila de viviendas para criados, cada una con su enredadera, y galpones, glorietas cubiertas de vides, campos de pastoreo, huertas y fresales. Además, había también una bomba para el pozo artesiano y un gran estanque de cemento donde los hijos del juez Miller se daban el baño matinal y se aliviaban del calor en las tardes de verano.

«Buck» era amo y señor de ese vasto dominio. Había nacido allí y allí había pasado los cuatro años de su vida. Es cierto, había otros perros —no podían faltar en finca tan vasta—, pero no tenían importancia. Iban y venían por sus perreras colectivas o estaban reducidos a los rincones más sombríos de la casa, como «Toots», el dogo japonés, o «Ysabel», la calva chihuahua, extrañas criaturas que rara vez asomaban las narices más allá de las puertas y que apenas pisaban el suelo. Los foxterriers, unos veinte más o menos, aullaban tímidas protestas a «Toots» e «Ysabel», que los miraban desde los ventanales, siempre protegidos por legiones de criadas provistas de escobas y estropajos.

Pero «Buck» no era perro doméstico ni tampoco de jauría. Toda la finca era suya. Se zambullía en el estanque o salía de caza con los hijos del juez, escoltaba a Mollie y Alice, las hijas del juez, en sus caminatas nocturnas o matutinas, y en las noches de invierno se tendía a los pies del juez, ante el alegre fuego de la biblioteca; llevaba sobre el lomo a los nietos del juez o los hacía rodar por el césped, y los cuidaba celosamente cuando se aventuraban cerca de la fuente y aun más lejos, por la cuadra del establo, y aun más lejos, por los campos de pastoreo y los fresales. Entre los foxterriers se movía con majestuoso desdén e ignoraba a «Toots» e «Ysabel», pues él era el rey, rey de todo cuanto caminara, se arrastrara o volara por los vastos dominios del juez Miller, incluidos los seres humanos.

«Elmo», su padre, un enorme san bernardo, había sido compañero inseparable del juez, y «Buck» seguía los pasos de su padre. No era tan grande como él, pues sólo pesaba ciento cuarenta libras, ya que «Shep», su madre, había sido una perra ovejera. Sin embargo, esas ciento cuarenta libras sumadas a la dignidad que resulta de la buena vida y el respeto universal le habían dado un porte realmente aristocrático. En sus cuatro años había llevado la vida de un mimado sibarita, y se había tornado orgulloso y hasta egoísta, a la manera de los señores rurales que, por su aislamiento, llegan a considerarse como el centro del universo. Pero se había salvado a sí mismo al no transformarse en un mimado perro doméstico. Las cacerías y demás placeres de la vida al aire libre le habían evitado la adiposidad y le habían endurecido los músculos; su afición al agua era a la vez un tónico y una manera de conservar la salud.

Así era «Buck» cuando el hallazgo de oro en Klondike (corría el otoño de 1897) arrastró a hombres de todo el mundo hacia el helado

Norte. Pero «Buck» no leía los diarios y no sabía que Manuel, uno de los ayudantes del jardinero, era compañía poco recomendable. Manuel tenía un vicio: le gustaba jugar a la lotería china. Y además, al jugar, tenía una debilidad ruinosa: confianza en un método, cosa que le llevaba a la perdición. Jugar siguiendo un método requiere mucho dinero y el salario de un ayudante de jardinero apenas si cubre las necesidades de una esposa y abundante progenie.

El juez asistía a una reunión de la Sociedad de Viticultores y los muchachos estaban muy ocupados organizando un club deportivo la memorable noche de la traición de Manuel. Nadie le vio llevarse a «Buck» a través de la huerta, en lo que el animal supuso sería un simple paseo. Y salvo un hombre solitario, nadie los vio llegar a la pequeña estación ferroviaria de College Park. Ese hombre habló con Manuel y cierta suma de dinero cambió de dueño.

—Podrías envolver la mercancía antes de entregarla —gruñó el desconocido, y Manuel pasó una gruesa cuerda por el collar de «Buck».

—Tuérzala y lo dejará sin aliento —dijo Manuel, y el desconocido asintió con un gruñido.

«Buck» aceptó la soga con silenciosa resignación. Era una ceremonia inesperada, pero había aprendido a confiar en los hombres y a suponer que estos tenían razones que superaban el entendimiento de un perro. Pero cuando el extremo de la cuerda pasó a manos del desconocido gruñó amenazadoramente. Insinuó apenas su descontento: en su mundo, una insinuación suya equivalía a una orden. Mas, para su sorpresa, la cuerda le ciñó el cuello, asfixiándolo. Furioso, se lanzó hacia el hombre, que le salió al encuentro, lo asió por el cuello y, con una hábil torsión de la cuerda, lo derribó por tierra y después la cuerda se ajustó fuertemente, mientras «Buck» luchaba enardecido, la lengua fuera, el enorme pecho subiendo y bajando inútilmente. Nunca en su vida lo habían tratado tan mal, nunca en su vida se había sentido tan salvajemente rabioso. Pero sus fuerzas se agotaron, los ojos se le pusieron vidriosos y no advirtió que, al detenerse el tren, los dos hombres lo arrojaron en el vagón de carga.

Cuando se recuperó, le dolía la lengua y tuvo la sensación de estar viajando en algún vehículo. El agudo silbato de una locomotora le hizo saber dónde estaba. Tanto había viajado con el juez que conocía perfectamente la sensación de estar en un vagón de carga. Abrió los ojos y en ellos se reflejó la incontenible ira del rey secuestrado. El hombre procuró asirlo por el cuello, pero «Buck» fue más rápido; sus mandíbulas se cerraron sobre la mano y no soltaron la presa hasta que la cuerda que le ceñía el cuello le hizo perder nuevamente el conocimiento.

—Sí, le dan ataques —dijo el hombre, ocultando su mano herida a las miradas del encargado del vagón, que había acudido al oír el ruido de la lucha—. Lo llevo a San Francisco por orden de mi amo. Allí hay un veterinario que cree que podrá curarlo.

Con respecto al viaje de aquella noche, el hombre habló elocuentemente en la trastienda de un bar del puerto de San Francisco:

—¡No gano más que cincuenta dólares! —refunfuñó—. ¡Ni por mil volvería a hacerlo!

Tenía la mano envuelta en un pañuelo ensangrentado y la pernera derecha del pantalón desgarrada desde la rodilla hasta el tobillo.

—¿Cuánto sacó el otro? —preguntó el tabernero.

—Cien —fue la respuesta—. No quiso venderlo ni por un centavo menos.

—Ciento cincuenta en total —calculó el tabernero—. Y los vale o soy un idiota.

El secuestrador se quitó el sanguinolento vendaje y se miró la mano herida:

—Si no pesco la rabia...

—... será porque naciste para morir en la horca —se burló el tabernero—. Ven, dame una mano antes de marcharte —agregó.

Aturdido, con un dolor insoportable en el cuello y la lengua, semiasfixiado por la cuerda, «Buck» trató de enfrentarse a sus torturadores. Pero lo derribaron y le ciñeron aún más la cuerda, hasta que pudieron limarle el pesado collar. Después, le quitaron la cuerda y lo encerraron en un cajón de embalar muy semejante a una jaula.

Allí pasó el resto de esa agotadora noche, destilando rabia y orgullo herido. No lograba comprender qué estaba ocurriendo. ¿Qué pretendían de él esos desconocidos? ¿Por qué lo habían encerrado en esa estrecha jaula? No sabía por qué, pero se sentía oprimido por el vago presentimiento de un desastre inminente. Varias veces durante la noche, al oír que se abría la puerta del cobertizo, se incorporó de un salto, con la esperanza de ver aparecer al juez Miller o a alguno de sus muchachos; pero era siempre la mofletuda cara del tabernero, que se asomaba y lo espiaba a la mortecina luz de una vela. Entonces, el alegre ladrido que le subía por la garganta se le transformaba en un gruñido salvaje.

Pero el tabernero no lo molestó. Y a la mañana siguiente aparecieron cuatro hombres y cargaron la jaula. «Más torturadores», pensó «Buck»; y realmente lo parecían, con sus toscas fachas y su ropa hecha andrajos. A través de los barrotes les ladró rabiosamente, pero ellos se limitaron a reír y, de cuando en cuando, lo azuzaron con un palo que «Buck» intentó asir con los dientes hasta que cayó en la cuenta de que eso era precisamente lo que los hombres querían. Así pues, se tendió sombríamente y dejó que cargaran el cajón en un carro. A partir de ese momento, él y la jaula en la que estaba preso empezaron a pasar de mano en mano. Los empleados de la empresa de transportes se hicieron cargo de él y lo subieron a otro vagón; un camión lo condujo, con un montón de cajones y envoltorios, hasta un vapor; del vapor fue a parar a un depósito de ferrocarril, y por fin lo depositaron en un vagón expreso.

Durante dos días con sus noches, el vagón fue arrastrado por ululantes locomotoras, y durante dos días con sus noches «Buck» no comió ni bebió. En su furia, enfrentó con gruñidos y dentelladas los gestos amistosos de los empleados del ferrocarril, y estos se desquitaron haciéndole burlas. Cuando se lanzaba contra los barrotes, temblando y echando espumarajos, se reían de él y lo ridiculizaban. Gruñían y ladraban como perros despreciables, maullaban y agitaban los brazos y cacareaban. Todo era muy tonto (lo advertía perfectamente), pero cuanto más tonto le parecía, mayor era el ultraje a su dignidad, y su furia crecía sin medida. No le importaba mucho el hambre, pero la falta de agua le hacía sufrir terriblemente, y su indignación se tornaba frenesí. Nervioso y exageradamente sensible por esta causa, los malos tratos le provocaron un estado febril que se acentuaba con la inflamación de la garganta reseca y la lengua hinchada.

Sólo una cosa le aliviaba: la cuerda ya no le ceñía el cuello. Eso les había permitido someterlo, pero ya no contaban con esa ventaja desleal y nunca más podrían volver a dominarlo. Nunca volverían a ceñirle una cuerda al cuello: estaba seguro. Durante dos días con sus noches no comió ni bebió, pero durante esos dos días y esas dos noches de tormento acumuló una cólera que presagiaba males espantosos para el primero que se le pusiera al alcance de los colmillos. Los ojos se le fueron inyectando en sangre y se transformó en una verdadera bestia salvaje; estaba tan cambiado que ni el mismo juez hubiera podido reconocerlo. Los empleados del ferrocarril suspiraron con alivio cuando, en Seattle, lo descargaron del tren.

Con temor, cuatro mozos de cordel transportaron el cajón hasta un patio cerrado por una alta pared. Un hombre gordo, de tricota roja, salió al patio y firmó el recibo de la jaula. «Buck» intuyó que ese hombre sería su torturador y se lanzó contra los barrotes. El hombre gordo sonrió fríamente y se armó de un hacha y un garrote.

—No se le ocurrirá soltarlo ahora —preguntó con terror uno de los mozos de cordel.

—Claro que sí —respondió el hombre descargando el hacha sobre las maderas del cajón.

Los cuatro hombres que habían llevado el cajón echaron a correr como enloquecidos y, luego de trepar hasta el borde del muro, se acomodaron para gozar del espectáculo.

«Buck» se lanzó contra las maderas astilladas, mordiéndolas, luchando por despedazarlas. Cada vez que el hombre golpeaba con el hacha, allí estaba él, desde dentro, gruñendo y rugiendo, tan ansioso por salir como lo estaba el hombre de la zamarra roja por sacarlo.

—¡Vamos, demonio enloquecido! —le dijo cuando hubo abierto un boquete lo suficientemente grande como para permitir que pasara el cuerpo de «Buck». Al mismo tiempo, dejó caer el hacha y pasó el garrote a su mano derecha.

«Buck» era realmente un demonio enloquecido cuando se preparó para saltar: tenía el pelo erizado, su boca rezumaba espuma y un brillo demencial le asomaba en los ojos inyectados de sangre. Súbitamente, sus ciento cuarenta libras de furia exaltada por la pasión de dos días y dos noches de encierro se lanzaron contra el hombre. En pleno salto, cuando sus fauces iban ya a aferrar el cuello del hombre, «Buck» recibió un golpe que lo detuvo en seco. Sus dientes se cerraron en un choque doloroso. Giró sobre sí mismo y cayó sobre el lomo. Nunca lo habían castigado con un garrote y no comprendió qué ocurría. Con un grito que era a la vez aullido y ladrido, volvió a la carga. Un nuevo y demoledor garrotazo lo derribó. Entonces se dio cuenta de que la causa de su dolor era el garrote, pero su furia ya no conocía límites. Doce veces cargó contra el hombre y otras tantas el garrote contuvo el ataque y lo abatió.

Después de un golpe particularmente feroz, se incorporó a duras penas, demasiado aturdido para atacar. Avanzó tambaleándose, mientras la sangre le brotaba de la nariz y las orejas y le manchaba el hermoso pelaje. El hombre se le acercó y le descargó un terrible golpe en el hocico. Todo el dolor que «Buck» había soportado era nada en comparación con la aguda agonía de ese ataque perverso. Con un rugido leonino se abalanzó otra vez sobre el hombre. Pero este, luego de pasar tranquilamente el garrote a su mano izquierda, asió a «Buck» por debajo de las quijadas y lo sacudió hacia abajo y hacia atrás. «Buck» describió un círculo en el aire y fue a dar en el suelo con la cabeza y el pecho. Atacó por última vez. Entonces el hombre descargó el golpe que había reservado astutamente durante todo ese tiempo y «Buck» se desplomó sin sentido.

—¡Cómo sabe domar perros! —gritó entusiasmado, desde lo alto del muro, uno de los mozos de cordel.

—Druther es capaz de domar uno por día y dos los domingos —dijo otro.

Poco a poco, «Buck» empezó a recobrar el sentido, pero no su fuerza. Siguió tendido en el sitio donde se había desplomado y observó al hombre de la zamarra roja.

—Se llama «Buck» —reflexionó el hombre, citando la carta con la que el tabernero le anunciaba el envío de la jaula y el perro—. Bueno, «Buck»: hemos peleado un poco, pero no vale la pena que las cosas pasen a mayores —de pronto parecía de buen humor—. Has aprendido cuál es tu lugar y yo sé perfectamente cuál es el mío. Pórtate bien y todo marchará bien. Pórtate mal y te romperé la crisma, ¿entiendes?

Mientras hablaba acarició sin temor la cabeza que había golpeado con tanta ferocidad. «Buck» soportó sin protestar el roce de esa mano que le ponía los pelos de punta. Pero cuando el de la zamarra roja le trajo agua, bebió ávidamente. Y después devoró la generosa ración de carne cruda que aquel hombre le sirvió directamente con las manos.

Había perdido, lo sabía; pero no estaba derrotado. De una vez por todas comprendió que no tenía defensa contra un hombre armado de un garrote. Había aprendido la lección y no la olvidaría por el resto de su vida. Ese garrote era una revelación. Era su presentación en el reino de la ley primitiva y había salido a encontrarlo a mitad de camino. Las verdades de la vida habían cobrado apariencias

violentas y al enfrentarlas sin acobardarse lo había hecho con toda la astucia latente en su verdadera índole. Con el correr de los días vio llegar otros perros: unos en jaulas, como él; otros, simplemente sujetos por cuerdas; unos, dócilmente; otros, gruñendo y ladrando como él. Y a unos y a otros los vio someterse al hombre de la zamarra roja. Una y otra vez, mientras presenciaba aquel brutal espectáculo, «Buck» asimiló la lección: un hombre con un garrote es la ley, un amo al que se debe obedecer, e incluso adular. «Buck» jamás incurrió en esto último, pero vio a muchos perros vencidos que trataban de ganarse el favor del hombre y meneaban la cola y le lamían la mano. Y hasta vio a un perro, que ni obedeció ni se dio por vencido, morir en la lucha por la supremacía.

De cuando en cuando aparecían hombres que hablaban acalorada o zalameramente con el de la zamarra roja. Y en tales ocasiones, cuando entregaban dinero, los desconocidos se llevaban uno o más perros. «Buck» se preguntaba adónde irían, pues nunca regresaban; pero el temor al futuro lo dominaba y se sentía feliz cada vez que no era elegido.

Pero por fin le llegó el turno, encarnado en un rugoso hombrecito que escupía un derrengado inglés entre muchas y torpes exclamaciones que «Buck» no lograba comprender.

—¡Caramba! —exclamó cuando sus ojos se fijaron en «Buck»—. ¡Esto ser perro buena cría! Eh: ¿cuánto costar?

—Trescientos. Y es un regalo —fue la rápida contestación del hombre de la zamarra roja—. Y ya que pagas con plata del gobierno, no irás a quejarte, ¿eh, Perrault?

Perrault sonrió. Considerando que el precio de los perros andaba por las nubes, aquella no era una suma exorbitante por un animal tan bueno. El gobierno canadiense no perdería nada, ni su correspondencia andaría más lentamente. Perrault era experto en la materia y al ver a «Buck» comprendió que se trataba de uno entre mil. «Uno entre mil», reflexionó para sus adentros.

«Buck» vio que cierta cantidad de dinero pasaba de uno a otro de los hombres, y no se sorprendió cuando él y «Curly», una simpática Terranova, se marcharon con el hombrecito rugoso. Fue esa la última vez que vieron al hombre de la zamarra roja. Y una última y melancólica mirada a la ciudad de Seattle desde la cubierta del Narwhal fue también la despedida de ambos al templado sur. Perrault condujo a los perros bajo cubierta y los entregó a un gigante de tez oscura llamado François. Perrault era francocanadiense y bastante moreno, pero François era un mestizo francocanadiense mucho más moreno aún. Para «Buck», se trataba de una clase de hombres completamente nueva (de los que vería muchos más) y, si bien no llegó a sentir afecto por ellos, llegó empero a respetarlos sinceramente. No tardó en comprender que Perrault y François eran hombres justos, calmos e imparciales para administrar justicia, y harto inteligentes como para dejarse engañar por un perro.

En las bodegas del Narwhal, «Buck» y «Curly» se encontraron con otros dos perros. Uno era enorme y blanco como la nieve; procedía de Spitzbergen, de donde lo había sacado el capitán de un ballenero al que después había acompañado en una expedición geológica a las islas Barren. Era cordial, pero traicionero: sonreía y, mientras tanto, no cesaba de tramar barrabasadas, como aquella vez, por ejemplo, en que robó parte de la cena de «Buck», la primera que comían a bordo. En el mismo momento en que «Buck» se lanzaba a castigarlo, el látigo de François silbó en el aire y cayó sobre el culpable con tanta contundencia que lo único que tuvo que hacer «Buck» fue recoger el hueso. «Buck» resolvió que el mestizo se había portado correctamente y le cobró más respeto.

El otro perro no le prestaba atención a nadie ni trataba de robar la comida de los recién llegados. Era hosco y solitario, y le demostró claramente a «Curly» que quería que lo dejaran en paz y que habría riña si no lograba su propósito. Se llamaba «Dave» y se pasaba el día durmiendo, comiendo y bostezando, sin interesarse en nada, ni siquiera cuando el Narwhal cruzó el estrecho de la Reina Carlota y empezó a agitarse y a dar cabezadas como un poseso. Cuando «Buck» y «Curly», enloquecidos de terror, comenzaron a mostrarse nerviosos, «Dave» se limitó a erguir la cabeza, como fastidiado, los miró con indiferencia, bostezó y siguió durmiendo.

Día y noche el barco avanzó impulsado por el continuo latir de sus máquinas, y aunque todas las jornadas eran iguales «Buck» pronto advirtió que hacía cada vez más frío. Por fin, una mañana, la hélice se detuvo y una extraña agitación señoreó al Narwhal. Los perros sintieron aquello y se dieron cuenta de que se avecinaba un nuevo cambio. François les colocó las correas y los llevó a cubierta. Al dar el primer paso sobre la fría superficie, las patas de «Buck» se hundieron en algo blanco y pegajoso semejante al barro. Saltó hacia atrás dando un gruñido. Esa misma sustancia blanca caía desde arriba. Se sacudió, pero caía más y más. La olfateó; despúes probó un poco con la lengua. Ardía como fuego, pero desaparecía al instante. Repitió la experiencia y el resultado fue el mismo. Los hombres que lo miraban se desternillaron de risa y «Buck» se sintió avergonzado, sin saber por qué: era la primera vez que veía nieve.

CAPÍTULO II

La ley del garrote y del colmillo

El primer día de «Buck» en la playa de Dyea fue como una pesadilla. Cada hora estaba cargada de algo inesperado. De golpe lo habían arrancado de un mundo civilizado y lo habían lanzado al corazón de las cosas primitivas. La vida ya no era indolente y soleada, sin nada más que hacer que dormir y aburrirse. Ahora, no había ya paz ni descanso, ni siquiera seguridad. Todo era confusión y actividad, y no pasaba instante sin que la vida o una pata corrieran peligro. Había que mantenerse alerta todo el tiempo, pues aquellos hombres y aquellos perros no eran hombres y perros civilizados. Todos eran salvajes, los unos y los otros, y no conocían más ley que la del garrote y el colmillo.

Jamás había visto que los perros pelearan como peleaban esas fieras, y su primera experiencia le reportó una lección inolvidable. A decir verdad, se trató de una experiencia ajena, pues de lo contrario no habría vivido para aprovecharla. «Curly» fue la víctima. Habían acampado cerca de la cabaña que servía de almacén cuando «Curly», con su habitual cordialidad, se acercó a un husky del tamaño de un lobo adulto, pero cuyo peso era apenas la mitad del de ella. No hubo advertencia, sino una embestida fulminante, un metálico chocar de dientes, una huida igualmente rápida: y el rostro de Curly quedó desgarrado desde un ojo hasta la boca.

Era la manera de pelear de los lobos: atacar y huir. Pero era, también, algo más. Treinta o cuarenta huskies se acercaron a la carrera y en atento y silencioso círculo rodearon a los combatientes. «Buck» no comprendió aquel tenso silencio, ni tampoco la ansiedad con que se relamían los huskies. «Curly» cargó sobre su adversario, que le lanzó otra dentellada y saltó hacia un costado. El husky enfrentó con el pecho la siguiente acometida de «Curly» y, con un extraño movimiento, la derribó. «Curly» jamás volvió a incorporarse. Esa caída era lo que esperaba el acechante círculo de perros. Ladrando se abalanzaron sobre «Curly», que desapareció, con lastimeros aullidos, bajo una masa de cuerpos feroces.

Tan súbito e inesperado fue todo que «Buck» quedó desconcertado. Vio que «Spitz» sacaba su roja lengua, tal como lo hacía al reírse, y vio que François, hacha en mano, saltaba en medio de la jauría. Tres hombres armados de garrotes le ayudaron a espantar los perros. No les llevó mucho tiempo. Al cabo de dos minutos, el último de los atacantes de «Curly» se había retirado con el rabo entre las piernas. Pero la pobre perra yacía sin vida, prácticamente destrozada; junto a ella, el mestizo maldecía violentamente. Durante muchos días, aquella escena turbó el sueño de «Buck». ¡Así se luchaba, pues! Nada de juego limpio. No había piedad para el que caía. «Spitz» sacó la lengua y volvió a reír. Y desde entonces, «Buck» le odió implacablemente.

Antes de que se hubiera recuperado de la sorpresa que le causó la trágica muerte de «Curly», «Buck» recibió otra. François le envió un aparejo hecho con cuero y hebillas. Era un arnés semejante a los que había visto que los caballerizos uncían a los caballos, allá en casa del juez Miller. Y de la misma forma que había visto trabajar a los caballos, así tuvo que trabajar él, arrastrando a François y su trineo hasta el bosque que orillaba el valle, y regresando con leña para el fuego. Aunque se sentía ofendido al verse tratado como bestia de carga, ya era lo bastante prudente como para no rebelarse. Puso en la tarea su mejor voluntad, a pesar de que todo le resultaba nuevo y extraño. François era duro, exigía obediencia absoluta y la conseguía con ayuda del látigo. «Dave», que era un experimentado perro de tiro, lanzaba mordiscos a las patas traseras de «Buck» cada vez que este se equivocaba. «Spitz», que iba delante y era igualmente experimentado, si bien no podía alcanzar a «Buck» gruñía su agudo reproche de cuando en cuando o arrojaba astutamente su peso hacia el camino para lograr que «Buck» siguiera la dirección debida. «Buck» aprendió rápidamente; con la tutela combinada de François y sus dos compañeros hizo extraordinarios progresos. Cuando regresaron al campamento ya sabía que «¡so!» significaba detenerse, que «¡arre!» quería decir avanzar, y que era menester tomar las curvas bien abiertas y mantenerse lo más lejos posible del perro de varas cuando el cargado trineo se lanzaba cuesta abajo.

—Trrres buenos pegros —comentó François a Perrault—. Ese «Buck» tiga más fuegte que el diablo. Apgendió bastante gápido.

Esa tarde, Perrault, que tenía prisa para entregar su correspondencia, retornó con dos perros más. «Billee» y «Joe» se llamaban. Eran hermanos y legítimos huskies. Aunque hijos de la misma madre, eran tan distintos como el día y la noche. El único defecto de «Billee» era su excesivo buen humor, en tanto que «Joe» era todo lo contrario: hosco y poco demostrativo, gruñía sin cesar y tenía mirada maligna. «Buck» los recibió amistosamente, «Dave» los ignoró y «Spitz» se dedicó a pelear primero con uno y después con el otro. «Billee» meneó conciliadoramente la cola, pero huyó despavorido al advertir que su cordialidad no servía y lloró desconsolado cuando los dientes de «Spitz» se le clavaron en el flanco.

Pero por más que «Spitz» giró en torno de «Joe», este siempre le hizo frente: erizado el pelo, las orejas echadas hacia atrás, enseñando los dientes y con los ojos brillándole diabólicamente, era la encarnación del terror beligerante. Tan terrible resultaba su aspecto que «Spitz» se vio obligado a dejarlo en paz y se desquitó persiguiendo al inofensivo «Billee» hasta el límite del campamento.

Al atardecer, Perrault apareció con otro perro, un husky viejo, alto, escuálido y demacrado, con el rostro surcado por cicatrices de antiguas batallas, y un solo ojo que parecía proclamar hazañas dignas de respeto. Se llamaba «Sol-leks», que significaba «el iracundo», y, lo mismo que «Dave», no pedía nada, no daba nada, no aguardaba nada. Cuando se incorporó encarándose al grupo de perros, hasta «Spitz» lo dejó en paz. Tenía una peculiaridad que «Buck», para su desgracia, no tardó en descubrir: no le gustaba que se le acercaran por el lado de su ojo ciego. «Buck» lo hizo sin darse cuenta y tuvo el primer indicio de su indiscreción cuando «Sol-leks» se volvió repentinamente hacia él y, de una terrible dentellada, le desgarró el pecho. Desde aquel momento, evitó acercársele por el lado del ojo ciego y nunca más en su vida volvió a tener dificultades con él. Como «Dave», la única ambición de «Sol-leks» era que lo dejaran en paz; aunque, como «Buck» habría de saberlo después, todos tenían otra, mucho más vital.

Aquella noche, «Buck» tuvo que enfrentarse con el problema de dormir. La tienda, iluminada por una vela, resplandecía acogedora-

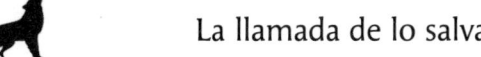 

mente en la planicie helada. Y cuando él entró, tanto Perrault como François lo acribillaron con maldiciones y cacerolas hasta que, recuperado de la sorpresa inicial, huyó ignominiosamente hacia el frío. Soplaba un viento helado que lo mordía con especial intensidad en el hombro herido. Se tendió en la nieve y trató de dormir, pero el frío le obligó a incorporarse. Tembloroso y desesperado, vagó sin consuelo por entre las tiendas, solo para descubrir que cualquier lugar parecía más frío que el anterior. Aquí y allá se topó con perros salvajes, pero les hizo frente erizando los pelos y gruñendo con todas sus fuerzas (pues estaba aprendiendo rápidamente), y lo dejaron pasar sin molestarlo.

Por fin se le ocurrió una idea. Regresaría y vería cómo se las arreglaban sus compañeros de equipo. Para su sorpresa, todos habían desaparecido. Recorrió el campamento, buscándolos, hasta que se encontró nuevamente en el punto de partida. ¿Estarían en la tienda? No, no podía ser; de lo contrario, a él no lo habrían expulsado. Entonces, ¿dónde? Con el rabo entre las piernas y temblando tristemente, empezó a girar en torno de la tienda. De pronto, la nieve cedió a su paso y sintió que se hundía. Algo se movió bajo sus patas. Retrocedió de un salto, crispado y gruñendo, lleno de temor ante lo invisible y lo desconocido. Pero un gemido amistoso le dio valor y se acercó para investigar. Una vaharada cálida subió hasta su hocico: allí, hecho un ovillo bajo la nieve, yacía «Billee», que gimió nuevamente, se agitó para demostrar su buena voluntad e intenciones, y hasta osó, como concesión para la paz, lamer con su tibia lengua húmeda el rostro de «Buck».

Otra lección: de modo que así lo hacían, ¿eh? «Buck» eligió un sitio y con muchos aspavientos y derroche de esfuerzos se cavó un hueco. Enseguida el calor de su cuerpo llenó aquel reducido espacio y «Buck» se quedó dormido. El día había sido largo y arduo, y «Buck» durmió profunda y cómodamente, aunque ladró y gruñó y luchó con pesadillas.

No abrió los ojos hasta que le despertaron los ruidos del campamento. Al principio no supo dónde se hallaba. Había nevado durante la noche y estaba totalmente sepultado. Las capas de nieve lo aprisionaban por todas partes y un terrible miedo lo abrumó: el miedo del animal salvaje a caer en la trampa. Era un indicio de que estaba remontando, a través de su vida, la vida de sus antepasados, ya que por ser un perro civilizado no conocía trampa alguna y, por tanto, no podía temerlas. Los músculos de todo el cuerpo se le contrajeron espasmódica e instintivamente, se le erizó el pelo del cuello y del lomo y, con un feroz rugido, saltó hacia arriba para encontrarse con la deslumbrante luz del día mientras la nieve volaba y lo envolvía como una nube refulgente. Antes de que sus patas volvieran a tocar el suelo vio el blanco campamento desplegado frente a él y recordó cuanto le había ocurrido desde que había cavado un agujero la noche anterior.

François le saludó con un grito:

—¿Qué dije? —bramó dirigiéndose a Perrault—. ¡Ese «Buck» lo apgende todo gápido!

Perrault asintió, muy serio. Como correo del gobierno canadiense encargado de despachos importantes, deseaba asegurarse los mejores perros y estaba particularmente contento por ser el dueño de «Buck».

En el término de una hora tres nuevos huskies se incorporaron al equipo, integrado en total por nueve animales, y antes de otro cuarto de hora todos tenían puestos los arneses y enfilaban el sendero que conduce al desfiladero de Dyea. «Buck» se alegró de marchar y, aunque el trabajo era duro, no le pareció intolerable. Se sorprendió al descubrir que la animación que dominaba a todo el equipo se le había contagiado; pero más sorprendente todavía era el cambio operado en «Dave» y en «Sol-leks». Eran perros nuevos totalmente transformados por el arnés. Habían perdido toda pasividad e indiferencia. Se mantenían atentos y activos, ansiosos de que el trabajo anduviera bien, y se irritaban fácilmente cuando alguna confusión o algún error demoraba la marcha. El trabajo en la ruta parecía la aspiración suprema de sus vidas, lo único que valía la pena, lo único que les daba satisfacción.

«Dave» iba enganchado al trineo delante de «Buck» y después «Sol-leks». El resto del equipo se alineaba en fila india, con «Spitz» a la cabeza. A «Buck» lo habían puesto entre «Dave» y «Sol-leks» para que aprendiera. Si él era un discípulo aplicado, igualmente aplicados eran sus maestros, que nunca le permitían equivocarse dos veces y que reforzaban sus enseñanzas con sus agudos colmillos. «Dave» era hábil y muy justo; nunca mordía a «Buck» sin motivo, pero no le perdonaba el menor error. Como el látigo de François siempre daba la razón a «Dave», «Buck» decidió que era más fácil enmendarse que buscar el desquite. Cierta vez, cuando después de una breve escala, se enredó con las riendas y demoró la partida, tanto «Sol-leks» como «Dave» se le echaron encima y le dieron una buena tunda. El enredo resultante fue mucho peor, pero «Buck» procuró mantenerse a distancia de las riendas y al cabo del día había dominado tan bien su trabajo que sus compañeros cesaron de hostigarle. El látigo de François restallaba con menos frecuencia y Perrault hasta llegó a honrar a «Buck» examinándole cuidadosamente los pies.

Costó un día de pesado trabajo recorrer el desfiladero, pues hubo que cruzar el Campo de las Ovejas, la cadena de cuchillas y la línea de bosques a través de glaciares y ventisqueros de enorme profundidad y superar la cordillera de Chilkoot, que divide el agua salada de la dulce y guarda celosamente el triste y desolado Norte. Tuvieron muy buen tiempo mientras flanqueaban la cadena de lagos que llenan los cráteres de volcanes extinguidos, y muy avanzada la noche arribaron a un amplio campamento del lago Bennett, donde miles de buscadores de oro se dedicaban a construir embarcaciones en previsión del deshielo de primavera. «Buck» cavó su agujero en la nieve y durmió el sueño del agotamiento; pero a la mañana siguiente muy temprano lo sacaron de su cobijo y lo engancharon otra vez al trineo con el resto de sus compañeros.

Ese día llegaron a cubrir sesenta kilómetros, pues el sendero era firme; pero al día siguiente y durante varios días más tuvieron que trabajar más rudamente, abriendo ellos mismos el sendero, y avanzar a duras penas. Por lo general, Perrault iba delante, aplastando la nieve con sus anchas botas para facilitar la faena de los perros. François, que guiaba el trineo, solía relevarlo de cuando en cuando. Perrault tenía prisa y se jactaba de su pericia en el hielo, pericia indispensable, ya que el hielo otoñal era muy delgado; además, en los lugares donde las aguas eran de torrente no había siquiera rastros de hielo. Día tras día, a lo largo de días interminables, «Buck» se afanó sobre la ruta. Siempre partían mientras era aún de noche y el primer resplandor del alba los sorprendía en viaje y con varias millas de camino ya recorridas. Y siempre hacían alto después de caer la noche, para comer un trozo de pescado y echarse a dormir en los cobijos cavados en la nieve. «Buck» estaba famélico. La libra y media de salmón seco que era su ración de cada día parecía esfumarse, nunca le bastaba y constantemente padecía dolores provocados por el hambre. Sin embargo, los otros perros, que eran más livianos y se habían

habituado a esa vida, recibían sólo una libra y se las arreglaban para mantenerse en buen estado físico.

«Buck» perdió rápidamente la delicadeza que había caracterizado su existencia de otrora. Como era lento para comer, sus compañeros terminaban antes que él y lo despojaban de su inconclusa ración. No tenía cómo defenderse: mientras peleaba con dos o tres, la comida desaparecía por las fauces de los demás. No le quedó más remedio que devorar tan deprisa como los otros. Y tanto le acució el hambre que llegó a apoderarse de lo que no le pertenecía. Observaba y aprendía. Cierta vez sorprendió a «Pike», uno de los perros nuevos, ladrón descarado y astuto, robando un trozo de tocino mientras Perrault le daba la espalda. Al día siguiente emuló esa hazaña y logró apoderarse de todo el tocino. Se armó un revuelo indescriptible, pero nadie sospechó de él; en cambio, «Dub», ladronzuelo torpe al que siempre pillaban, fue culpado y castigado por la fechoría de «Buck».

Ese primer delito demostró que «Buck» era apto para sobrevivir en el hostil ambiente del Ártico. Demostró su adaptabilidad, su capacidad de acomodarse a los cambios, condición cuya falta hubiera significado una rápida y terrible muerte. Demostró, además, la declinación o, mejor aún, la ruina de su moralidad, algo superfluo y una desventaja en la despiadada lucha por la existencia. Todo eso estaba muy bien en el Sur, donde imperaba la ley del amor y el compañerismo, el respeto de la propiedad privada y de los sentimientos personales. Pero en el Ártico, bajo la ley del garrote y del colmillo, quien tomaba en cuenta tales cosas era un tonto y mientras actuara de acuerdo con ellas no podría prosperar.

No es que «Buck» razonara así. Era apto, eso es todo, e inconscientemente se adaptó a su nueva vida. Fueran cuales fuesen las desventajas, jamás había rehuido una pelea, pero el garrote del hombre de la zamarra roja le había enseñado el código más elemental, más primitivo. En su existencia civilizada hubiera podido morir por una cuestión meramente moral —por ejemplo, la defensa del látigo del juez Miller—; pero su total retorno al primitivismo se evidenciaba ahora en su habilidad para rehuir la defensa de una consideración moral con tal de salvar el pellejo. No robaba por placer, sino porque el estómago se lo exigía. No robaba abiertamente, sino con astucia y en secreto, por el respeto que sentía hacia el garrote y el colmillo. En resumen, las cosas que hacía las hacía porque era más fácil hacerlas que no hacerlas.

Su aprendizaje (o su regresión) fue veloz. Sus músculos se volvieron duros como el acero y su físico, inmune al dolor común. A la economía de su cuerpo siguió la economía de sus vísceras. Podía comer cualquier cosa, por repugnante o indigesta que fuese, y una vez comida los jugos de su estómago extraían de ella hasta la última partícula nutritiva y su sangre la llevaba a los lugares más recónditos de su cuerpo, donde se transformaba en tejidos fuertes y resistentes. Su vista y su olfato se agudizaron y su oído llegó a ser tan fino que podía oír cualquier sonido, aun mientras dormía, y discernir si era anuncio de paz o de peligro. Aprendió a desprender con los dientes el hielo que se le acumulaba entre los dedos, y cuando tenía sed y el agua estaba cubierta por el hielo solía quebrar esa costra golpeándola con las patas delanteras. El rasgo que lo destacaba era su habilidad para prever con una noche de anticipación el rumbo del viento. Nada importaba que no soplara la más leve brisa cuando cavaba su cobijo junto a un árbol o en un banco de nieve; el viento que después soplaba lo hallaba siempre bien guarecido y abrigado.

Y no sólo aprendió por experiencia: sus instintos, adormecidos desde hacía mucho tiempo, revivieron. Olvidó rápidamente sus antepasados domesticados. En cierta forma retornó a la juventud de la especie hasta llegar a la época en que los perros salvajes rondaban en manadas por la selva primitiva y cazaban su sustento a medida que avanzaban. No le resultó difícil aprender a pelear con empellones y mordiscos y con las veloces dentelladas de los lobos. Así habían peleado sus olvidados antepasados. Súbitamente se encontró con que algo en él latía más deprisa y que toda una serie de formas hereditarias y nunca aprendidas le afloraban como por arte de magia. Las adoptó sin esfuerzo, como si siempre hubieran sido suyas. Y cuando en las noches quietas y frías dirigía el hocico hacia alguna estrella y aullaba como un lobo, eran sus antepasados, muertos y ya convertidos en polvo, los que dirigían el hocico a las estrellas y aullaban a través de los siglos. Y las cadencias con que expresaban su pena y el significado que para ellos tenían el silencio, el frío y la oscuridad.

Así, como prueba de lo poco que vale la educación, la antigua canción vibró en él, y «Buck» tornó a ser lo que debía ser. Y tornó a serlo porque los hombres habían descubierto un metal amarillo en el Ártico. Y porque Manuel era un ayudante de jardinero que ganaba

apenas lo suficiente para abastecer las necesidades de su mujer y de varias réplicas de sí mismo.

CAPÍTULO III

La dominante bestia primitiva

La bestia primitiva predominaba en «Buck», y bajo las terribles condiciones de la vida en las regiones árticas no hizo más que crecer y crecer. Pero era un crecimiento secreto. Su recién adquirida astucia le había dado equilibrio y control. Estaba demasiado ocupado en acomodarse a su nueva vida como para sentirse a sus anchas y no sólo se cuidaba de las riñas, sino que las evitaba abiertamente. Una cierta premeditación caracterizaba su actitud. No era propenso a la temeridad y a las acciones precipitadas; en su ciego odio contra «Spitz», nunca se dejó arrastrar por la impaciencia y evitó todo acto ofensivo.

Por otra parte, acaso por presentir en «Buck» a un poderoso rival, «Spitz» no perdió ocasión de provocarlo. Hasta llegó a salirse de su camino para intimidarle, siempre con la intención de arrastrarlo a una pelea que sólo concluiría con la muerte de uno de los dos.

Tal combate podría haberse librado al principio del viaje de no haber sido por un extraño accidente. Al final de un día de marcha habían levantado un mísero campamento a orillas del lago Le Barge. La fuerte nevada, un viento que cortaba como navaja y la oscuridad los habían obligado a buscar a tientas un sitio donde acampar. No les podía haber ido peor. A sus espaldas se levantaba una perpendicular pared de roca, y Perrault y François no tuvieron más remedio que encender su fuego y tender sus mantas sobre el lecho del lago. La tienda la habían dejado en Dyea, para viajar con menos peso. Unas pocas astillas les permitieron encender un fuego que el hielo consumió prontamente, obligándoles a cenar a oscuras.

«Buck» cavó su cobijo junto a la pared que servía de resguardo. Le resultó tan cálido y cómodo que debió hacer un esfuerzo para abandonarlo cuando François distribuyó el pescado que previamente había descongelado sobre el fuego. Pero cuando concluyó la comida y tornó a su cobijo lo halló ocupado. Un agresivo gruñido le

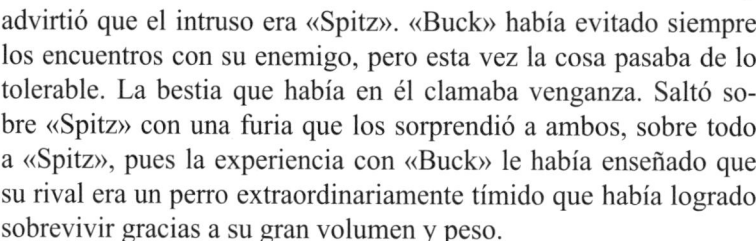
advirtió que el intruso era «Spitz». «Buck» había evitado siempre los encuentros con su enemigo, pero esta vez la cosa pasaba de lo tolerable. La bestia que había en él clamaba venganza. Saltó sobre «Spitz» con una furia que los sorprendió a ambos, sobre todo a «Spitz», pues la experiencia con «Buck» le había enseñado que su rival era un perro extraordinariamente tímido que había logrado sobrevivir gracias a su gran volumen y peso.

También François se sorprendió al verlos saltar, hechos un ovillo, del cubil destruido, pero adivinó la causa de la pelea.

—¡Ah-ah-ah! —gritó a «Buck»—. ¡Castígalo, qué diablos! ¡Castiga a ese sucio ladrrrón!

«Spitz» estaba igualmente dispuesto a la pelea. Aullaba con rabia y ansiedad, y giraba buscando el momento de atacar. «Buck» no estaba menos preparado ni menos circunspecto mientras caracoleaba en busca de su oportunidad. Y entonces sucedió lo imprevisto, algo que durante muchas y pesadas millas de viaje y trabajo postergó la lucha por el predominio.

Una maldición de Perrault, el seco impacto de un garrote en un cuerpo huesudo y un penetrante chillido de dolor fueron el comienzo del barullo. De pronto, el campamento se llenó de furtivas formas peludas: famélicos huskies, cien por lo menos, que habían olido el campamento desde alguna aldea india. Se habían acercado mientras «Buck» y «Spitz» se disponían a combatir, y cuando los dos hombres se lanzaron sobre ellos con pesados garrotes mostraron los dientes y devolvieron el ataque. El aroma de la comida los había enloquecido. Perrault halló a uno con la cabeza sumergida en el cajón de provisiones. Su garrote descendió con fuerza brutal sobre las flacas costillas y el cajón de provisiones rodó al suelo. Al instante, unas veinte bestias hambrientas se abalanzaron sobre el pan y el tocino. Los garrotes caían sobre ellas desde todas partes. Y ellas ladraban y aullaban bajo la lluvia de golpes. Pero siguieron luchando ciegamente, hasta devorar el último trozo de carne, la última miga de pan.

Entretanto, los asombrados perros del equipo salían de sus cobijos sólo para ser atacados por los feroces invasores. «Buck» nunca había visto perros como estos. Parecía que las costillas iban a atravesarles la piel. Eran puramente esqueletos, apenas envueltos en arrugados pellejos, de ojos llameantes y afiladísimos colmillos. Pero la locura del hambre los tornaba espantosos e irresistibles.

Los perros del equipo debieron retroceder hasta la pared de roca ante la primera carga. «Buck» fue acorralado por tres de ellos y en un santiamén tuvo la cabeza y el lomo llenos de desgarrones y heridas. La confusión era terrible: «Billee», como de costumbre, lloraba. «Dave» y «Sol-leks», chorreando sangre por múltiples heridas, luchaban valerosamente el uno al lado del otro. «Joe» lanzaba mordiscos, convertido en un demonio; de pronto, alcanzó en la pata delantera a uno de los atacantes y se la mordió hasta el hueso. «Pike», el ladrón, se echó sobre la derrengada bestia y de una dentellada le quebró el cuello. «Buck» atrapó por el pescuezo a un baboso adversario y se bañó en sangre al cortarle la yugular con los dientes. Ese tibio sabor pareció estimular su ferocidad. Se abalanzó sobre otro y en ese instante sintió que unos colmillos se le clavaban en el cuello. Era «Spitz», que lo había atacado a traición.

Después de haber rechazado a los invasores, Perrault y François acudieron a socorrer a sus propios perros. La salvaje oleada de animales hambrientos retrocedió ante ellos y «Buck» pudo liberarse. Pero fue sólo por un instante. Los hombres debieron ocuparse de poner a salvo las provisiones, de modo que los huskies tornaron al ataque contra el equipo. «Billee», con el valor que da la desesperación, rompió a dentelladas aquel salvaje círculo y huyó por sobre el hielo. «Pike» y «Dub» lo siguieron de cerca, y casi enseguida todos los demás. En el momento en que se disponía a seguirlos, «Buck» advirtió con el rabillo del ojo que «Spitz» saltaba hacia él con evidente intención de derribarlo. Una vez caído en medio de la jauría no le hubiera quedado esperanza de sobrevivir; pero se afirmó sobre las patas, resistió la embestida y huyó a la carrera por el hielo tratando de alcanzar a sus compañeros.

Después, los nueve perros del equipo se reunieron y buscaron un refugio en el bosque. Aunque no los habían perseguido, su estado era lamentable. No había ninguno que no tuviera por lo menos cuatro o cinco heridas, y algunas de ellas eran de gravedad. «Dub» tenía un tajo muy feo en la pata trasera; «Dolly», la última husky incorporada al equipo en Dyea, había sufrido un gran desgarrón en el cuello, y «Joe» había perdido un ojo. «Billee» el bondadoso, con una oreja hecha trizas, gritó y aulló durante toda la noche.

Al despuntar el día todos retornaron tristemente al campamento para hallar que los invasores se habían retirado y que los dos hombres estaban de muy mal humor. La mitad de las provisiones habían

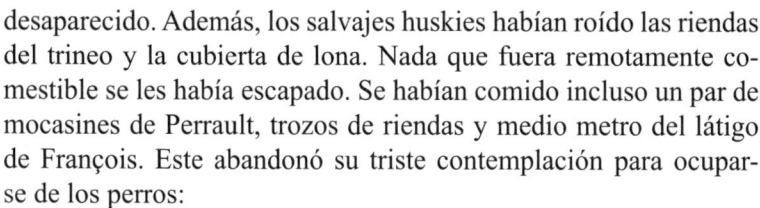
desaparecido. Además, los salvajes huskies habían roído las riendas del trineo y la cubierta de lona. Nada que fuera remotamente comestible se les había escapado. Se habían comido incluso un par de mocasines de Perrault, trozos de riendas y medio metro del látigo de François. Este abandonó su triste contemplación para ocuparse de los perros:

—¡Ah, mis amigos! —exclamó suavemente—. Tal vez algunos contraigan la rabia, con tantas heridas. Tal vez todos, ¡demonios! ¿Qué piensas, Perrault?

El estafetero meneó dubitativamente la cabeza. Quedaban cuatrocientas millas de camino para llegar a Dawson y mal podía permitir que la rabia se declarara entre sus perros. Después de dos horas de trabajo y maldiciones lograron arreglar los arneses. El maltrecho equipo prosiguió la marcha, avanzando dificultosamente sobre el más difícil tramo de camino que habían encontrado hasta ese momento y el más terrible entre ellos y Dawson.

El río Thirty Mile no se había congelado. Sus aguas torrentosas desafiaban el frío, y el hielo sólo se formaba en las orillas y en los remansos. Esas terribles treinta millas costaron seis días de trabajo agotador; cada paso representaba un peligro de muerte tanto para los hombres como para los perros. Una docena de veces, Perrault, que iba al frente, sintió que el hielo se hundía bajo sus pies y se salvó gracias a la larga pértiga que empuñaba y que sostenía de manera tal que quedara atravesada en los agujeros hechos por su cuerpo. Pero soplaba un viento gélido y el termómetro marcaba veinte grados bajo cero; así pues, cada vez que caía al agua, Perrault se veía obligado a encender fuego y a secarse la ropa para poder salvar la vida.

Nada le detenía. Precisamente por eso había sido elegido como estafetero del gobierno canadiense. Afrontaba cualquier riesgo, dando cara al viento y trabajando de la mañana a la noche. Recorrió los peligrosos bordes del lago sobre una delgada capa de hielo que crujía bajo los pies y en la cual no se atrevieron a hacer alto. En cierta oportunidad, se hundió el trineo con «Dave» y «Buck», y los dos estaban semihelados y casi ahogados cuando lograron sacarlos del agua. Hubo que encender fuego para salvarlos: estaban cubiertos de hielo y para que se descongelaran los obligaron a correr en torno del fuego, pero tan cerca de él que las llamas llegaron a chamuscarles el pelo.

En otra ocasión fue «Spitz» el que se hundió arrastrando consigo a todo el equipo hasta llegar a «Buck», que clavó sus patas en el resbaladizo borde del hielo y aguantó con todas sus fuerzas; detrás de él aguantó también «Dave», y detrás del trineo aguantó François, con los talones clavados en el suelo, de tal manera que le pareció que se le cortaban los tendones.

Otra vez, el hielo de la costa se quebró delante y detrás del trineo, y no hubo más escapatoria que ascender por la pared de roca. Perrault consiguió treparla por milagro mientras François oraba para que ese milagro se cumpliera. Por medio de los arneses convertidos en larga cuerda los perros fueron izados, uno por uno, hasta el borde del precipicio. Después de izar el trineo y la carga, ascendió también François. Hubo que buscar un sitio por donde bajar de nuevo, también con ayuda de la cuerda. Y la noche los halló otra vez a orillas del río, sin que hubieran logrado avanzar más que un cuarto de milla en todo el día.

Al llegar al Hootalinqua, donde el hielo era sólido, «Buck» estaba extenuado. Los demás perros se encontraban en idéntico estado, y Perrault, para recuperar el tiempo perdido, los obligaba a marchar de sol a sol. El primer día cubrieron treinta y cinco millas hasta el río Big Salmon; al siguiente, otras treinta y cinco más hasta el Little Salmon, y al tercer día, cuarenta millas, con lo cual se acercaron bastante al Five Fingers.

Las patas de «Buck» no eran tan resistentes como las de un husky. Las suyas se habían suavizado a través de muchas generaciones desde que su más remoto y salvaje antecesor había sido domado por el hombre de las cavernas. Durante el día renqueaba y una vez levantado el campamento se tendía como muerto. Por más hambre que tuviera no se levantaba para recibir su ración de pescado y François debía alcanzársela. Además, François hacía masajes todas las noches en las patas de «Buck» y llegó a sacrificar la parte alta de sus mocasines para hacerle unos a «Buck». Eso alivió mucho al perro y hasta el hosco Perrault se echó a reír una mañana, cuando François se olvidó de calzar a «Buck» y este se quedó tendido sobre el lomo, agitando las patas en el aire y negándose a dar siquiera un paso sin los mocasines. Con el andar del tiempo, sus patas se endurecieron y aquel rudimentario calzado fue descartado para siempre.

Cierta mañana en que se hallaban a orillas del Pelly enganchando para el viaje, «Dolly», que nunca se había distinguido por

nada, se volvió rabiosa. Con un prolongado aullido de lobo que estremeció a todos los perros anunció su estado y después se abalanzó sobre «Buck». Éste nunca había visto un perro rabioso ni tenía razón alguna para temer la hidrofobia; empero, se dio cuenta de que era algo horrible y, dominado por el pánico, huyó de la perra. Corrió a toda velocidad, con «Dolly» pisándole los talones. Su miedo era tan grande que la perra no consiguió alcanzarlo. «Buck» atravesó a ciegas la espesura de la isla rumbo a los bajíos, después cruzó un helado canal en dirección a otra isla, alcanzó una tercera, enfiló hacia el río y, en su desesperación, se lanzó al agua. Durante todo ese tiempo, aunque no se volvió a comprobarlo, supo que la perra lo seguía a menos de un brinco. A lo lejos oyó la voz de François, que lo llamaba, y bruscamente viró con la esperanza de que el mestizo podría salvarlo. François blandía un hacha y apenas «Buck» pasó junto a él, como una exhalación, el hacha se abatió sobre la cabeza de la pobre «Dolly».

Tambaleante, exhausto, desvalido, «Buck» se acercó al trineo. Era la oportunidad que esperaba «Spitz», que saltó y hundió dos veces sus colmillos en el flanco del desamparado enemigo, causándole profundas heridas. En aquel mismo momento el látigo de François descendió con fuerza terrible y «Buck» tuvo la satisfacción de ver que «Spitz» recibía el peor castigo hasta entonces propinado a cualquier perro del equipo.

—Es un demonio ese «Spitz» —comentó Perrault—. Un día matará a «Buck».

—Pego «Buck» vale pog dos diablos —fue la respuesta de François—. Dugante todo este tiempo lo vengo obsergando y estoy seguro. Escucha: un día «Buck» se enojagá de vegas y masticagá a «Spitz» y lo escupigá sobge la nieve. Tenlo pog seguro, yio lo sé.

Desde entonces, la guerra quedó declarada entre los dos perros. «Spitz», como líder y amo reconocido del equipo, presintió que su predominio estaba amenazado por ese extraño perro de las tierras del Sur. Y para él «Buck» era realmente extraño, pues de los muchos perros del Sur que había conocido ninguno demostraba capacidad para sobrevivir en aquellas regiones. Todos eran harto blandos y morían a causa del agotamiento, el frío y la falta de suficiente comida. «Buck» era la excepción. Había resistido y prosperado hasta ponerse a la altura de los perros-lobo en cuanto a fortaleza, ferocidad y astucia. Además, era un perro dominador y el hecho de que el garrote del hombre de la zamarra roja le hubiese quitado toda ciega temeridad en el anhelo del predominio lo hacía aún más peligroso. Era especialmente astuto y capaz de aguardar el momento oportuno con una paciencia que era nada menos que la primitiva.

Inevitablemente, la lucha por el predominio habría de presentarse alguna vez. «Buck» la deseaba, porque estaba en su naturaleza, porque se había apoderado de él ese incomprensible orgullo del sendero y los arneses, ese orgullo en razón del cual los perros siguen trabajando hasta echar el postrer aliento, ese orgullo que los impulsa a morir satisfechos mientras arrastran un trineo y que les destroza el corazón si son separados del equipo. Tal era el orgullo que sentía «Dave» como perro de tiro, y el de «Sol-leks» cuando se esforzaba al máximo: el mismo orgullo que los dominaba a todos al levantar el campamento y los transformaba, de bestias hoscas y apáticas, en criaturas esforzadas y ambiciosas; el orgullo que los acuciaba durante el día y los abandonaba al llegar la noche y el momento de acampar, dejándolos que se sumieran nuevamente en su inquieta melancolía y descontento. Tal era el orgullo que sostenía «Spitz» y que le hacía castigar a los perros que cometían errores, se mostraban ariscos al ser enganchados o se ocultaban al llegar la hora de trabajar. Tal era, también, el orgullo que le llevaba a temer a «Buck» como posible rival de su puesto. Y tal, también, el orgullo de «Buck».

«Buck» amenazó abiertamente el liderazgo de «Spitz». Se interponía entre él y los remolones que merecían ser castigados. Y lo hacía con toda premeditación. Cierta noche nevó mucho y a la mañana siguiente «Pike», el ladronzuelo, no apareció. Se hallaba oculto en su cobijo, bajo un pie de nieve. François lo llamó y lo buscó en vano. «Spitz» estaba terriblemente enardecido. Inspeccionó el campamento, husmeando y escarbando en todas partes, y gruñendo tan amenazadoramente que «Pike» lo oyó y tembló en su refugio.

Pero cuando al fin consiguieron sacarlo de allí y «Spitz» se abalanzó sobre él para castigarlo, «Buck», con furia equivalente, se colocó entre los dos. Tan inesperada fue su acción y tan calculado su impulso, que «Spitz» dio una voltereta en el aire y cayó de lomo. «Pike», que temblaba presa de un abyecto temor, recuperó el coraje ante la rebeldía de «Buck» y saltó sobre su abatido líder. «Buck», para quien el juego limpio era ya un código olvidado, se precipitó también sobre «Spitz». Pero François, que a pesar de reír-

se del incidente se mantenía siempre listo para administrar justicia, descargó el látigo, con todas sus fuerzas, sobre «Buck». El castigo no bastó para alejar a «Buck» de su postrado enemigo y el mestizo debió apelar entonces al mango del látigo. Semiaturdido por el golpe, «Buck» retrocedió y los latigazos cayeron sobre él una y otra vez, mientras «Spitz» castigaba furiosamente al culpable «Pike».

En los días siguientes, a medida que Dawson se acercaba más y más, «Buck» continuó interponiéndose entre «Spitz» y los culpables, pero lo hizo con astucia, mientras François no estaba cerca. Con la encubierta rebelión de «Buck», se propagó y desarrolló una insubordinación general. «Dave» y «Sol-leks» no intervinieron en ella, pero el resto del equipo iba de mal en peor. Las cosas ya no marchaban bien. Había constantes riñas y demoras. Los inconvenientes surgían a cada paso y detrás de todos ellos estaba «Buck». Este mantuvo constantemente ocupado a François, ya que el conductor del trineo temía que se produjera el inminente duelo a muerte entre los dos perros, pues no dudaba de que tal cosa ocurriría tarde o temprano, y más de una noche, al oír ruido de pelea entre los otros perros, abandonó el lecho con temor de que los que estaban riñendo fueran «Buck» y «Spitz».

Pero la ocasión no se presentó y una helada tarde llegaron a Dawson sin que la gran pelea hubiera tenido lugar. Había allí muchos hombres e incontables perros, y «Buck» vio que todos trabajaban. Parecía entrar en el orden natural de las cosas que los perros trabajaran. Durante todo el día iban y venían por la calle principal, en largos equipos, y por la noche sus cascabeles seguían tintineando. Acarreaban troncos para las cabañas y para el fuego, arrastraban las cargas de las minas y cumplían todas las faenas que en el Valle de Santa Clara realizaban los caballos. Por todas partes, «Buck» vio perros del Sur, pero la mayoría eran mezcla de husky y lobo. Todas las noches, regularmente, a las nueve, a las doce y a las tres de la madrugada, entonaban su cántico nocturno: una fantástica y plañidera sinfonía en la que «Buck» participaba con deleite.

Cuando la aurora boreal llameaba fríamente en el firmamento o las estrellas titilaban entre los cárdenos resplandores de las heladas noches del Norte y la tierra yacía helada y rígida bajo su manto de nieve, parecía que esa canción de los huskies fuese el desafío de la vida, sólo que era entonada en sordina, con prolongados gemidos y semisollozos, y resultaba más una súplica que un reto. Era un cántico antiguo, tan antiguo como la raza misma, uno de los primeros cánticos en el principio del mundo, cuando todos los cánticos eran tristes. Esa queja, que tanto inquietaba a «Buck», estaba cargada con la pena de innumerables generaciones. Cuando él gemía y sollozaba, lo hacía con el dolor de vivir, tan antiguo como el dolor de sus salvajes padres, y con el temor y el misterio del frío y la oscuridad, que para ellos era temor y misterio. Y tal conmoción de su ser era el último salto de su atavismo, que se prolongaba a través de los tiempos hasta los comienzos de la vida.

Siete días después de arribar a Dawson se deslizaron por las empinadas orillas del Barrachs rumbo al Yukon, y se dirigieron hacia Dyea y Salt Water. Perrault llevaba despachos más urgentes, si cabe, que los que había entregado; además, el orgullo del viaje le dominaba y se propuso realizar el viaje más rápido del año. Varias circunstancias lo favorecían. La semana de descanso había servido para que los perros se recuperaran. El sendero que habían abierto estaba endurecido por el paso de posteriores viajeros, y además, la Policía había instalado en dos o tres lugares depósitos de alimentos para perros y hombres, y se podía viajar con poca carga.

Llegaron a Sixty Miles, lo que significa una travesía de cincuenta millas el primer día, y el segundo los encontró remontando el Yukon, con rumbo a Pelly. Pero esas espléndidas jornadas se cumplieron no sin grandes molestias y enojos de François.

La insidiosa sedición encabezada por «Buck» había destruido la solidaridad del equipo. Ya no era como si un solo perro arrastrara el trineo. El coraje que «Buck» dio a los rebeldes los llevó a cometer toda clase de desobediencias de poca monta. «Spitz» no era ya un líder al que temieran ni mucho ni poco. El respeto de otrora había desaparecido y hasta llegaron a desafiar su autoridad. Cierta noche, «Pike» le robó la mitad del pescado y se la engulló con la protección de «Buck». Otra noche, «Dub» y «Joe» pelearon con «Spitz», y lo obligaron a postergar el castigo que merecían. Y hasta «Billee» el bueno era menos bueno y no gruñía tan cordialmente como antes. «Buck» nunca se acercaba a «Spitz» sin gruñir y mostrar amenazadoramente los dientes. Su proceder parecía el de un matón y se complacía fanfarroneando en las mismísimas narices de «Spitz».

El derrumbe de la disciplina afectó también las relaciones de los perros entre sí. Reñían y se provocaban más que nunca, al punto de que a veces el campamento parecía un verdadero manicomio. Sólo

«Dave» y «Sol-leks» no habían cambiado, si bien estaban más irritables por las continuas peleas. François rugía extrañas y tremendas maldiciones, daba de puntapiés a la nieve, con rabia inútil, y se mesaba el pelo. Su látigo silbaba sin cesar entre los perros, pero de nada le servía. Apenas les daba la espalda, volvían a las andadas. Él apoyaba a «Spitz» con su látigo, en tanto que «Buck» apoyaba al resto del equipo. François sabía que «Buck» era el causante de todos los inconvenientes, y «Buck» sabía que él lo sabía; pero «Buck» era demasiado astuto como para que lo pescaran otra vez *in fraganti*. Trabajaba infatigablemente, pues la tarea se había convertido en un placer para él; sin embargo, mucho más placer le causaba precipitar una pelea entre sus compañeros y enredar las riendas.

En las bocas del Tahkeena, cierta noche, después de comer, «Dub» avistó un conejo, se lanzó sobre él y no logró atraparlo. Al instante el equipo íntegro se lanzó a la caza. A unas cien yardas estaba el destacamento de la Policía Montada, con cincuenta perros, huskies todos, que se sumaron a la persecución. El conejo enfiló la orilla del río y giró hacia un arroyuelo sobre cuya helada superficie prosiguió su veloz huida. Corría como un relámpago sobre el manto de nieve en tanto que los perros avanzaban a duras penas. «Buck» encabezaba la jauría —unas sesenta bestias—, describiendo fantásticas curvas, pero no pudo triunfar. Corría como una exhalación, aullando ansiosamente, y su espléndido cuerpo centelleaba de salto en salto a la pálida luz de la luna. Y de salto en salto, como un pálido fantasma de nieve, el conejo centelleaba escapándose.

Toda esa conmoción de viejos instintos, que de cuando en cuando lleva a los hombres a abandonar las ciudades bulliciosas por selvas y praderas para matar con proyectiles impulsados químicamente, y la concupiscencia de la sangre y la alegría de matar, todo eso dominaba ahora a «Buck». Corría al frente de la jauría, persiguiendo la presa salvaje, la carne viva, para matarla con sus propios dientes y bañar su hocico en sangre caliente.

Hay un éxtasis que señala la cúspide de la vida, más allá de la cual la vida no puede elevarse. Pero la paradoja de la vida es tal que ese éxtasis se presenta cuando uno está más vivo, y se presenta como un olvido total de que se está vivo. Ese éxtasis, ese olvido de la existencia, alcanza al artista, convirtiéndole en una llama de pasión; alcanza al soldado, que en el ardor de la batalla ni pide ni da tregua, y alcanzó a «Buck» que corría al frente de la jauría lanzando el atávico grito de los lobos y pugnando por atrapar el viviente manjar que huía a la luz de la luna. Estaba sondeando los abismos de su especie y de las generaciones más remotas de su especie, y estaba retornando al seno del Tiempo. Estaba dominado por el puro éxtasis de la vida, por la oleada de la existencia, por el goce perfecto de cada músculo, de cada articulación, de cada nervio, y de que todo era alborozo y delirio, expresión en sí misma del movimiento que lo hacía correr triunfante bajo la luz de las estrellas y sobre la materia inerte.

Pero «Spitz», frío y calculador en los momentos supremos, abandonó la jauría y cortó camino por una angosta franja de tierra que desviaba el curso del arroyo. «Buck» no conocía el lugar y una vez que, siempre en pos del níveo fantasma del conejo, hubo dado el rodeo a que obligaba ese desvío, vio que un fantasma más grande saltaba desde el abrupto talud del río e interceptaba el camino del conejo. Era «Spitz». El conejo no pudo retroceder y mientras los blancos dientes le quebraban el espinazo lanzó un alarido fuerte como el que puede lanzar un hombre herido. Ante ese sonido, el éxtasis de vida se trocó en el deleite por la muerte, y la jauría elevó en coro un infernal aullido de gozo.

«Buck» no levantó la voz. No se detuvo, sino que se abalanzó sobre «Spitz» con tal fuerza que erró la dentellada. Una y otra vez se revolcaron en la nieve polvorienta. «Spitz» se levantó con tal rapidez que dio la sensación de no haber perdido el equilibrio, y saltando hacia atrás alcanzó a morder a «Buck» en el pecho. Dos veces sus dientes se cerraron como las mandíbulas de acero de una trampa mientras reculaba en busca de mejor posición para la lucha, gruñendo y torciendo la boca en amenazadoras muecas.

Instantáneamente, «Buck» comprendió. Había llegado la hora. La lucha era a muerte. Mientras giraban persiguiéndose, tensas las orejas, atentos tan sólo al logro de ventajas, aquella escena le resultó a «Buck» harto familiar. Le pareció recordar todo: los blancos bosques, la tierra y la luz de la luna y la excitación de la batalla. Sobre la blancura y el silencio señoreaba una calma espectral. No había el más leve soplo de aire: nada se movía, no se agitaba ni una hoja; el aliento de los perros, visible, se elevaba pesada y lentamente en el aire helado. Aquellos perros, que eran mal domesticados lobos, habían liquidado el conejo en un santiamén y estaban ya agrupados en expectante círculo. Relampagueantes los ojos, el

aliento en suspenso, también ellos guardaban silencio. Aquella escena de épocas remotas, a «Buck» no le resultaba nueva ni extraña. Era como si la vida hubiera sido siempre así.

«Spitz» era un ducho adversario. Desde Spitzbergen, a través del Ártico, y de un lado a otro de Canadá y las islas Barrens, se había medido con toda clase de perros y los había derrotado. La suya era la más amarga, pero no la más ciega de las furias. Dominado por el deseo de morder y destruir, jamás olvidaba que su enemigo era presa también del deseo de morder y destruir. Jamás embestía si no se había preparado para recibir una embestida, jamás atacaba si no se había antes preparado para ser atacado.

En vano «Buck» procuró hincar sus dientes en el cuello del gran perro blanco. En cada uno de los intentos que hizo para alcanzar esa tierna carne, sus colmillos se toparon siempre con los colmillos de «Spitz». Colmillazo va, colmillazo viene, acabó con el hocico desgarrado y ensangrentado. Pero no pudo burlar la guardia de su enemigo. Entonces, juntó fuerzas y acorraló a «Spitz» con un torbellino de embestidas. Una vez y otra se esforzó por alcanzar el níveo cuello, allí donde la vida palpita más cerca de la superficie, y una vez y otra «Spitz» se esquivó y escapó. «Buck» comenzó entonces a atacar como si buscara la garganta, pero en el último momento echaba la cabeza hacia atrás, y con el lomo apoyado en el lomo de «Spitz», empujaba a este con el propósito de hacerlo caer. En cada una de esas embestidas «Buck» recibía una nueva herida en el pecho y «Spitz» se esquivaba con un salto.

«Spitz» continuaba ileso; en cambio, «Buck» chorreaba sangre y respiraba pesadamente. La lucha se había tornado desesperada. Mientras tanto, el silencioso y lobuno círculo aguardaba para acabar con la vida del que cayera. Cuando «Buck» comenzó a jadear, «Spitz» se decidió a embestirlo y le obligó a hacer esfuerzos para mantenerse en pie. En cierto momento, «Buck» cayó y el círculo de sesenta perros comenzó a incorporarse; pero logró recobrarse, casi en el aire, y el círculo se sentó otra vez y continuó esperando.

«Buck» poseía una cualidad que conduce a la grandeza: imaginación. Peleaba por instinto, pero podía también pelear usando la cabeza. Arremetió, como si fuera a hacer la vieja triquiñuela del hombre, pero en el último momento se agazapó en la nieve. Sus dientes se cerraron sobre una de las patas delanteras de «Spitz». Hubo un crujido de huesos que se quiebran y el perro blanco le hizo frente en tres patas. Tres veces trató de derribarlo; después, repitió la triquiñuela y le quebró la pata derecha. A pesar del dolor y de su invalidez, «Spitz» luchó fieramente por mantenerse en pie. Veía que el silencioso círculo de ojos relampagueantes, lenguas ansiosas y flotante aliento se cerraba sobre él tal como lo había visto cerrarse otrora sobre sus derrotados adversarios. Sólo que esta vez él era el derrotado.

No había ya esperanzas para él. «Buck» fue inexorable. La piedad era algo reservado para climas más benignos. Se aprestó para la embestida final. El círculo se había estrechado tanto que podía sentir en sus flancos el aliento de los huskies. Podía verlos, detrás de «Spitz» y a uno y otro costado, casi listos para saltar, con los ojos fijos en él. Hubo una pausa. Todos los animales estaban inmóviles, como si se hubieran vuelto de piedra. Sólo «Spitz» temblaba y se erizaba, tambaleándose y gruñendo amenazadoramente, cual si quisiera espantar la muerte inminente. De repente, «Buck» saltó adelante y hacia atrás: al saltar hacia delante, su lomo dio directamente en el lomo de su adversario. El oscuro círculo se convirtió en un punto sobre la nieve bañada por la luz de la luna y «Spitz» desapareció de la vista. Triunfante campeón, dominante y primitiva bestia que había matado y se sentía satisfecha, «Buck» se hizo a un lado y contempló el espectáculo.

CAPÍTULO IV

La conquista del poder

—¿Eh? ¿Qué dijje yio? Hablé vegdad cuando dijje que «Buck» vale pog dos diablos.

Tal era el comentario de François, a la mañana siguiente, al descubrir que faltaba «Spitz» y que «Buck» estaba cubierto de heridas. Para examinar a este, lo acercó a la luz del fuego.

—«Spitz» pelea como un demonio —dijo Perrault, mientras examinaba los desgarrones y las heridas.

—Y «Buck» como dos demonios —fue la respuesta de François—. Ahoga tendgemos paz. No más «Spitz», no más líos: segugo.

Mientras Perrault empaquetaba los avíos y cargaba el trineo, François se ocupó de uncir los perros. «Buck» trotó hasta el sitio que solía ocupar «Spitz» como líder; pero François, sin reparar en él, condujo a «Sol-leks» hasta esa posición. A su juicio, «Sol-leks» era el mejor para dirigir el equipo. Hecho una furia, «Buck» se abalanzó sobre «Sol-leks», lo apartó y se puso en su lugar.

—¡Eh, eh! —gritó François, golpeándose las rodillas y riendo a carcajadas—. Miguen eso. Él mató a «Spitz» y piensa encargarse del trabajo. ¡Vamos: afuega, afuega! —ordenó, pero «Buck» se negó a obedecer.

François asió a «Buck» por el cuello y, aunque el animal gruñía amenazante, lo hizo a un lado y lo reemplazó por «Sol-leks». Al perro viejo no le agradaba aquello y demostró a las claras que temía a «Buck». François era tozudo, pero, en cuanto volvió la espalda, «Buck» desplazó nuevamente a «Sol-leks», que se apartó sin demostrar fastidio.

François montó en cólera:

—¡Ahoga te agleglagué, maldito seas! —exclamó, regresando con un pesado garrote en la mano.

«Buck» recordó al hombre de la zamarra roja y retrocedió lentamente; y cuando «Sol-leks» fue puesto nuevamente al frente del equipo ni siquiera intentó atacar. Pero rondó a prudente distancia, fuera del alcance del garrote, gruñendo con amargura y rabia; mientras rondaba no perdía de vista el garrote, para poder esquivarlo si François se lo arrojaba. «Buck» era ducho ya en materia de garrotes.

François prosiguió su trabajo y llamó a «Buck» cuando estuvo listo para uncirlo en el lugar de siempre, a la par de «Dave». «Buck» retrocedió dos o tres pasos. François lo siguió. Pero el perro continuó retrocediendo. El juego se repitió varias veces, hasta que François, en la creencia de que «Buck» temía ser castigado, dejó caer el garrote. Pero «Buck» se había rebelado abiertamente. No trataba de escapar a un castigo: quería ocupar la jefatura. Era suya por derecho. La había ganado y no se conformaría con menos.

Perrault acudió en ayuda de François y entre ambos persiguieron a «Buck» durante casi una hora. Ellos lanzaban garrotazos; «Buck» los esquivaba. Entre ambos maldijeron a «Buck» y a toda su estirpe hasta llegar a sus más remotos antepasados, y maldijeron también cada pelo del cuerpo de «Buck» y cada gota de su sangre. Y «Buck» respondió a esas maldiciones con gruñidos y manteniéndose fuera del alcance de sus perseguidores. No trataba de huir, sino que rondaba el campamento, demostrando a las claras que cuando su deseo fuera satisfecho regresaría y se portaría bien.

François se sentó y se rascó la cabeza. Perrault miró el reloj y maldijo. El tiempo volaba y hacía ya una hora que debían haber emprendido la marcha. François volvió a rascarse la cabeza, la meneó y sonrió a Perrault, que se encogió de hombros para significar que estaban vencidos. Después, François fue hasta donde se hallaba «Sol-leks» y llamó a «Buck». Este rio, como ríen los perros, pero mantuvo la distancia. François desató entonces a «Sol-leks» y lo colocó atrás, en su antiguo sitio. El equipo estaba uncido al trineo en línea ininterrumpida, listo para emprender la marcha. No había lugar para «Buck», excepto al frente. Una vez más, François lo llamó; una vez más, «Buck» rio, pero sin acercarse.

—Dega el gagote —ordenó Perrault.

François obedeció; inmediatamente, «Buck» se acercó al trote, sonriendo triunfalmente, y se puso a la cabeza del equipo. Le ciñeron el arnés, el trineo echó a andar y los dos hombres enfilaron velozmente el sendero del río.

Aunque al compararlo con dos demonios había apreciado los méritos de «Buck», al cabo de un rato François comprendió que lo había subestimado. De un brinco, «Buck» asumió las obligaciones del liderazgo, y en lo relativo a prudencia, rapidez de pensamiento y rapidez de acción, demostró ser superior a «Spitz», de quien François solía decir que no había visto otro igual.

Pero fue en el dictar leyes y en el hacerlas cumplir por sus compañeros donde «Buck» demostró su excelencia. A «Dave» y «Sol-leks» no les importaba el cambio de jefe. No era cosa de ellos. Lo suyo era trabajar, y trabajar eficazmente, en la ruta. Mientras en eso no hubiera interferencias, no les preocupaba lo que ocurriera. Para ellos, «Billee» el bueno habría podido ser el jefe con tal de que hubiera sabido mantener la disciplina. Empero, el resto del equipo se había tornado muy rebelde en los últimos días de «Spitz», y todos quedaron estupefactos cuando «Buck» comenzó a castigarlos para que se atuvieran a las normas establecidas.

«Pike», que iba a la zaga de «Buck» y que nunca había tirado del trineo con más fuerza que la estrictamente necesaria, fue castigado varias veces por haragán, y antes de que concluyera el primer día trabajaba más que nunca en su vida. La primera noche de campamento, «Joe» el hosco recibió una buena tunda: «Spitz» jamás había podido dársela. «Buck» se limitó a aplastarlo con todo el peso de su cuerpo y lo mordió hasta que «Joe» cesó de lanzar dentelladas y comenzó a gemir como pidiendo clemencia.

Inmediatamente mejoró la conducta del equipo, que recobró su antigua solidaridad, y una vez más los perros tiraban de las riendas como si hubieran sido un solo perro. En Rink Rapids se incorporaron «Teek» y «Koona», dos huskies nativos, y la celeridad con que «Buck» los dominó dejó a François sin aliento:

—¡Gamás vi un pego como ese «Buck»! —exclamó—. ¡No, gamás! ¡Vale pog lo menos mil dólagues, pog Cristo! ¿Eh, qué dices, Perrault?

Perrault estuvo de acuerdo. Para entonces había ya adelantado más de lo que se había propuesto y ganaba distancia de día en día. El sendero estaba en excelentes condiciones, bien firme y endurecido, y no hubo que luchar con nuevas nevadas. No hacía demasiado frío. La temperatura llegó a treinta grados bajo cero y así se mantuvo durante todo el viaje. Los dos hombres corrían o montaban el trineo por turno, y los perros marchaban incesantemente, con muy espaciadas escalas.

El río Thirty Mile estaba cubierto de hielo, y en un solo día del regreso cubrieron la distancia que les había costado diez días en el viaje de ida. En una etapa recorrieron las sesenta millas que se extienden entre el lago Le Barge y los Rápidos del Caballo Blanco. Al cruzar Marsh, Tagish y Bennet (setenta millas de lagos), alcanzaron tal velocidad que el hombre al que le correspondía correr debió atarse al trineo con una cuerda. Y en la última noche de la segunda semana llegaron a White Pass y bajaron hacia el mar, con las luces de Skagway y de los barcos al pie de la ladera.

Fue el más veloz de los viajes. Durante catorce días recorrieron un promedio de cuarenta millas diarias. Durante tres días, Perrault y François pasearon por la calle principal de Skagway y fueron asediados con invitaciones para beber, en tanto que el equipo era el constante centro de la admiración de los conductores de trineos y buscadores de oro. Por entonces, tres o cuatro bandidos procedentes del Oeste intentaron asaltar el pueblo; como fueron cosidos a balazos, el interés del público se centró en otros héroes. Después, llegaron órdenes del gobierno. François llamó a «Buck», lo abrazó y lloró sobre él. Y esta fue la última vez que «Buck» vio a François y a Perrault. Como otros hombres, salieron para siempre de la vida de «Buck».

Un mestizo escocés se hizo cargo de él y de sus compañeros, y junto con otros doce equipos emprendió nuevamente la marcha hacia Dawson. Ya no se trataba de correr con poco peso ni de marcar tiempos extraordinarios, sino de una ardua faena cotidiana, arrastrando una pesada carga; ahora se trataba del convoy postal que llevaba las noticias del mundo a los hombres que buscaban oro bajo la sombra del Polo.

A «Buck» no le gustaba todo eso, pero cumplía eficientemente, tan orgulloso de su trabajo como «Dave» y «Sol-leks», y procuraba que sus compañeros, les gustara o no, cumplieran su parte. Era una vida monótona, en la que todo se hacía con maquinal regularidad. Cada día era idéntico a los demás. Todas las mañanas, a cierta hora, los cocineros se levantaban y encendían el fuego y se desayunaba. Después, mientras unos desarmaban las tiendas, otros uncían los perros, y todos se ponían en viaje una hora antes de que amaneciera. Por la noche había que acampar. Estos armaban las tiendas, aquellos cortaban leña para el fuego y ramas de pino para los jergones, y los de más allá acarreaban agua o hielo para los cocineros. Además, había que alimentar a los perros. Para estos, ese era el único recreo del día, pues resultaba grato vagabundear, luego de haber comido la ración de pescado, durante una hora o más con los otros perros, que en total eran más de cien. Algunos de ellos luchadores y pendencieros, pero tres combates con los más feroces le valieron a «Buck» el predominio, de modo que cuando gruñía y mostraba los dientes los demás le abrían paso.

Tal vez lo que más le agradaba era tenderse junto al fuego, estiradas las patas, erguida la cabeza y los ojos soñadoramente fijos en las llamas. A veces se acordaba de la gran casa del juez Miller, allá en el soleado valle de Santa Clara, y del estanque de cemento, y de «Ysabel» la chihuahua, y de «Toots», el dogo japonés; pero mucho más a menudo recordaba al hombre de la zamarra roja, la muerte de «Curly», la gran pelea con «Spitz» y las buenas cosas que había comido o que le habría gustado comer. No tenía nostalgias. El Sur era algo borroso y estaba muy lejos, y tales recuerdos no le dominaban. Mucho más intensos eran los recuerdos hereditarios, que daban un aire de familiaridad a cosas que jamás había visto antes;

los instintos (que no eran sino la memoria de sus antepasados convertida en hábitos), silenciados en días remotos, se agitaban en él y comenzaban a vivir otra vez.

A veces, mientras estaba allí tendido, entreabiertos y soñadores los ojos fijos en las llamas, le parecía que esas llamas eran las de otro fuego, y que, tendido junto a ese otro fuego, había visto frente a sí a otro hombre que tenía las piernas más cortas y los brazos más largos, con músculos firmes y nudosos, y no redondos y voluminosos. El pelo de ese hombre era largo y enmarañado, y su cabeza parecía curvarse hacia atrás desde los ojos mismos. Emitía raros sonidos y daba la impresión de tenerle mucho miedo a la oscuridad, pues la escrutaba continuamente, y en una de las manos, que le llegaban casi a las rodillas, empuñaba un garrote en cuyo extremo había una afilada piedra. Iba casi desnudo, con una raída y chamuscada piel sobre los hombros, y su cuerpo estaba cubierto de pelo; en algunos lugares, como el pecho, los hombros y la parte posterior de los brazos y los muslos, era tan abundante que más parecía una espesa piel. No se mantenía erguido, sino con el tronco encorvado hacia delante, a partir de las caderas, y las piernas flexionadas. En todo ese cuerpo había una peculiar elasticidad, o tensión, más bien felina, y la inquieta cautela del que vive en perpetuo temor de lo visible y lo invisible.

Otras veces, aquel hombre velludo se sentaba ante el fuego, con la cabeza entre las manos, y dormía. En tales ocasiones, mantenía los codos sobre las rodillas y las manos entrelazadas sobre la cabeza, cual si se protegiera de la lluvia con sus peludos brazos. Y más allá de ese fuego, en la oscuridad circundante, «Buck» distinguía centelleantes ascuas, por pares, siempre por pares: los ojos de grandes bestias voraces. Y podía oír el crujir de la maleza al paso de esos cuerpos y los ruidos que hacían durante la noche. Y soñando así por las riberas del Yukon, con ojos perezosos que parpadeaban ante el fuego, esos sonidos y visiones de otro mundo le erizaban los pelos del lomo y del cuello, y lo hacían aullar grave y sofocadamente o lanzar lastimeros aullidos, hasta que el mestizo cocinero le gritaba: «¡Arriba, "Buck", despierta!» Entonces, el otro mundo se esfumaba, y el mundo real retornaba a los ojos de «Buck», que se incorporaba, bostezaba y se desperezaba tal como si hubiera dormido.

El viaje fue arduo, por la carga que llevaban, y el pesado trabajo les agotó. Habían enflaquecido y desmejorado cuando llegaron a Dawson y hubieran necesitado diez días, o por lo menos una semana, de descanso. Sin embargo, dos días después bajaron la cuesta del Yukon, cargados de correspondencia para el extranjero. Los perros estaban exhaustos y los hombres trinaban de rabia; para empeorar las cosas, nevaba todos los días. Eso significaba ruta poco consistente, menor adherencia de los patines y más trabajo para los perros; empero, los conductores procedieron muy prudentemente y trataron de que la situación fuera lo más llevadera posible para los animales.

Todas las noches, los perros eran los primeros en ser atendidos. Comían antes de que comieran los conductores, y ningún hombre se acostaba antes de haber revisado las patas de los perros que él conducía. Pero, aun así, los animales perdían fuerzas. Desde el principio del invierno habían recorrido mil ochocientas millas y arrastrado los trineos a lo largo de esa agobiadora distancia, y mil ochocientas millas acaban con la resistencia del más fuerte. «Buck» resistió, obligando a sus compañeros a cumplir con el trabajo y manteniendo la disciplina, aunque también él estaba muy cansado. «Billee» gritaba y gemía en sueños todas las noches. «Joe» estaba más hosco que nunca y «Sol-leks» era inaccesible, tanto por el lado del ojo ciego como por el otro.

Pero de todos ellos el que más sufrió fue «Dave». Algo le ocurría. Se volvió más arisco e irritable, y no bien acampaba hacía su cubil y había que darle de comer allí mismo. Una vez que le quitaban los arreos, se acostaba y no volvía a incorporarse hasta la mañana siguiente, al serle colocados otra vez los arneses. A menudo, ya en camino, cuando lo sacudía una brusca detención del trineo o se esforzaba para reemprender la marcha, gemía lastimeramente. El conductor lo examinó, pero no le encontró nada. Todos los conductores se interesaron en su caso. Hablaban de ello a la hora de comer y mientras fumaban su última pipa antes de acostarse, y cierta noche celebraron una consulta. «Dave» fue conducido desde su cubil hasta cerca del fuego, y palpado y apretado hasta que se quejó varias veces. Algo en él marchaba mal, pero ni fue posible localizar huesos rotos ni formular diagnóstico alguno.

Su debilidad era tanta que antes de llegar a Cassiar Bar se desplomó varias veces durante la marcha. El mestizo escocés hizo alto, lo separó del equipo y lo reemplazó por «Sol-leks». Su intención era que «Dave» se tomara un descanso y corriera libremente detrás del trineo. A pesar de hallarse enfermo, «Dave» se irritó al ser apartado, gruñó y ladró mientras le aflojaban las bridas y gimió desgarradoramente al ver a «Sol-leks» en el puesto que él había ocupado y desempeñado durante tanto tiempo. Aunque enfermo de muerte, no podía soportar que otro perro hiciera su trabajo.

Cuando el trineo echó a andar, «Dave» corrió tambaleándose sobre la blanda nieve acumulada a un costado del sendero y la emprendió a dentelladas con «Sol-leks», embistiéndolo y tratando de tumbarlo sobre la nieve blanda del costado opuesto, y haciendo esfuerzos por meterse entre las riendas y colarse entre «Sol-leks» y el trineo; mientras tanto, no cesaba de aullar y gemir con desconsuelo. El mestizo trató de apartarlo con el látigo, pero «Dave» no prestó atención a la urticante correa, y el hombre no tuvo coraje para castigarlo con más fuerza. «Dave» se negaba a seguir el trineo por el sendero, donde la marcha resultaba más fácil, y continuó tambaleándose sobre la nieve blanda, donde la marcha resultaba más difícil; por fin, rendido, se desplomó y permaneció postrado en el lugar mismo donde había caído, aullando lúgubremente mientras el largo convoy de trineos pasaba a la carrera junto a él.

Con el resto de sus fuerzas, se amañó para seguir avanzando a rastras hasta que el convoy volvió a detenerse; entonces se acercó a su trineo y se detuvo junto a «Sol-leks». El conductor se había detenido un momento para pedir fuego para su pipa al hombre que iba detrás de él. Después se volvió y puso en marcha su equipo. Los perros echaron a andar con extraordinaria facilidad, volvieron la cabeza con desasosiego y se detuvieron sorprendidos. También el conductor estaba desconcertado: el trineo no se había movido. El hombre llamó a sus compañeros para mostrarles lo que había ocurrido. «Dave» había cortado con los dientes las riendas de «Sol-leks» y estaba delante del trineo, en su puesto.

Con la mirada, imploró que lo dejaran allí. El conductor no disimulaba su perplejidad. Sus camaradas comentaron el hecho de que un perro se sintiera feliz al ser liberado de la tarea que lo estaba matando, y recordaron ejemplos, por ellos conocidos, de perros que, heridos o harto viejos ya para el trabajo, habían muerto porque se les había separado del tiro. Además, consideraron que sería piadoso —pues de todos modos «Dave» iba a morir— que muriera entre las riendas, feliz y contento. Así pues, le pusieron otra vez los arneses, y «Dave», orgullosamente, tiró del trineo como antaño, aunque en más de una oportunidad se le escapara algún involuntario quejido por causa del dolor que le roía las entrañas. Muchas veces se desplomó y fue arrastrado por el resto del equipo; en una de esas ocasiones, el trineo le pasó por encima; desde ese momento, «Dave» renqueó de una de las patas traseras, pero se mantuvo en pie hasta la hora de acampar; su conductor, entonces, le hizo sitio junto al fuego. La mañana lo halló demasiado débil para viajar. Cuando fue tiempo de uncir el equipo, trató de acercarse al conductor. Con esfuerzo convulsivo, se incorporó, vaciló y cayó. Después, arrastrándose, continuó rumbo al lugar donde sus compañeros eran puestos entre las riendas. Adelantaba las patas delanteras y arrastraba el cuerpo a sacudidas, y cuando había adelantado las patas delanteras y sacudido el cuerpo hacia delante, volvía a repetir esos movimientos para avanzar unas pocas pulgadas más. Las fuerzas lo abandonaban y cuando sus compañeros lo vieron por última vez estaba tendido en la nieve, jadeando, y mirándolos con ansiedad. Y cuando lo perdieron de vista, al penetrar en el bosque, oían aún sus lúgubres aullidos.

Allí se detuvo el convoy. El mestizo escocés regresó lentamente al lugar donde habían acampado. Los hombres guardaron silencio. Se oyó un disparo de revólver. El mestizo regresó apresuradamente. Restallaron los látigos, los cascabeles tintinearon alegremente, los trineos se deslizaron por el sendero; pero «Buck» sabía, y también lo sabían los demás perros, qué había sucedido más allá del bosquecillo de la orilla del río.

CAPÍTULO V

EL ARDUO TRABAJO DEL CAMINO

Treinta días después de haber partido de Dawson, el Correo de Salt Water, con «Buck» y sus compañeros al frente, llegó a Skagway. El estado de todos era desastroso: estaban rendidos y exhaustos. Las ciento cuarenta libras de «Buck» se habían convertido en ciento quince. En comparación, sus compañeros, no obstante

ser perros más livianos, habían perdido más peso que él. «Pike» el ladrón, que en su vida de trapacerías había fingido a menudo estar herido en una pata, renqueaba ahora de veras; «Sol-leks» también cojeaba y «Dub» tenía un hombro hundido.

Todos tenían terribles lastimaduras en las patas. No les quedaba ya agilidad ni elasticidad. Sus patas caían pesadamente sobre el camino, haciéndoles estremecer y duplicando el cansancio de cada día de viaje. Lo que les ocurría no era nada serio, pero estaban mortalmente agotados. No era el agotamiento provocado por un breve y excesivo esfuerzo, del que se hubieran recuperado en pocas horas, sino el agotamiento causado por el lento y prolongado esfuerzo de meses de trabajo. No les quedaba ya capacidad de recuperarse, ni reserva de fuerzas a la que recurrir. Todo había sido utilizado, hasta la última gota. Cada músculo, cada libra, cada célula, estaba cansada, mortalmente cansada. Y había razón para que así fuera. En menos de cinco meses habían recorrido dos mil quinientas millas; en las últimas mil ochocientas no habían llegado a tener siquiera cinco días de descanso. Cuando arribaron a Skagway se hallaban literalmente a punto de desplomarse de cansancio. Apenas si podían mantener tensas las riendas; en las pendientes debían tener cuidado para mantenerse fuera del alcance del trineo.

—¡Ánimo, pobres patas doloridas! —gritó el conductor para alentarlos a enfilar la calle principal de Skagway—. Estamos llegando y después tendremos un descanso. ¡Claro que sí: un magnífico descanso!

Los hombres confiaban en esa tregua. Ellos mismos habían hecho un viaje de mil doscientas millas interrumpido sólo durante dos jornadas y, como es lógico y natural, merecían un intervalo de holganza. Pero tantos eran los hombres que habían llegado al Klondike, y tantas las novias, las esposas y los parientes que no lo habían hecho, que la correspondencia atrasada asumía proporciones tremendas. Además, había órdenes oficiales. Nuevas tandas de perros de la bahía de Hudson reemplazarían a las que no estaban en condiciones de seguir adelante. Había que librarse de los animales que no estuvieran capacitados para seguir adelante y, ya que los perros poco importan en comparación con los dólares, había que venderlos.

Transcurrieron tres días, en el transcurso de los cuales «Buck» y sus compañeros comprendieron hasta qué punto se encontraban fatigados y débiles. Después, en la mañana del cuarto día, aparecieron dos hombres procedentes de Estados Unidos y los compraron, incluidos los arneses, por una bicoca. Hal y Charles eran los nombres de esos hombres. Charles era de mediana edad, piel blanca, mirada débil y acuosa, y bigote vigoroso y fieramente retorcido hacia arriba, como para atenuar la impresión dada por el labio caído que ocultaba. Hal era un mozalbete de unos diecinueve a veinte años, con un gran revólver «Colt» y un cuchillo de caza que pendían de un cinturón bonitamente tachonado de balas. Ese cinturón era lo más llamativo que había en él: denunciaba su insensibilidad, una insensibilidad total e indescriptible. Saltaba a la vista que ambos hombres estaban fuera de su ambiente: la razón de que se hubieran aventurado por el Norte forma parte de un misterio que carece de explicación.

«Buck» oyó el regateo, vio que los hombres entregaban dinero al agente del Gobierno y comprendió que el mestizo escocés y los conductores del convoy-correo iban a alejarse de su vida de la misma manera que antes se habían alejado de Perrault y François y los otros. Conducido con sus compañeros al campamento de sus nuevos propietarios, «Buck» vio que allí imperaba el descuido y la suciedad: la tienda, armada a medias, sin lavar los platos, desorden en todo. Y vio también a una mujer: Mercedes la llamaban los hombres. Era mujer de Charles y hermana de Hal: ¡una linda familia!

«Buck» los observó atentamente mientras desarmaban la tienda y cargaban el trineo. Ponían mucha voluntad en lo que hacían, pero ningún método. Al enrollar la tienda la transformaron en un burdo envoltorio tres veces más grande de lo que debía ser. Y los platos los guardaron sin haberlos lavado. Mercedes salía continuamente al paso de los hombres y sobrellevaba una ininterrumpida conversación hecha de consejos y reproches. Cuando ellos pusieron un envoltorio de ropas en la parte delantera del trineo, ella sugirió que debían colocarlo atrás, y después, una vez que lo pusieron atrás y lo cubrieron con otros bultos, Mercedes descubrió que se había olvidado de guardar ciertas cosas que no podían ir sino en aquel envoltorio, y ellos volvieron a descargar.

Tres hombres de una tienda vecina, que se habían acercado para mirar, sonreían y se hacían guiños entre sí.

—Llevan un bonito peso —dijo uno de ellos—, y no he de ser yo quien les diga qué deben hacer; pero si estuviera en el lugar de ustedes no cargaría la tienda.

—¡Ni soñarlo! —clamó Mercedes, levantando las manos en señal de protesta—. ¿Cómo podría arreglármelas sin una tienda?

—Estamos en primavera y no tendremos más frío —replicó el hombre.

Mercedes meneó resueltamente la cabeza y Charles y Hal pusieron los últimos paquetes y todo lo que sobraba en la cúspide de aquella carga que semejaba una montaña.

—¿Creen que andará? —preguntó uno de los hombres.

—¿Por qué no? —preguntó Charles, con cierta violencia.

—¡Oh, está bien; está bien! —respondió el hombre, rápida y humildemente—. Se me ocurrió, eso es todo. Sólo que me parece mucha carga.

Charles le dio la espalda y ciñó las correas lo mejor que pudo; es decir, no muy bien.

—Y, por supuesto, los perros llevarán todo el día ese armatoste a rastras —afirmó otro de los hombres.

—Claro que sí —dijo Hal, con fría cortesía, mientras con una mano aferraba la vara del trineo y con la otra hacía restallar el látigo—. ¡Arre! —gritó—. ¡Arre, vamos!

Los perros pegaron un salto y tiraron de las riendas durante un momento; después dejaron de hacer esfuerzos. Les era imposible mover el trineo.

—¡Bestias haraganas, yo les enseñaré! —gritó Hal disponiéndose a castigarlos con el látigo.

Pero Mercedes intervino gritando:

—¡Oh, Hal, no hagas eso! —de un tirón le arrebató el látigo—. ¡Pobrecitos! Prométeme que no los maltratarás o, de lo contrario, no daré un paso más.

—¡Por lo mucho que tú sabes de perros! —refunfuñó su hermano—. Mejor harías dejándome en paz. Son unos haraganes, te lo digo yo, y hay que castigarlos para conseguir algo de ellos. Son siempre así. Pregúntaselo a cualquiera. Pregúntaselo a uno de esos hombres.

Mercedes los miró suplicante: un gesto de repugnancia ante el dolor ajeno le crispaba el hermoso rostro.

—Están muy débiles, si le interesa saberlo —fue la respuesta de uno de los hombres—. Están exhaustos, eso es lo que les pasa. Necesitan un descanso.

—¡Al diablo con el descanso! —dijo Hal.

Escandalizada por aquella maldición, Mercedes dijo: «¡Oh!». Pero era leal a los suyos y salió en defensa de su hermano:

—No escuches a ese hombre —ordenó—. Eres tú quien conduce nuestros perros y puedes hacer lo que te dé la gana.

Una vez más, el látigo de Hal cayó sobre los animales, que tironearon de las riendas, hundieron sus patas en la nieve y se esforzaron al máximo. El trineo, como sujeto por un ancla, no se movió. Después de otros dos intentos, los perros quedaron jadeantes. El látigo volvió a silbar salvajemente y Mercedes volvió a intervenir. Con lágrimas en los ojos, cayó de rodillas delante de «Buck» y le rodeó el cuello con los brazos.

—¡Pobrecitos, pobrecitos! —gimoteó—. ¿Por qué no tiran con más fuerza? Si lo hicieran no los castigarían.

«Buck» no le tenía simpatía a Mercedes, pero se sentía demasiado infeliz para rechazarla y la soportó como parte de la terrible faena de aquel día.

Uno de los curiosos, que había estado apretando los dientes para no estallar en reproches, habló por fin:

—No es asunto mío lo que a ustedes les suceda, pero por el bien de los perros les advierto que podrían partir si desprendieran el trineo: los patines están pegados a la nieve. Empujen de derecha a izquierda la vara de dirección y lo despegarán.

Hicieron un tercer intento, y esta vez, siguiendo el consejo, Hal logró despegar los patines, que se habían adherido a la nieve. El sobrecargado y resistente trineo echó a andar mientras «Buck» y sus compañeros forcejeaban bajo una lluvia de golpes. Aproximadamente cien yardas adelante el camino hacía una curva y desembocaba abruptamente en la calle principal. Hubiera sido menester un hombre de experiencia para mantener el trineo en equilibrio, y Hal no era ese hombre. Al enfilar la curva el trineo volcó y la mitad de su carga rodó por entre las mal ceñidas riendas. Los perros no se detuvieron. Aunque tumbado, el trineo siguió deslizándose detrás de ellos. Estaban exasperados por el castigo y por la exagerada carga. «Buck» echaba chispas. Se había lanzado a la carrera y el equipo seguía a su líder. Hal gritaba: «¡So! ¡So!»; pero no le hacían caso.

Después, tropezó y cayó. El trineo le pasó por encima y los perros arremetieron por la calle principal, provocando, al sembrar el resto de la carga a lo largo de la vía pública, el regocijo de todo Skagway.

Personas de buena voluntad detuvieron a los perros y recogieron los desperdigados bártulos. Y dieron también su parecer. La mitad de la carga y el doble de perros si querían llegar a Dawson: tal era lo aconsejado. Hal, su hermana y su cuñado los escucharon de mala gana, apartaron la tienda, comenzaron a clasificar los pertrechos y hasta sacaron a relucir alimentos envasados, con lo cual hicieron reír a los mirones, pues en las rutas árticas los alimentos envasados son una quimera.

—Mantas como para un hotel —dijo uno de los que se reían y ayudaban—. Con la mitad tienen más que suficiente. Desháganse de la tienda y de todos esos platos: ¿quién va a lavarlos? ¡Oh, Dios!, ¿les parece que están viajando en coche-cama?

Y así prosiguió la inexorable eliminación de lo superfluo. Mercedes lloró cuando sus maletas fueron arrojadas al suelo y echadas a un lado, una tras otra, todas sus prendas. Lloraba en general y lloraba también en particular por cada pertenencia descartada. Suplicó de rodillas, transida de dolor, y juró que no daría un paso más ni siquiera por una docena de Charles. Rogó a todos y a todo, y por último se secó los ojos y procedió a descartar ropas que eran de imperativa necesidad. Y en su ardor, una vez que hubo concluido con las propias, la emprendió con las pertenencias de los hombres y las revolvió como un huracán.

Hecho eso, el equipo de viaje, aunque reducido a la mitad, era todavía una mole formidable. Charles y Hal salieron por la tarde y compraron seis perros. Incorporados a los seis del tiro primitivo más «Teek» y «Koona», los perros esquimales adquiridos en Rink Rapids por Perrault, formaron un conjunto de catorce. Pero los perros nuevos, aunque ya prácticamente adiestrados a su llegada, no servían para gran cosa. Dos eran pachones de pelo corto, otro era un Terranova, y los dos restantes, mestizos de raza indefinida. Los recién llegados parecían no saber nada. «Buck» y sus compañeros los miraban con disgusto y si bien aquel les enseñó enseguida qué lugares ocuparían y qué les estaba prohibido hacer, no logró enseñarles qué debían hacer. No se adaptaban al trabajo. Con excepción de los dos mestizos, estaban confundidos y desalentados por el salvaje y extraño ambiente en que se encontraban y por el trato recibido. Los mestizos carecían por completo de vitalidad; daban la impresión de un montón de huesos movidos por un resorte.

Con los inútiles y desvalidos recién llegados y el viejo equipo exhausto por dos mil quinientas millas de continuo viaje, el panorama no resultaba nada brillante. Aun así, los dos hombres se mostraban contentos. Y orgullosos también. Se disponían a hacer lo que nadie había hecho: utilizar catorce perros. Ellos habían visto otros trineos que por el desfiladero partían hacia Dawson o llegaban de Dawson, pero nunca habían visto un trineo con nada menos que catorce perros. Habían resuelto el viaje con lápiz y papel: tanto por perro, por tantos perros, por tantos días, igual a tanto. Mercedes atisbaba sobre los hombros de ellos y asentía comprensivamente: ¡era todo tan simple...!

Ya muy entrada la mañana siguiente, «Buck» condujo el equipo calle arriba. La marcha carecía de vivacidad: no había asomos ni de vigor ni de gallardía, tanto en el líder como en sus compañeros. Emprendían el viaje completamente agotados. «Buck» había cubierto cuatro veces la distancia entre Salt Water y Dawson, y la certeza de que, abatido y cansado, enfrentaba la misma travesía una vez más, lo amargaba. Ni él ni ninguno de los otros se entregaba por entero al trabajo. Los perros extranjeros eran tímidos y miedosos; los nativos desconfiaban de sus amos.

«Buck» se daba cuenta vagamente de que no tenía sentido depender de aquellos dos hombres y aquella mujer. No sabían hacer nada y, con el correr de los días, quedó demostrado que eran incapaces de aprender. Eran descuidados en todo, carentes de orden y de disciplina. La mitad de la noche se les iba en armar deficientemente el campamento, y la mitad de la mañana en levantarlo y en cargar tan deficientemente el trineo que el resto del día lo pasaban deteniéndose y reacomodando la carga. Hubo días en que ni siquiera hicieron diez millas. Y otros en los que fueron incapaces de emprender la marcha. Y en ninguna jornada lograron cubrir más de la mitad de la distancia que los hombres habían tomado como base al calcular la comida de los perros...

Inevitablemente, habría de faltarles alimento para los animales. Sin embargo, ellos mismos precipitaron esa situación al sobrealimentarlos, y adelantaron el momento de pasar hambre. Los perros extranjeros, cuyas digestiones no estaban acostumbradas por el hambre crónica a obtener lo más de lo menos, tenían un apetito voraz. Y como, por añadidura, los perros esquimales tiraban débilmente, Hal concluyó que la ración normal era harto escasa. Y la aumentó al doble. Para rematar todo eso, cuando con lágrimas en sus lindos ojos y temblorosa voz, no pudo convencerle de que les diera aún más, Mercedes comenzó a saquear los costales de pescado y a alimentarlos a escondidas. Pero lo que «Buck» y sus compañeros necesitaban no era comida, sino descanso. Y si bien avanzaban lentamente, la pesada carga que tenían que arrastrar minaba seriamente las fuerzas de todos ellos.

Llegó, después, el tiempo de las privaciones. Hal se levantó cierta mañana y halló que la mitad del alimento para los perros había desaparecido y que sólo habían hecho la cuarta parte del viaje. Además, fuese con dinero, fuese gratuitamente, era imposible ya un abastecimiento complementario. Por tanto, Hal mermó la ración habitual y procuró alargar la etapa diaria. Su hermana y su cuñado estuvieron de acuerdo. Sin embargo, la incompetencia de cada uno de ellos y la pesada carga frustraron el esfuerzo. Resultaba fácil darles menos comida a los perros, pero resultaba imposible que los perros cubrieran distancias mayores mientras sus amos, incapaces de emprender más temprano la marcha cotidiana, no lograran viajar más horas. No sólo no sabían cómo tratar a los perros, sino que tampoco sabían qué hacer consigo mismos.

El primero en caer fue «Dub». Pobre y tonto ladronzuelo al que siempre sorprendían y castigaban, había sido empero un incansable trabajador. Su hombro dislocado, carente de cuidado y de descanso, fue de mal en peor hasta que, finalmente, Hal le pegó un tiro con su gran revólver Colt. En las regiones árticas suele decirse que un perro extranjero muere de hambre con la ración de un perro esquimal; así pues, los seis perros extranjeros del equipo, con la mitad de esa ración, no podían hacer menos que morirse. El Terranova fue el primero, le siguieron los tres pachones de pelo corto; los dos mestizos se aferraron más denodadamente a la vida, pero también perecieron.

Para ese entonces, toda la afabilidad y la educación meridionales habían desaparecido de aquellas tres personas. Despojada ya de su novelesco atractivo, la travesía del Ártico se les convirtió en una realidad harto rigurosa. Mercedes dejó de compadecerse de los perros, ya que estaba demasiado ocupada en compadecerse a sí misma y en disputar con su marido y con su hermano. Las reyertas eran

lo único de lo que jamás se cansaban. La irritabilidad de cada uno de ellos nació de su desdicha, creció con ella, la duplicó, la dejó muy atrás. La paciencia maravillosa que adquieren los hombres que trabajan y padecen en las rutas árticas sin que ello menoscabe su amabilidad y su benevolencia no rozó a aquellos hombres y a aquella mujer. No tenían siquiera noción de esa paciencia. Eran torpes y estaban, además, mortificados: les dolían los músculos, les dolían los huesos, les dolía hasta el mismo corazón; se trataban con violencia y no hacían más que cambiar agravios de la mañana a la noche.

Charles y Hal disputaban no bien Mercedes les daba oportunidad. Tanto el uno como el otro creían que trabajaba más de lo que le correspondía y ninguno de los dos dejaba de manifestarlo en cuanto tenía ocasión. A veces Mercedes se ponía de parte de su marido; a veces, de parte de su hermano. El resultado era una dura e interminable riña de familia. Bastaba con discutir a quién le tocaba cortar leña para el fuego (discusión que sólo incumbía a Charles y Hal), y al instante toda la parentela salía a relucir: padres, madres, tíos, primos, gente que se hallaba a cientos de millas de distancia o que ya había muerto. Que los puntos de vista de Hal en materia de arte o que la clase de obras que había escrito el hermano de su madre tuvieran algo que ver con el corte de leña para el fuego es cosa que supera toda posibilidad de comprensión; sin embargo, la disputa se orientaba en esa dirección o en dirección a los prejuicios políticos de Charles. Y que la lengua viperina de la hermana de Charles tuviera algo que ver con el hecho de encender un fuego en algún remoto punto del Yukon, era evidente sólo para Mercedes, que daba rienda suelta a sus caudalosas opiniones sobre el particular e, incidentalmente, sobre algunos otros rasgos desagradablemente peculiares de la familia de su marido. Mientras tanto, el fuego seguía sin encender, el campamento a medio armar y los perros en ayunas.

Mercedes se sentía agraviada en su condición de mujer. Era bonita y delicada, y había sido tratada cortésmente durante toda su vida. Pero el trato que ahora le daban su marido y su hermano era cualquier cosa menos cortés. Era costumbre suya proceder como si estuviera desamparada. Hal y Charles se exasperaban. Ante el desconocimiento de lo que para ella era la prerrogativa fundamental de su sexo, les hacía la vida imposible. No sentía ya consideración por los perros y, por sentirse ofendida y cansada, insistía en sentarse en el trineo. Era bonita y delicada, pero pesaba ciento veinte libras:

algo más que una leve brizna sobre la pesada carga que arrastraban los debilitados y hambrientos animales. Así viajó durante días, hasta que los perros se desplomaron en el sendero y el trineo se detuvo. Charles y Hal le rogaron que se levantara y caminara, le imploraron de rodillas, en tanto ella lloraba e importunaba al cielo con la narración de las torturas que le hacían padecer.

En cierta ocasión la sacaron del trineo por la fuerza. Nunca más lo intentaron. Mercedes aflojó las piernas como un niño malcriado y se desplomó en el sendero. Hal y Charles siguieron viaje, pero ella no se movió. Después de haber recorrido tres millas, descargaron el trineo, volvieron a buscarla y, también por la fuerza, la subieron al trineo.

Abrumados por su propia desdicha, ni reparaban en el sufrimiento de los animales. Para Hal, cuya tesis quedaba demostrada sobre el pellejo de los demás, uno debía endurecerse. Comenzó predicando esa teoría a su hermana y a su cuñado, y, al fracasar con ellos, se la inculcó a los perros a fuerza de golpes. Al llegar al Five Fingers la comida de los animales se había agotado y una vieja india desdentada les ofreció algunas libras de tasajo de caballo a cambio del revólver Colt que, en el cinturón de Hal, hacía juego con el cuchillo de caza. Aquel tasajo resultó un pobre sustituto del alimento, pues no era más que resecas lonjas de pellejo arrancado a animales muertos de hambre hacía ya seis meses. Como estaba congelado, más parecía rebabas de hierro galvanizado, y cuando un perro se lo echaba al estómago se convertía en delgadas e insustanciales tiras de cuero y en una irritante e indigesta masa de cerdas.

Y en medio de todo eso, como en una pesadilla, «Buck» continuaba tambaleándose al frente del equipo. Tiraba cuando podía y cuando ya no podía tirar más se desplomaba y permanecía tendido hasta que los golpes o los latigazos lo obligaban a ponerse nuevamente en pie. El brillo y la suavidad de su pelambre habían desaparecido por completo. El pelo le caía sucio o amazacotado con coágulos resecos en los sitios donde había recibido los golpes de Hal. Sus músculos estaban reducidos a cordones nudosos y la carne había desaparecido, de modo que cada costilla y cada hueso del esqueleto se le dibujaba claramente a través de la piel, que pendía en pliegues flácidos. Daba pena verlo: pero el ánimo de «Buck» era irreductible. El hombre de la zamarra roja lo había comprobado.

Lo que ocurría con «Buck» ocurría con sus compañeros. Eran esqueletos andantes. En total, quedaban siete perros. Los padecimientos los habían tornado insensibles al mordisco del látigo y a los golpes. El dolor del castigo era confuso y remoto, tal como las cosas que veían con los ojos y oían se les antojaban confusas y remotas. No estaban semivivos o vivos a pesar de todo. Eran simplemente bolsas de huesos en las que la chispa de la vida titilaba apenas. Cuando hacían alto, se dejaban caer en el sendero, como muertos, y la chispa se atenuaba y palidecía, y parecía extinguirse. Y cuando el garrote o el látigo caía sobre ellos, la chispa se avivaba débilmente y todos se incorporaban y, tambaleándose, proseguían la marcha.

Y así llegó el día en que «Billee» el bueno se desplomó y no pudo levantarse. Hal, que ya no tenía el revólver, tomó el hacha y descargó un golpe mortal sobre la cabeza de «Billee»; después desenganchó el cadáver y lo dejó a un costado del camino. «Buck» vio todo y también sus compañeros vieron todo: y todos comprendieron que les estaba reservada idéntica suerte. Al día siguiente cayó «Koona». Pero aún quedaban cinco: «Joe», tan debilitado que ya no podía ser perverso; «Pike», rengo y mutilado, sólo a medias consciente y no lo bastante para haraganear; «Sol-leks», el tuerto, todavía fiel a la ley del sendero, y acongojado porque le quedaba muy poca fuerza para arrastrar el trineo; «Teek», que no había viajado mucho ese invierno y que por ser el más nuevo recibía más castigo que los otros, y «Buck», siempre al frente del equipo, aunque ya no se afanara por mantener la disciplina o por quebrantarla, ni siquiera por hacerse obedecer, ciego de debilidad la mitad del tiempo, manteniéndose en el sendero por los reflejos de este y por el apagado tacto de sus patas.

Hacía un hermoso clima de primavera, pero ni los perros ni los hombres lo advertían. El sol salía cada vez más temprano y se ponía cada vez más tarde. Amanecía a las tres de la mañana y el crepúsculo duraba hasta las nueve de la noche. El día entero era una radiante hoguera. El fantasmal silencio del invierno había dado paso al gran murmullo primaveral de la vida que despierta. Ese rumor se elevaba de toda la tierra, pleno de alegría de vivir. Partía de las cosas que vivían otra vez, cosas que habían permanecido como muertas y que no se habían movido durante los largos meses de frío. La savia trepaba por los pinos. Los robles y los álamos estallaban en brotes. Ar-

bustos y vides se cubrían con tiernos mantos de verdor. Los grillos cantaban en la noche y durante el día incontables especies animales reptaban en busca del sol. Perdices y pájaros carpinteros alborotaban en los bosques. Las ardillas chillaban, gorjeaban los pájaros y densas bandadas de patos silvestres que llegaban del Sur cubrían el cielo y rasgaban el aire con sus graznidos.

En las pendientes se oía el rumor del agua, la música de ocultos manantiales. Todo se deshelaba, todo se estremecía, todo palpitaba. El Yukon pugnaba por librarse del hielo que lo cubría, corroyendo por debajo aquel manto que el sol corroía por fuera. Se formaban agujeros, aparecían fisuras, se abrían grietas y el río devoraba los témpanos más delgados y en medio de ese restallante, crepitante, vibrante despertar a la vida, bajo el ardiente sol y a través de acariciantes brisas, cual peregrinos que fueran hacia la muerte, los dos hombres, la mujer y los perros avanzaban tambaleantes.

Los perros desfallecían; Mercedes, sentada en el trineo, no cesaba de llorar; Hal maldecía constantemente y Charles ya era presa de la desesperación cuando arribaron al campamento de John Thornton, en la desembocadura del White River. Apenas se detuvieron, los perros se desplomaron como si los hubiesen herido de muerte. Mercedes se enjugó los ojos y miró a John Thornton. Charles se sentó en un tronco, a descansar. Se sentó lenta y penosamente, pues estaba entumecido. Y Hal tomó la palabra. John Thornton estaba dando los últimos toques a un mango de hacha labrado en una rama de abedul. Escuchó sin dejar de trabajar, respondió con monosílabos y, cuando se lo requirieron, dio su parecer. Conocía a la gente de esa clase y daba su parecer con la certeza de que por mucho que hablara no lo tendrían en cuenta.

—Allá arriba nos dijeron que el sendero se estaba desmoronando y que lo mejor que podíamos hacer era esperar —respondió Hal cuando Thornton les aconsejó que no se arriesgaran más por el hielo resquebrajado—. Nos dijeron que no podríamos llegar a White River y, sin embargo, aquí estamos.

—Y les dijeron la verdad —replicó Thornton—. El sendero se desmoronará en cualquier momento. Sólo los necios, con la suerte ciega de los necios, pueden atreverse a recorrerlo. Entérese: ni por todo el oro de Alaska yo me atrevería a arriesgar mi pellejo en ese hielo.

—Porque usted no es un necio, supongo —dijo Hal—. De todos modos, nosotros continuaremos hacia Dawson —desenrolló el látigo—: ¡Muévete, «Buck»! ¡Vamos, andando! ¡Arre!

Thornton siguió trabajando. Sabía que era inútil interponerse entre un necio y su necedad, y que dos o tres necios más o menos no alterarían el orden de las cosas.

Pero el equipo no obedeció la orden de Hal. Para que se despabilara era necesario, desde hacía algún tiempo, apelar al castigo. El látigo relampagueó en el aire, a diestro y siniestro, y cayó una y otra vez sobre los animales. John Thornton apretó los labios. «Sol-leks» fue el primero en incorporarse; «Joe» lo siguió, aullando lastimeramente. «Pike» hizo denodados esfuerzos: en dos oportunidades, cuando estaba casi en pie, se desplomó en el suelo; no obstante, con un tercer esfuerzo, consiguió levantarse. «Buck», en cambio, no se apartó del sitio donde se había tumbado. Los latigazos lo alcanzaron una y otra vez, pero no se quejó ni se movió. En más de un momento, Thornton estuvo a punto de intervenir, pero se contuvo. Tenía los ojos húmedos y, como el castigo proseguía, comenzó a ir y venir, evidentemente nervioso.

Era la primera vez que «Buck» no obedecía; Hal, que se creyó con motivo más que suficiente para montar en cólera, cambió el látigo por el garrote. A pesar de la lluvia de golpes que se abatía sobre él, «Buck» se resistió a moverse. Igual que sus compañeros, apenas si podía incorporarse; aunque, a diferencia de ellos, había resuelto no hacerlo. Le embargaba el confuso presentimiento de un desastre inminente. Aquella sensación le había asaltado en el momento de enfilar la orilla del río y no lo abandonaba desde entonces. Por haber pisado durante todo el día nada más que hielo delgado y quebradizo, parecía como intuir la proximidad de un desastre sobre ese hielo al que su amo quería conducirlo. Se negó a moverse. Tanto había padecido y tan débil estaba que no sintió el castigo. Y mientras los golpes arreciaban sobre él, la chispa de la vida vaciló y se tornó más y más pequeña. Estaba ya a punto de extinguirse. «Buck» sentía un extraño sopor. Se daba cuenta de que lo castigaban, pero como si todo ocurriese muy lejos. Las últimas sensaciones de dolor desaparecieron. Ya no sentía nada; sin embargo, muy débilmente, podía oír el ruido del garrote sobre su cuerpo. Pero su cuerpo ya no era suyo, era algo muy remoto.

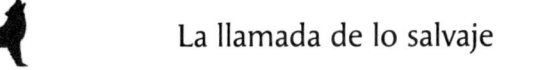

Y entonces, de pronto, sin aviso, con un grito inhumano que más parecía el alarido de una fiera, John Thornton se abalanzó sobre el hombre que esgrimía el garrote. Hal retrocedió tambaleándose, como si le hubiera alcanzado un árbol al caer. Mercedes comenzó a chillar. Charles levantó la vista, desconcertado, y se restregó los ojos; pero, como seguía entumecido, ni intentó ponerse en pie.

John Thornton estaba junto a «Buck» y procuraba dominarse, pues la indignación le impedía hablar:

—Si vuelves a pegarle a ese perro, te mato —consiguió decir por fin, con voz ahogada.

—El perro es mío —respondió Hal, limpiándose la sangre de la boca y retrocediendo aún más—. ¡Fuera de mi camino si no quieres que te ajuste cuentas a ti también! Voy a Dawson.

Thornton se había interpuesto entre Hal y «Buck», y era evidente que no tenía intención de apartarse. Hal desenvainó su largo cuchillo de caza. Mercedes chillaba, gritaba, reía, presa de un compulsivo ataque de histeria. Con el mango del hacha, Thornton golpeó a Hal en los nudillos y le obligó a soltar el cuchillo. Y cuando su adversario se agachó para recoger el arma, volvió a golpearle. Después se inclinó, levantó el cuchillo y, con un par de golpes, cortó las riendas de «Buck».

A Hal no le quedaban ánimos para pelear. Además, tenía las manos ocupadas en atender a su hermana. Mejor dicho, los brazos. Y, en cambio, «Buck» estaba demasiado cerca de la muerte como para ser utilizado en tirar del trineo. Minutos después, Hal, Mercedes y Charles se apartaron de la orilla y enfilaron la helada superficie del río. «Buck» les oyó y volvió la cabeza para verlos. «Pike» iba al frente, «Sol-leks» junto al trineo y «Joe» y «Teek» en medio. Todos renqueaban y se tambaleaban. Mercedes viajaba en el cargado trineo, Hal se ocupaba del timón y Charles, a la zaga, avanzaba a tropezones.

Mientras «Buck» los miraba, Thornton se arrodilló junto a él y con sus rudas y afectuosas manos lo palpó para cerciorarse de que no hubiera huesos rotos. Cuando terminó de comprobar que todo se reducía a unas cuantas magulladuras y una terrible falta de alimento, los viajeros se encontraban ya a un cuarto de milla. El perro y el hombre continuaron mirando el trineo, que se deslizaba penosamente por la helada superficie del río. De pronto, vieron que su parte posterior se elevaba, como si el vehículo hubiera topado con un obstáculo, y que Hal, sin soltar la vara de dirección, daba una vuelta en el aire. Alcanzaron a oír el grito de Mercedes. Y vieron también que Charles se volvía y daba un paso para regresar. Después, un gran bloque de hielo cedió y los perros y los viajeros desaparecieron. Sólo quedó un enorme boquete. El sendero se había desmoronado.

John Thornton y «Buck» se miraron.

—¡Eres un pobre diablo! —dijo John Thornton. Y «Buck» le lamió la mano.

CAPÍTULO VI

POR EL AMOR DE UN HOMBRE

Anteriormente, en el mes de diciembre, a John Thornton se le habían helado los pies; sus socios, luego de prepararle todo lo necesario para que estuviera cómodo, se habían marchado a Dawson en busca de una balsa de troncos. Thornton renqueaba ligeramente todavía cuando rescató a «Buck», pero con el tiempo, que se mantuvo constantemente cálido, desapareció hasta el menor vestigio de aquella cojera. Y allí, tendido a orillas del río durante los largos días de primavera, contemplando el curso del agua, escuchando indolentemente el canto de los pájaros y las voces de la naturaleza, «Buck» recuperó poco a poco su vigor.

Un descanso siempre viene muy bien después de haber recorrido tres mil millas y justo es confesar que «Buck» se tornó algo perezoso mientras se le cerraban las heridas, se le fortalecían los músculos y volvía a echar carnes. Cabe señalar que allí todos haraganeaban («Buck», John Thornton y «Skeet» y «Nig»), en espera de la balsa que habría de llevarles a Dawson. «Skeet» era una perdiguerita irlandesa que enseguida hizo amistad con «Buck», quien, casi muerto de inanición, no pudo rechazar sus primeros avances. «Skeet» tenía esa devoción de samaritana que suelen poseer algunas perras, y como una gata madre lava a sus mininos, así lavaba y limpiaba ella las heridas de «Buck». Puntualmente, todas las mañanas, una vez que él había concluido su desayuno, se entregaba con dedicación a la tarea: al punto de que «Buck» llegó a desear esas atenciones tanto como las de Thornton. «Nig», igualmente amistoso aunque menos demostrativo, era un perrazo negro, cruce de sabueso y galgo, de ojos sonrientes y comportamiento amable.

Para sorpresa de «Buck», ninguno de esos perros demostró celos de él. Parecían contagiados por la bondad y la generosidad de John Thornton. A medida que «Buck» fue recuperando su fortaleza, lo instaron a toda clase de juegos, en los que Thornton no pudo menos que participar. Así pasó «Buck» su convalecencia y comenzó una nueva vida. Por primera vez conoció el amor, el verdadero amor. Jamás lo había sentido en la casa del juez Miller, allá en el soleado valle de Santa Clara. Su vínculo con los hijos del juez había sido una sociedad para la caza y el vagabundeo; con los nietos del juez, algo así como una tutela pomposa, y con el juez mismo una amistad majestuosa y digna. Pero el amor que es fiebre y fuego, que es adoración, que es locura, sólo John Thornton se lo inspiró.

Ese hombre le había salvado la vida, lo que ya era algo; pero, además, era el amo ideal. Otros hombres proveían al bienestar de sus perros por obligación o por conveniencia; John Thornton proveía al de los suyos como si se tratara de sus propios hijos, porque no podía evitarlo. Y hacía más todavía. Nunca negaba un saludo cordial o una frase de aliento, ni se olvidaba de sentarse a conversar largamente con ellos («a charlar», según sus palabras), cosa que era tan grata para él como para los perros. Tenía una particular manera de tomar rudamente entre sus manos la cabeza de «Buck» a la vez que apoyaba en ella su propio rostro, y de sacudirla de un lado a otro llamándolo con motes obscenos que para «Buck» eran palabras de amor. «Buck» no conocía alegría más grande que ese rudo abrazo y el sonido de las groserías murmuradas, y a cada sacudida parecía que el corazón se le iba a saltar del pecho, tan grande era el éxtasis. Y cuando el amo lo soltaba, se alzaba sobre las patas traseras, sonriente la boca, elocuentes los ojos, el cuello estremecido por sonidos no articulados, y se inmovilizaba en esta actitud. John Thornton no podía entonces dejar de exclamar:

—¡A este perro sólo le falta hablar!

La artimaña con que «Buck» expresaba su afecto resultaba dolorosa. A menudo asía con la boca la mano de Thornton y apretaba tanto las mandíbulas que durante largo rato las marcas de sus dientes quedaban impresas en la carne. Y así como «Buck»

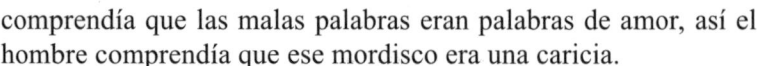

comprendía que las malas palabras eran palabras de amor, así el hombre comprendía que ese mordisco era una caricia.

Sin embargo, el amor de «Buck» se expresaba, en su mayor parte, como adoración. Aunque enloquecía de felicidad cuando Thornton lo acariciaba o le hablaba, no buscaba esas muestras de afecto. A diferencia de «Skeet», que metía su hocico en la mano de Thornton y la lamía y lamía hasta conseguir un mimo, y de «Nig», que apoyaba su enorme cabeza en las rodillas del amo, «Buck» se contentaba con adorarle a distancia. Permanecía horas enteras, ansioso, alerta, a los pies de Thornton, mirándole la cara, escrutándosela, estudiándosela, siguiendo con profundo interés cada una de sus expresiones, cada cambio de humor. O, como solía ocurrir, se echaba a cierta distancia, a un costado o detrás de Thornton, y atisbaba el perfil y los menores movimientos de su mano. Y a menudo, tal era la comunión en que vivían, que la intensidad de la mirada de «Buck» obligaba a John Thornton a volver la cabeza y a devolver, sin palabras, aquella mirada, con el alma en los ojos, tal como el alma de «Buck» brillaba en los suyos.

A «Buck» no le hacía gracia perder de vista a Thornton: desde el momento en que este salía de la tienda hasta que volvía a entrar, le seguía pisándole los talones. Los continuos cambios de dueño habían acabado por hacerle sospechar que ningún amo es permanente y temía que Thornton se alejara de su vida tal como se habían alejado Perrault, François y el mestizo escocés. Aun durante la noche, en sueños, esa sospecha lo obsesionaba. En tales circunstancias, se despertaba y se arrastraba hasta la entrada de la tienda y allí se detenía a escuchar la respiración de su amo.

Sin embargo, no obstante el amor que sentía por John Thornton, amor que parecía proclamar la suave influencia de la civilización, el instinto selvático, azuzado por el ambiente de las tierras árticas, se mantenía vivo y activo. La fidelidad y la devoción habían nacido en él junto al fuego del hogar, pero conservaba la ferocidad y la astucia. Era un producto de la selva, que había llegado de la selva para tenderse a los pies de John Thornton, más que un perro del cálido Sur signado por siglos de civilización. Por obra de su gran amor no podía huir de aquel hombre, en tanto que de cualquier otro hombre, de cualquier otro campamento, no hubiera vacilado un instante en hacerlo, pues su astucia lo habría salvado de ser atrapado.

Su cara y su cuerpo estaban marcados por los dientes de muchos perros, y peleaba tan fieramente como siempre y hasta con mayor astucia. «Skeet» y «Nig» eran demasiado pacientes como para pelear. Y además pertenecían a John Thornton. En cambio, los perros ajenos, cualquiera fuese su raza y su coraje, o admitían de buenas a primeras la superioridad de «Buck» o eran arrastrados a una lucha a muerte con un adversario terrible. Y «Buck» era despiadado. Había aprendido bien la ley del garrote y del colmillo, y nunca desaprovechaba una ventaja ni cejaba en su empeño ante un enemigo al que estuviera matando. Había aprendido de «Spitz» y de los más bravos perros de la Policía y del correo, y sabía que no era posible transigir. Debía dominar o ser dominado; la compasión era debilidad. La piedad no existía entre los seres primitivos: se la confundía con el miedo. Y errores tales llevaban a la muerte. Matar o ser matado, comer o ser comido era la ley, y ese mandato, que llegaba desde lo más remoto del tiempo, era acatado por «Buck».

Su edad superaba a sus años. Vinculaba el pasado con el presente y la eternidad palpitaba en él con el poderoso ritmo con que se suceden las mareas y las estaciones. Sentado junto al fuego de John Thornton no era más que un perro de ancho pecho, blancos colmillos y largo pelaje: pero detrás de él estaban los espectros de toda clase de perros, semilobos y lobos feroces, dominadores y poderosos, que probaban el sabor del alimento que él comía, sedientos del agua que él bebía, husmeando el aire con él, oyendo con él y revelándole los ecos de la vida salvaje en los bosques, imponiéndole sus costumbres, dirigiendo sus acciones, tendiéndose a dormir con él cuando él se tendía a dormir y soñando con él y más allá de él, y transformándose en la materia de sus sueños.

Tan perentoriamente lo reclamaban esos espectros que de día en día la humanidad y las exigencias de la humanidad se alejaban cada vez más. En las profundidades de la selva resonaba una llamada, y a menudo, al escuchar esa llamada, misteriosamente estremecedora y atrayente, se sentía obligado a dar la espalda al fuego y a la tierra llana que lo rodeaba, y a precipitarse en el bosque, siempre adelante, sin saber hacia dónde ni por qué; no se preguntaba hacia dónde ni por qué mientras la llamada resonaba imperativamente en las profundidades de la selva. Pero no bien

alcanzaba la suave tierra virgen y la sombra del bosque, el amor a John Thornton lo arrastraba otra vez hacia el fuego.

Tan sólo Thornton lo retenía. El resto de la humanidad nada significaba. Los viajeros podían alabarlo o acariciarlo: él se mostraba indiferente a todo, y si aquellos hombres eran demasiado demostrativos se incorporaba y se alejaba. Cuando Hans y Pete, los socios de Thornton, regresaron con la tan esperada balsa, «Buck» se negó a prestarles atención; hasta los toleró pasivamente, aceptando los halagos como si fuera él quien los brindara. Ambos tenían la rudeza de Thornton y, como él, vivían en contacto directo con la tierra, pensaban con sencillez y veían las cosas claramente. No habían terminado de amarrar la balsa al desembarcadero de Dawson cuando ya comprendían a «Buck» y sus costumbres, y no insistieron en lograr una intimidad igual a la que tenían con «Skeet» y «Nig».

En cambio, su amor por Thornton parecía crecer más y más. Sólo él podía, en los viajes de verano, poner una carga sobre el lomo de «Buck». Para este, nada era demasiado cuando su amo lo ordenaba. Cierto día (habían cavado y hachado ellos mismos para preparar la balsa y partir de Dawson rumbo a las fuentes del Tanana), los hombres y los perros se hallaban sentados en la cresta de un acantilado que caía a pico, sobre un lecho de roca desnuda, situado a unos trescientos pies de profundidad. John Thornton se había sentado casi al borde y «Buck» junto a él. Una caprichosa idea dominó a Thornton, que llamó la atención de Hans y Pete sobre la ocurrencia que pensaba poner en práctica:

—¡Salta, «Buck»! —ordenó, girando el brazo hacia el abismo.

Un segundo después se trababa en lucha con «Buck», al borde mismo del precipicio, mientras Hans y Pete los arrastraban para ponerlos a salvo.

—Es portentoso —dijo Pete, después que hubieron recobrado el aliento.

Thornton meneó la cabeza:

—No, es espléndido; y terrible, además. ¿Sabéis?, a veces me da miedo.

—No me gustaría estar en el pellejo de quien te ponga las manos encima mientras él se halle cerca —sentenció Pete, moviendo la cabeza en dirección a «Buck».

—¡Pog Cgisto! —terció Hans—. Mí tampoco.

Antes de que terminara el año, los temores de Pete se cumplieron en una taberna de Circle City. «Black» Burton, individuo pendenciero y de mala índole, había estado provocando a un forastero, y Thornton se interpuso para evitar la pelea. «Buck», según su costumbre, se había tendido en un rincón, con la cabeza sobre las patas, y vigilaba todos los movimientos de su amo. Sin decir agua va, Burton lanzó un feroz puñetazo; Thornton se tambaleó, pero pudo evitar la caída aferrándose al caño del mostrador.

Los testigos de la escena oyeron algo que no era ni ladrido ni aullido, sino más bien un rugido, y vieron que desde el suelo el cuerpo de «Buck» se proyectaba por el aire hacia el cuello de Burton. El hombre salvó la vida porque levantó instintivamente un brazo, pero cayó de espaldas, con «Buck» a cuestas. «Buck» soltó el brazo en el que había clavado los colmillos y una vez más intentó alcanzar el cuello de Burton. Esta vez, el pendenciero sólo logró su propósito a medias, pues un mordisco le desgarró el cuello. Después, la multitud se abalanzó sobre «Buck» y consiguió apartarlo. Y mientras un médico contenía la hemorragia de Burton, «Buck» se paseó de un lado a otro, gruñendo ferozmente, intentando volver al ataque y retrocediendo ante un montón de varas hostiles. Hubo inmediatamente un «consejo de mineros», que decidió que el perro había sido provocado y «Buck» quedó libre de culpa. Pero había conquistado ya una reputación y a partir de aquel día su nombre se difundió en todos los campamentos de Alaska.

Tiempo después, durante el otoño, «Buck» volvió a salvarle la vida a John Thornton, pero en circunstancias muy distintas. Los tres socios conducían una larga y angosta canoa de remos esquivando los rápidos del Forty Mile. Hans y Pete, desde la orilla, remolcaban la embarcación con una cuerda de cáñamo que sujetaban de árbol en árbol. Mientras tanto, desde la canoa, Thornton facilitaba el descenso con una pértiga y daba instrucciones a sus socios. «Buck», en la orilla, se mantenía en línea con la embarcación, preocupado y ansioso, con los ojos fijos en su amo.

En un punto especialmente peligroso, donde asomaban las rocas de un arrecife escasamente sumergido, Hans aflojó la cuerda; después, en tanto que Thornton, con el remo, trataba de impulsar la canoa río adentro, corrió por la ribera, siempre con el extremo de la cuerda en la mano, para acercar la embarcación una vez superado el arrecife. Pero luego de evitar el escollo la canoa siguió aguas abajo, tan velozmente que parecía volar. Y cuando Hans la frenó dando un tirón a la cuerda, la frenó harto bruscamente. La canoa se bamboleó y acabó volcándose sobre la orilla, en tanto que Thornton, despedido por el impulso, era arrastrado por la corriente hacia lo peor de los rápidos, un tramo de aguas turbulentas de las que nadador alguno habría podido salir con vida.

«Buck» se zambulló y, al cabo de trescientas yardas de enloquecidos remolinos, alcanzó a su amo. Apenas hubo sentido que Thornton le aferraba la cola, «Buck» se dirigió a la costa, nadando con todo su espléndido vigor. Pero el avance en esa dirección era lento y extraordinariamente rápido el del agua. Desde el abismo llegaba el fatídico estruendo que la salvaje corriente hacía al ensancharse y ser desgarrada y pulverizada por las rocas que la hendían como los dientes de un peine gigantesco. La fuerza del agua al alcanzar el comienzo de la corriente era terrible y Thornton sabía que la costa era inalcanzable. Desesperadamente, trató de asirse de una roca, se golpeó contra otra y, con indescriptible violencia, fue a estrellarse en una tercera. Tras soltar a «Buck» logró aferrarse con ambas manos a la resbaladiza superficie y, sobre el fragor de la revuelta corriente, gritó:

—¡A la costa, «Buck»! ¡A la costa!

«Buck» apenas podía mantenerse a flote y, no obstante sus denodados esfuerzos, fue arrastrado por la corriente. Al oír que Thornton repetía la orden, levantó la cabeza sobre el agua y la mantuvo erguida durante unos instantes, como en una última mirada y después giró obedientemente hacia la costa. Nadó con todas sus fuerzas y Hans y Pete lo sacaron del río en ese preciso instante en que se hace imposible seguir nadando y comienza la destrucción.

Hans y Pete sabían que un hombre asido a una roca resbaladiza sólo podía resistir unos pocos minutos el embate de la impetuosa corriente. A la carrera avanzaron por la orilla hasta algo más allá del sitio donde Thornton se debatía; después, con cuidado de que no lo ahogara, ataron al cuello de «Buck» la cuerda con la que habían remolcado el bote y lo lanzaron al agua. «Buck» nadó resueltamente, pero equivocó el rumbo. Descubrió su error demasiado tarde, al pasar, arrastrado por la corriente, a unas doce brazadas de Thornton. Como si «Buck» hubiera sido un bote, Hans tiró de la cuerda, que estaba tensa y rozaba apenas el agua. La sacudida

obligó a «Buck» a sumergirse y sumergido permaneció hasta que chocó con la orilla. Cuando lo sacaron del agua estaba semiahogado; Hans y Pete se echaron sobre él para ayudarlo a recobrar el aliento y hacerle devolver el agua; después, «Buck» se incorporó, pero enseguida se desplomó. El débil sonido de la voz de Thornton llegó hasta ellos y aunque no distinguieron las palabras comprendieron que no podía seguir resistiendo. La voz del amo produjo en «Buck» el efecto de una descarga eléctrica; de un salto, se puso en pie y corrió hasta el sitio desde donde un rato antes se había arrojado al agua.

Una vez más volvieron a ceñirle la cuerda y volvieron a lanzarlo al río. Pero ahora tomó la dirección correcta. La primera vez se había equivocado; la segunda, no iba a cometer el mismo error. Hans sostenía la cuerda procurando que se mantuviera tensa y Pete, mientras tanto, la desenrollaba. «Buck» nadó hasta alcanzar la altura de Thornton y luego enfiló hacia él con la velocidad de un tren expreso. Thornton lo vio acercarse y cuando «Buck», llevado por la corriente, lo embistió con la fuerza de un ariete, rodeó con ambos brazos el peludo cuello del animal. Hans aseguró la cuerda a un árbol y «Buck» y Thornton, jadeantes, sofocados, desapareciendo por momentos de la superficie y chocando ora el uno, ora el otro, contra el fondo de ese río poco profundo y erizado de piedras y troncos, fueron poco a poco remolcados hasta la orilla.

Thornton estaba semiahogado; para que se recuperara, Hans y Pete lo tendieron boca abajo, apoyado el vientre sobre un tronco, y comenzaron a empujarlo enérgicamente hacia delante y hacia atrás. Su primera mirada fue para «Buck», sobre cuyo cuerpo, magullado y al parecer sin vida, «Nig» aullaba lúgubremente. Thornton mismo estaba magullado y herido, y una vez que se hubo recobrado examinó atentamente a «Buck» y halló tres costillas rotas.

—Está resuelto —anunció—; acampamos aquí.

Y así lo hicieron hasta que «Buck» se curó y estuvo en condiciones de reanudar la marcha.

Aquel invierno, en Dawson, «Buck» llevó a cabo otra hazaña, acaso no tan heroica, pero que sirvió para que su nombre superara muchas marcas en el tótem de la popularidad. Dicha hazaña les fue particularmente productiva a los tres socios, que carecían de los medios necesarios para proveerse de equipos y no podían, por tanto, emprender el viaje que desde hacía mucho tiempo deseaban

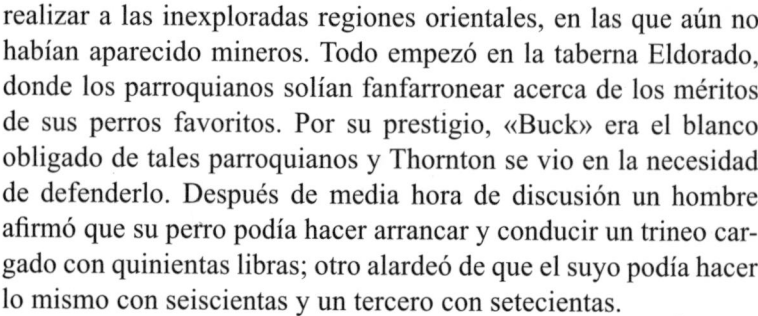

realizar a las inexploradas regiones orientales, en las que aún no habían aparecido mineros. Todo empezó en la taberna Eldorado, donde los parroquianos solían fanfarronear acerca de los méritos de sus perros favoritos. Por su prestigio, «Buck» era el blanco obligado de tales parroquianos y Thornton se vio en la necesidad de defenderlo. Después de media hora de discusión un hombre afirmó que su perro podía hacer arrancar y conducir un trineo cargado con quinientas libras; otro alardeó de que el suyo podía hacer lo mismo con seiscientas y un tercero con setecientas.

—¡Bah, bah! —exclamó John Thornton—. «Buck» es capaz de arrastrar mil libras.

—¿Y despegarlas del hielo? ¿Y avanzar con ellas cien yardas? —preguntó Matthewson, uno de los potentados de la comarca y, además, el que había hablado de setecientas libras.

—Despegar y arrastrar cien yardas —dijo Thornton, con tono tajante.

—Bien —respondió Matthewson, lenta y deliberadamente para que lo oyera todo el mundo—. Apuesto mil dólares a que no puede. Aquí están —concluyó, arrojando sobre el mostrador un saquito no más grande que una salchicha, lleno de oro en polvo.

Nadie respondió. La fanfarronada de Thornton, si lo había sido, había obtenido una réplica. Thornton sintió que el rubor le subía a las mejillas. Su lengua le había tendido una celada. Ignoraba si «Buck» sería capaz de arrastrar mil libras. ¡Media tonelada! La barbaridad de su afirmación le aterraba. Tenía gran confianza en la fuerza de «Buck» y a menudo lo había supuesto capaz de arrastrar una carga semejante, pero nunca hasta entonces se había enfrentado con la posibilidad de hacerlo. Los ojos de una docena de hombres estaban fijos en él, silenciosos y atentos. Por otra parte, no disponía de mil dólares. Ni tampoco Hans o Pete.

—Afuera tengo un trineo cargado con veinte sacos de cincuenta libras de harina cada uno —prosiguió Matthewson con brutal insolencia—. Así pues, no tiene usted que preparar nada.

Thornton no respondió. No se le ocurría qué decir. Paseó la mirada de rostro en rostro, con la expresión ausente del hombre que ha perdido la facultad de pensar y busca en todas partes el estímulo que la ponga nuevamente en marcha. De pronto, sus ojos distinguieron a Jim O'Brien, un próspero mastodonte del que en otra época había sido compañero. Le bastó verlo para decidirse a hacer algo que jamás se le había ocurrido ni siquiera en sueños.

—¿Puedes prestarme mil dólares? —preguntó casi en un susurro.

—Claro que sí, John —contestó O'Brien, y puso un hinchado talego junto al de Matthewson—, aunque es poca la fe que tengo en que ese animal te haga ganar la apuesta.

Los parroquianos de Eldorado se volcaron a la calle para presenciar la prueba. Las mesas quedaron vacías y jugadores y talladores salieron a ver cómo terminaba el desafío y a levantar apuestas. Varios cientos de hombres con guantes y abrigo de pieles se apiñaron en torno del trineo. El trineo de Matthewson, cargado con mil libras de harina, había estado al raso durante un par de horas y, con el intenso frío (sesenta grados bajo cero), los patines se habían adherido a la nieve. Algunos apostaron doble contra sencillo que «Buck» no podría mover el trineo. Y hubo una discusión sobre el significado del término «despegarlo». Según O'Brien, a Thornton incumbía el privilegio de desprender los patines, dejando a «Buck» la tarea de hacer arrancar el trineo. Matthewson insistió en que había querido decir que el perro debía quebrar los cepos de nieve que sujetaban los patines. A su favor se pronunció la mayor parte de los testigos del desafío, de modo que la proporción de las apuestas creció hasta tres contra una a favor de «Buck».

No había quien se arriesgara, nadie creía a «Buck» capaz de cumplir la hazaña. Thornton se había visto obligado a aceptar el desafío, a pesar de sus dudas; y ahora que veía el trineo, el hecho concreto, y junto al trineo, tendidos en la nieve, los diez perros del equipo habitual, más imposible se le antojaba la empresa. Matthewson estaba jubiloso.

—¡Tres contra uno! —proclamó—. Voy otros mil en esa proporción, Thornton. ¿Qué dice usted?

La duda se reflejaba en el rostro de Thornton. Pero su espíritu de lucha (ese espíritu de lucha que supera dificultades, que no admite lo imposible y que es sordo a todo menos al clamor de la batalla) se había despertado ya. Llamó a Hans y Pete. Cada uno de los socios vació su saco y entre los tres lograron reunir apenas doscientos dólares. Al borde de la indigencia, esa suma era todo el capital del que disponían; sin embargo, sin vacilar la apostaron contra los seiscientos dólares de Matthewson.

Una vez desenganchado el equipo de diez perros, «Buck», con su propio arnés, fue unido al trineo. Se le había contagiado la excitación general e intuía que en cierta forma se le presentaba la ocasión de hacer algo importante por Thornton. Su espléndido aspecto provocó murmullos de admiración. Su estado físico rayaba en la perfección, pues no tenía ni siquiera una onza de carne superflua, y las ciento cincuenta libras que pesaba eran otras tantas libras de coraje y vigor. Su piel brillaba con el brillo de la seda. Aunque estuviera quieto, el pelaje del cuello y del pecho se le erizaba a cada momento, y se le estremecía al menor movimiento como si un exceso de vigor transmitiera vida y actividad a cada uno de los pelos. El ancho pecho y las fuertes patas delanteras armonizaban a la perfección con el resto del cuerpo, donde los músculos se ponían de relieve por debajo de la piel. La gente palpó esos músculos y los halló duros como el hierro, y las apuestas bajaron a doble contra sencillo.

—Escuche, amigo —tartajeó un miembro de la dinastía de los nuevos ricos, un potentado de los aluviones de Skookum—: le ofrezco ochocientos dólares por él, caballero; antes de la prueba, caballero; ochocientos tal como está.

Thornton meneó negativamente la cabeza y se acercó a «Buck».

—Debe usted mantenerse a distancia —protestó Matthewson—: juego limpio y campo libre.

La multitud guardó silencio; sólo se oían las voces de los jugadores que ofrecían en vano apuestas de doble contra sencillo. Todo el mundo reconocía que «Buck» era un animal magnífico, pero veinte sacos con cincuenta libras de harina cada uno constituían, a los ojos de cualquiera, una carga harto pesada como para que alguien se decidiera a aflojar las correas de su bolsa.

Thornton se arrodilló junto a «Buck», tomó entre sus manos la cabeza del animal y la apretó contra su propia mejilla. Pero no la sacudió juguetonamente, como era su costumbre, ni murmuró tampoco cariñosas obscenidades; en cambio, murmuró:

—¡Demuéstrame que me quieres, «Buck»! ¡Demuéstrame que me quieres!

«Buck» aulló con contenida vehemencia.

La multitud observó atentamente aquella escena. El asunto se tornaba misterioso. Parecía una conjuración. Cuando Thornton se puso en pie, «Buck» tomó con la boca una de las enguantadas manos de su dueño, se la oprimió con los dientes y la fue soltando lentamente, como con desagrado. Era su respuesta, expresada no con palabras, sino con amor. Thornton se apartó de él:

—Ahora, «Buck» —dijo.

«Buck» tiró un poco de las riendas; después, las aflojó unos centímetros. Así se lo habían enseñado.

—¡Arre! —resonó la voz de Thornton, cortando aquel expectante silencio.

«Buck» se inclinó hacia la derecha y terminó el movimiento con una sacudida que tensó las riendas y frenó en seco el impulso de sus ciento cincuenta libras. La carga se estremeció y de los patines se elevó un crujido seco.

—¡A la izquierda! —ordenó Thornton.

«Buck» repitió la maniobra, esta vez hacia la izquierda. El crujido se convirtió en chasquido, el trineo vibró sobre su eje y los patines se deslizaron varias pulgadas hacia un costado. El trineo se había despegado. La gente contenía la respiración, sin darse cuenta.

—Y ahora, ¡arre!

La orden de Thornton resonó como un pistoletazo. «Buck» se lanzó hacia delante y tiró de las riendas con una violenta arremetida; todo su cuerpo se contrajo en aquel tremendo esfuerzo y, bajo la sedosa piel, los músculos reptaron y se anudaron como dotados de vida propia. Su pecho rozaba casi el suelo, sus patas se agitaban enloquecidas y sus pezuñas abrían surcos paralelos en la nieve apelmazada. El trineo se balanceó y vibró, a punto de arrancar. De pronto, «Buck» resbaló. Uno de los espectadores lanzó una maldición. Después, el trineo echó a andar: como en una rápida sucesión de sacudidas, aunque ya no volvió a detenerse realmente. Media pulgada... Una pulgada..., dos pulgadas. Las sacudidas fueron cada vez menos bruscas; a medida que el trineo cobraba impulso, «Buck» atenuaba sus esfuerzos, que cesaron cuando la marcha se tornó suave y uniforme.

Los espectadores soltaron el aliento y comenzaron a respirar otra vez, sin haber advertido que por un momento habían contenido la respiración. Thornton corría tras el trineo, alentando a «Buck» con palabras cariñosas. La distancia había sido convenida de antemano y a medida que «Buck» se acercaba a la pila de tron-

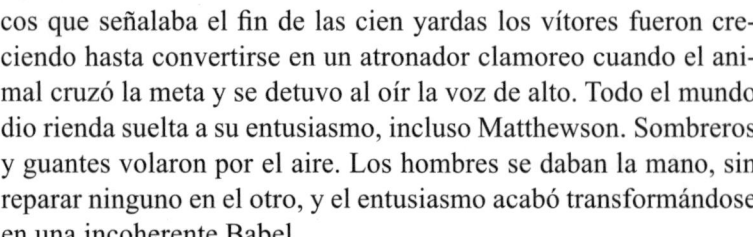

cos que señalaba el fin de las cien yardas los vítores fueron creciendo hasta convertirse en un atronador clamoreo cuando el animal cruzó la meta y se detuvo al oír la voz de alto. Todo el mundo dio rienda suelta a su entusiasmo, incluso Matthewson. Sombreros y guantes volaron por el aire. Los hombres se daban la mano, sin reparar ninguno en el otro, y el entusiasmo acabó transformándose en una incoherente Babel.

Pero Thornton se dejó caer de rodillas junto a «Buck», apretó contra su rostro la cabeza del animal y la sacudió de un lado a otro. Los primeros en llegar junto a Thornton le oyeron insultar a «Buck» larga y fervientemente, dulce y cariñosamente.

—Escuche, caballero; escuche —exclamó el magnate de Skookum—: le ofrezco mil dólares por él, caballero. Mil, caballero... Mil doscientos, caballero.

Thornton se puso en pie. Sus ojos estaban húmedos. Las lágrimas rodaban por sus mejillas.

—Caballero —dijo al magnate de Skookum—: no. Puede irse usted al infierno. Es lo mejor que puede hacer, caballero.

«Buck» asió con los dientes la mano de Thornton. Este lo sacudió hacia delante y hacia atrás. Como animados por un común impulso, los espectadores retrocedieron prudentemente. Ninguno de ellos habría de ser tan indiscreto que los interrumpiera.

CAPÍTULO VII

LOS ECOS DE LA LLAMADA

Al ganar en cinco minutos mil seiscientos dólares para John Thornton, «Buck» hizo posible que su amo pagara ciertas deudas y viajara con sus socios hacia el Este, en busca de un fabuloso yacimiento cuya historia era tan antigua como la de la región. Muchos hombres lo habían buscado, pocos lo habían encontrado y menos aún habían regresado de la búsqueda. Ese ignoto yacimiento estaba aureolado de tragedia y envuelto en misterio. Nadie sabía nada acerca de su descubridor. La más añeja tradición se perdía antes de llegar a él. Había habido desde el principio una vieja y ruinosa cabaña. Algunos moribundos habían jurado que

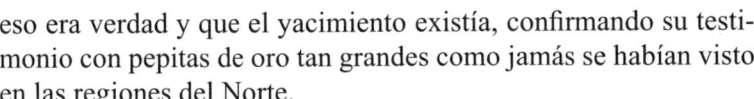

eso era verdad y que el yacimiento existía, confirmando su testimonio con pepitas de oro tan grandes como jamás se habían visto en las regiones del Norte.

Pero nadie que estuviera aún con vida había saqueado esa morada de riquezas, y los muertos, muertos estaban; de modo que John Thornton, Pete y Hans, con «Buck» y seis perros más se dirigieron al Este, por un sendero desconocido, en busca del éxito donde hombres y perros tan buenos como ellos habían fracasado. Recorrieron setenta millas Yukon arriba, viraron hacia la izquierda al llegar al río Stewart, cruzaron el Mayo y el McQueston, y siguieron avanzando hasta que el Stewart se convirtió en un arroyo que se colaba entre las abruptas colinas que definían la columna vertebral del continente.

John Thornton pedía poco al hombre y a la naturaleza. No temía a la selva. Con un puñado de sal y un rifle era capaz de internarse en el desierto, dirigirse a donde se le antojara y permanecer allí cuanto quisiera. Sin prisa alguna, como los indios, cazaba su pitanza durante la jornada de viaje y, si no la conseguía, como los indios seguía adelante, con la certeza de que tarde o temprano la obtendría. Así, en ese gran viaje hacia el Este, la carne recién cazada era el único alimento, las municiones y los arreos formaban lo más importante de la carga del trineo y el término del viaje se esfumaba en el futuro sin límites.

Para «Buck» era un gozo infinito ese andar cazando, pescando y vagabundeando interminablemente por lugares desconocidos. Durante semanas enteras avanzaban sin detenerse, día tras día, y durante semanas enteras acampaban en cualquier parte mientras los perros holgazaneaban y los hombres hacían agujeros en el suelo y lavaban sobre el fuego incontables calderos de lodo y grava. A veces pasaban hambre, a veces comían hasta el hartazgo, según la abundancia de la caza y la suerte del cazador. Llegó el verano y perros y hombres con los equipos a cuestas cruzaron en balsas azules lagos de montaña y remontaron desconocidos ríos con canoas rudimentarias hechas de troncos de árboles.

Los meses se sucedían y ellos erraban por la inmensidad desconocida donde no había hombres y en la que debía de haberlos en caso de existir la Cabaña Perdida. Cruzaron desfiladeros en medio de huracanes de verano, se estremecieron bajo el sol de medianoche en las peladas montañas que dividían la zona boscosa y las nieves eternas, bajaron a valles cálidos entre enjambres de moscas y mosquitos, y en la sombra de los glaciares recogieron frutillas tan maduras y flores tan lozanas como las que suelen ser el orgullo de las regiones del Sur. Hacia el final del año enfilaron una región de lagos, triste y silenciosa, donde había habido aves silvestres, pero donde no había ya signos de vida: sólo el rugir de los vientos helados, bloques de hielo en desolados parajes y el melancólico rumor de las olas en playas solitarias.

Y durante otro invierno erraron por los senderos hollados por los hombres que los habían precedido. En cierta ocasión llegaron a una senda, una vieja senda, abierta en la selva, y la Cabaña Perdida pareció estar más cerca. Pero se trataba de una senda que no empezaba en ninguna parte y que no conducía a lugar alguno; el hombre que la había trazado y la razón que había tenido para trazarla continuaron en el misterio. En otra ocasión hallaron las ruinas de una cabaña de cazadores y, entre los restos de unas podridas mantas, John Thornton descubrió un rifle de chispa. No tardó en identificar aquel arma como una de las que utilizaba la Compañía de la Bahía de Hudson al iniciarse la colonización del noroeste, cuando tal fusil valía su altura en pieles de castor. Eso fue todo: ni rastros del hombre que en remotos días había construido la cabaña y dejado el fusil entre las mantas.

La primavera llegó una vez más y Thornton, Hans y Pete encontraron, al cabo de su vagabundeo, no la Cabaña Perdida, sino un yacimiento a flor de tierra en un vasto valle. Allí, el oro cubría como manteca amarilla el fondo de los cedazos. No siguieron avanzando. Cada día de trabajo les reportaba miles de dólares en polvo y pepitas de oro, y trabajaban todos los días. El oro era puesto en sacos de piel de gamuza y almacenado, como otros tantos leños, fuera de la cabaña de troncos de pino. Trabajaban como titanes y los días se sucedían velozmente, igual que en sueños, mientras ellos acumulaban su tesoro.

Los perros no tenían nada que hacer, excepto arrastrar las presas de caza que de cuando en cuando cobraba Thornton, y «Buck» pasaba largas horas cabeceando junto al fuego. La visión del hombre velludo y de piernas cortas lo asaltaba cada vez más frecuentemente y a menudo, mientras contemplaba el fuego, «Buck» vagaba con él por ese otro mundo de su memoria.

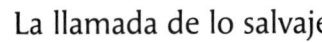 

El rasgo sobresaliente de ese otro mundo parecía ser el miedo. Cuando observaba al hombre velludo que, con la cabeza entre las rodillas y las manos alrededor de la cabeza, dormía junto al fuego, «Buck» notaba que su sueño era intranquilo, que lo turbaban estremecimientos y sobresaltos, y que se despertaba a menudo para escudriñar temerosamente las tinieblas y echar más leña a la hoguera. A veces caminaban por la orilla de un mar; el hombre recogía mariscos y se los comía a medida que iba recogiéndolos: mientras tanto, sus ojos se fijaban en todas partes, en busca de ocultas amenazas, listas las piernas para echar a correr con la velocidad del viento a la primera señal de peligro. A través de la selva avanzaban sigilosamente, «Buck» pegado a los talones del hombre; ambos, atentos y vigilantes, pues el hombre tenía un oído y un olfato tan agudos como los de «Buck». El hombre velludo sabía trepar a los árboles y pasar de uno a otro, tan rápidamente como en tierra, saltando de rama en rama, separadas a veces hasta por doce pies de distancia, sin caer jamás, sin errar jamás el cálculo. En realidad, parecía tan en su casa entre los árboles como en tierra, y «Buck» guardaba memoria de noches de vigilia transcurridas al pie de los árboles entre cuyo follaje dormía el hombre velludo.

Estrechamente ligado a las visiones del hombre velludo estaba la llamada que resonaba en lo más recóndito de la selva. Esta llamada le provocaba un gran desasosiego y extraños deseos. Le hacía sentir una vaga, dulce alegría, y lo asaltaban salvajes anhelos de algo que no lograba precisar. A veces, en pos de la llamada, se internaba en la selva, buscándola como si se tratara de algo tangible, ladrando suave o desafiantemente, según se lo ordenara su humor. Solía apoyar el hocico en el fresco musgo de los troncos o en la tierra negra donde crecían altas hierbas, y gruñir complacido al percibir los aromas del suelo, o se agazapaba durante horas, como si se ocultara, detrás de los árboles caídos, muy abiertos los ojos y atento el oído a cuanto movimiento y cuanto ruido se producía alrededor de él. Acaso, tendido en esa forma, confiaba captar esa llamada que no podía comprender. Pero no sabía por qué había hecho todas esas cosas. Se sentía impulsado a hacerlas, pero no las razonaba.

Impulsos irresistibles lo dominaban. A veces, mientras estaba tendido en el campamento, dormitando perezosamente bajo

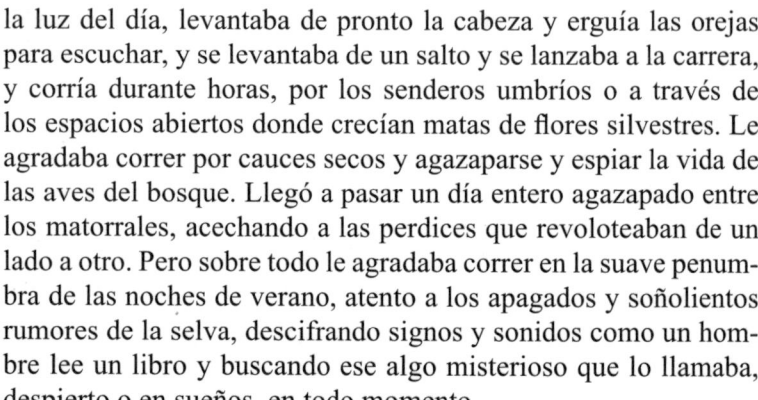

la luz del día, levantaba de pronto la cabeza y erguía las orejas para escuchar, y se levantaba de un salto y se lanzaba a la carrera, y corría durante horas, por los senderos umbríos o a través de los espacios abiertos donde crecían matas de flores silvestres. Le agradaba correr por cauces secos y agazaparse y espiar la vida de las aves del bosque. Llegó a pasar un día entero agazapado entre los matorrales, acechando a las perdices que revoloteaban de un lado a otro. Pero sobre todo le agradaba correr en la suave penumbra de las noches de verano, atento a los apagados y soñolientos rumores de la selva, descifrando signos y sonidos como un hombre lee un libro y buscando ese algo misterioso que lo llamaba, despierto o en sueños, en todo momento.

Una noche se despertó sobresaltado, inquietos los ojos, trémulas las aletas de la nariz, la piel encrespada en oleadas recurrentes. Desde la selva llegaba la llamada (o tan sólo una de sus muchas notas), más clara y definida que nunca: un prolongado aullido muy semejante al de los perros esquimales, pero también diferente. Y supo, como de costumbre, que ya antes había escuchado ese sonido. Sigilosamente cruzó el campamento dormido y se lanzó hacia el bosque. A medida que se acercaba al lugar de donde había partido la llamada, disminuyó la velocidad de la carrera hasta que todos sus movimientos se tornaron cautelosos, y de esa manera llegó a un claro del bosque. Allí vio, sentado sobre las patas traseras, el hocico apuntando al cielo, a un escuálido lobo de los bosques.

No había hecho ruido alguno. Sin embargo, el lobo dejó de aullar y husmeó la presencia del intruso. «Buck» salió al claro, casi arrastrándose, el cuerpo contraído, rígida y erguida la cola, receloso el paso. Cada uno de sus movimientos era, a la vez, un reto y una invitación a la amistad. Era la tregua amenazadora que señala el encuentro de las bestias feroces. Pero el lobo huyó al verlo. «Buck» lo siguió, con saltos desordenados, frenético por alcanzarlo. Lo persiguió por el lecho de un arroyo seco, donde un tronco caído obstruía el paso. El lobo giró sobre sí mismo, tal como «Joe» o cualquier otro perro acorralado, rugiendo y encrespándose, entrechocando los dientes en una continua y rápida sucesión de mordiscos.

«Buck» no lo atacó: se le acercó e intentó trabar amistad. El lobo era suspicaz y miedoso, pues «Buck» pesaba tres veces más

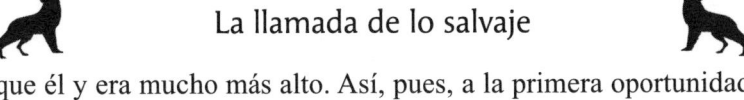

que él y era mucho más alto. Así, pues, a la primera oportunidad huyó y se reanudó la persecución. De cuando en cuando «Buck» lo acorralaba y volvía a repetirse la escena anterior. El lobo estaba disminuido físicamente, pues de no ser así «Buck» no lo habría alcanzado tan fácilmente: corría hasta que la cabeza de «Buck» le rozaba el flanco y entonces se volvía hacia él, para reanudar la huida a la primera oportunidad.

La constancia de «Buck» tuvo por fin su recompensa, pues el lobo, al ver que «Buck» no tenía intención de hacerle daño terminó cambiando con él amistosos olfateos. Después se hicieron amigos y jugaron en esa forma nerviosa y casi tímida con que los animales salvajes desmienten su ferocidad. Al cabo de un rato, el lobo emprendió un trote corto, dando a entender que se dirigía a algún sitio. E hizo comprender a «Buck» que debía seguirlo. Uno al lado del otro, corrieron por el lecho del arroyo, rumbo al desfiladero donde nacía la corriente y cruzaron la vertiente desolada.

En la ladera opuesta se encontraron con una región llana en la que había vastos bosques y numerosas corrientes de agua. Por esas zonas boscosas corrieron hora tras hora, mientras el sol se elevaba en el cielo y el día se tornaba cada vez más caluroso. «Buck» estaba muy alegre. Sabía que, al fin, contestaba a la llamada, corriendo al lado de su hermano salvaje hacia el lugar de donde seguramente procedía la llamada. Viejos recuerdos se despertaban en su mente y ya no veía en ellos sombras, sino realidades. Ya había hecho eso anteriormente, en algún sitio de ese otro mundo vagamente recordado, y ahora lo hacía de nuevo, sintiendo bajo sus patas la tierra virgen.

Se detuvieron para beber en un arroyo y, al detenerse, «Buck» recordó a John Thornton. Se sentó. El lobo partió hacia el sitio de donde procedía la llamada, pero retornó enseguida y trató de alentar a «Buck» para que prosiguiera la marcha. Pero «Buck» se volvió y emprendió el regreso. Durante casi una hora el hermano salvaje corrió a su lado, gimiendo suavemente; después se sentó, levantó el hocico hacia el cielo y lanzó un penetrante aullido. Era un grito fúnebre, que «Buck» siguió oyendo cada vez más débilmente a medida que se alejaba y se perdía en la distancia.

John Thornton estaba cenando cuando «Buck» entró en el campamento, como una exhalación, y le saltó encima para demostrarle su afecto, haciéndole caer de espaldas, lamiéndole el rostro, mordiéndole la mano..., «haciéndose el tonto», como solía decir Thornton, mientras sacudía a «Buck» de un lado a otro y lo insultaba cariñosamente.

Durante dos días con sus noches «Buck» no abandonó el campamento ni dejó que Thornton se apartara de su vista. Le seguía en el trabajo, le observaba mientras comía, le acompañaba hasta que se acostaba y le esperaba por la mañana al levantarse. Pero, al cabo de dos días, la llamada de la selva comenzó a sonar más, más perentoria que nunca. El desasosiego volvió a invadirlo y le abrumó el recuerdo de su hermano salvaje y de la sonriente región que estaba más allá de la vertiente. Comenzó otra vez a vagar por los bosques, pero el hermano salvaje no regresó. Y aunque se pasaba las noches tendiendo el oído, no volvió a escuchar el fúnebre aullido.

Comenzó a dormir en la selva durante la noche, permaneciendo lejos del campamento durante varios días; en cierta oportunidad cruzó la vertiente y descendió a la región de los bosques y de los cursos de agua. Por allí vagó durante una semana, buscando en vano a su hermano salvaje, cazando su sustento a medida que avanzaba y avanzando con un trote largo y fácil. En una ancha corriente que se dirigía hacia el mar pescó salmones y en las orillas de esa corriente mató a un enorme oso negro al que los mosquitos habían dejado ciego y que vagaba furioso por la selva. Aunque el enemigo se hallaba en esa condición, la lucha fue terrible y despertó los últimos instintos salvajes de «Buck». Dos días después, al retornar al sitio de la lucha, encontró a una docena de glotones riñendo sobre los despojos y los dispersó a dentelladas. Al huir, dos de los glotones quedaron muertos en el campo de batalla.

El anhelo de sangre se hizo más fuerte que nunca. «Buck» era un matador, una fiera de presa, que vivía de otros seres vivos, sin ayuda, solo, por obra de su propia fuerza y astucia, y que sobrevivía, triunfante, en un medio hostil en el que únicamente podían mantenerse los poderosos. Debido a ello, le embargó un gran orgullo de sí mismo, que pareció contagiársele a todo el cuerpo. Ese orgullo, que se traslucía en todos sus movimientos y que era evidente en cada uno de sus músculos, lo revistió de una dignidad hasta entonces desconocida. De no haber sido por las manchas pardas del hocico y de los ojos y por el mechón de pelos blancos que tenía en el pecho, podría haber pasado por un lobo gigantes-

co, mayor aún que los más grandes de su raza. De su padre, un san bernardo, había heredado el tamaño y el peso, pero era su madre quien había dado forma a ese tamaño. Su hocico era el largo hocico de los lobos, pero más macizo; su cabeza, algo más ancha, era, con proporciones mayores, una cabeza de lobo.

Su astucia era la del lobo salvaje; su inteligencia, la del perro de pastor y la del san bernardo; todo ello, sumado a una experiencia adquirida en la más feroz de las escuelas, lo convertía en una criatura tan formidable como las que erraban por la selva. Era un animal carnívoro que vivía a dieta de carne y que estaba en la plenitud de la vida. Cuando Thornton le pasaba la mano por el lomo, el pelo se le erizaba como si quisiera descargar el exceso de vigor que poseía. Su cerebro y su cuerpo, sus nervios y sus músculos, armonizaban a la perfección, y entre todos había un equilibrio que lo capacitaba para obrar en forma instantánea frente a cualquier eventualidad. Si los acontecimientos requerían acción respondía con la rapidez del rayo. Por veloz que fuera un perro-lobo al defenderse y al atacar, «Buck» podía ser más veloz aún. Veía un movimiento u oía un sonido y reaccionaba en menos tiempo del que cualquier otro perro hubiera necesitado para enviar esos mensajes de los sentidos hacia el corazón. Percibía, determinaba y reaccionaba en el mismo instante. En realidad, las tres acciones se sucedían, pero tan mínimo era el intervalo entre ellas que parecían simultáneas. Sus músculos estaban sobrecargados de vigor y funcionaban como resortes de acero. La vida corría por sus venas como un torrente y parecía querer desbordarse de su cauce para derramarse generosamente por el mundo.

—Nunca vi un perro como este —dijo John Thornton un día en que los socios observaban a «Buck» alejarse del campamento.

—Cuando Dios lo hizo rompió el molde —dijo Pete.

—¡Cristo! Lo mismo creer yo —dijo Hans.

Lo vieron alejarse del campamento, pero no pudieron ver la terrible y súbita transformación que se operó en él cuando estuvo oculto por la selva. Ya no marchaba. Al instante se convirtió en una fiera salvaje, que se adelantaba suavemente, con pasos felinos: una sombra que aparecía y desaparecía entre otras sombras. Sabía cómo aprovechar todos los escondrijos, cómo arrastrarse sobre el vientre igual que una víbora y cómo saltar y abatir a su presa. Sabía cómo atrapar en su nido a las aves silvestres, matar a

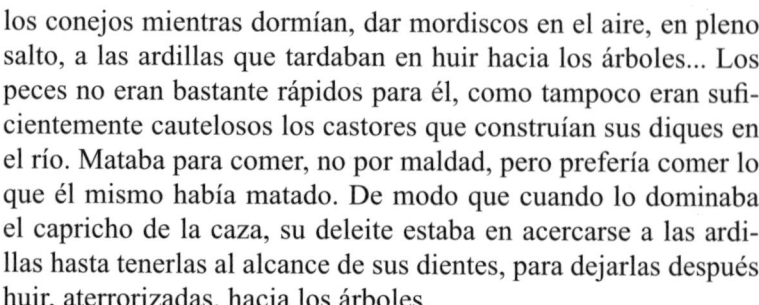

los conejos mientras dormían, dar mordiscos en el aire, en pleno salto, a las ardillas que tardaban en huir hacia los árboles... Los peces no eran bastante rápidos para él, como tampoco eran suficientemente cautelosos los castores que construían sus diques en el río. Mataba para comer, no por maldad, pero prefería comer lo que él mismo había matado. De modo que cuando lo dominaba el capricho de la caza, su deleite estaba en acercarse a las ardillas hasta tenerlas al alcance de sus dientes, para dejarlas después huir, aterrorizadas, hacia los árboles.

Al llegar el otoño aparecieron grandes rebaños de alces que avanzaban lentamente para hacer frente al invierno en los valles más bajos, donde el clima era menos riguroso. «Buck» ya había logrado matar a un alce joven, pero anhelaba una presa mucho mayor y más importante, y la encontró un día en la vertiente de la que nacía el arroyo. Un rebaño de veinte alces había cruzado desde la región de los bosques y corrientes, y entre ellos se destacaba un enorme macho. Aquella bestia tenía un humor salvaje y, con su estatura de casi dos metros, era un contendiente tan formidable como podía desearlo «Buck». Además, sacudía hacia todos lados sus enormes cuernos, de más de siete pies de punta a punta. Sus diminutos ojos lanzaban chispas de malicia y crueldad y, al ver a «Buck», rugió enfurecido.

De uno de sus flancos sobresalía el extremo de una flecha emplumada, lo que explicaba su terrible estado de ánimo. Guiado por el instinto heredado de aquellos días de caza en el mundo primitivo, «Buck» se dispuso a alejar a su rival del resto del rebaño. La tarea no era fácil. «Buck» ladraba y se movía frente al alce, a corta distancia de los terribles cuernos y de las pezuñas que podrían haberle quitado la vida con un solo golpe. Incapaz de dar la espalda al peligro y de continuar viaje, el alce se dejó dominar por la furia. Así cargaba sobre «Buck», que con toda astucia retrocedía, atrayéndolo con su simulada incapacidad de huir. Pero cuando lograba separarlo de sus compañeros, dos o tres machos jóvenes atacaban también a «Buck» y permitían que el macho herido se uniese al rebaño.

Hay en la selva una paciencia (obstinada, incansable, persistente como la vida misma) que mantiene inmóvil durante horas a la araña en su tela, a la víbora en el suelo, a la pantera en su emboscada; esa paciencia es prerrogativa especial de las fieras que cazan su alimento y fue la que mantuvo a «Buck» cerca del rebaño, demorando su marcha, irritando a los machos más jóvenes, molestando a las hembras con crías y enloqueciendo de furia al macho herido. Durante medio día continuó la lucha. «Buck» se multiplicó, atacando por todas partes, envolviendo al rebaño en un huracán de amenazas, aislando a su víctima con velocidad igual a la que este ponía en reunirse con sus compañeros, agotando la paciencia de los acosados, que es mucho menor que la de los cazadores.

Al avanzar el día y ponerse el sol en su lecho del noroeste (había vuelto la oscuridad y las noches de otoño duraban seis horas), los machos jóvenes acudían cada vez con mayor desgana en ayuda de su acorralado jefe. La llegada del invierno los impulsaba a marchar deprisa hacia terrenos más bajos y les parecía que nunca podrían quitarse de encima a esa incansable criatura que les obligaba a retardar la marcha. Además, no se trataba de la vida del rebaño o de algún macho joven, sino de la de un viejo miembro que no les interesaba mucho ya. Por último, se mostraron dispuestos a pagar el diezmo.

Al caer la noche se hallaba el viejo macho observando a sus compañeros que se alejaban con paso rápido por la espesura. No podía seguirlos, pues frente a su hocico brincaba ese terror de largos colmillos que no quería dejarlo en paz. Pesaba más de media tonelada, había vivido una vida larga y llena de luchas, y por fin se enfrentaba con la muerte encarnada en una criatura cuya cabeza no llegaba más arriba de sus patas.

De allí en adelante, noche y día, «Buck» no abandonó su presa ni por un momento, no le dio un segundo de descanso, no le permitió mordisquear las hojas de los árboles ni los retoños de los arbustos. No le dio tampoco oportunidad de que apagara la sed en las tenues corrientes de agua que cruzaron. De cuando en cuando, en su desesperación, el viejo macho huía velozmente. En tales ocasiones, «Buck» no intentaba alcanzarlo, sino que lo seguía a corta distancia, satisfecho de la forma en que se jugaba la partida, tendiéndose cuando el macho se detenía y atacándolo fieramente cuando trataba de comer o de beber.

La enorme cabeza se inclinaba cada vez más bajo el peso de los cuernos. El trote del alce se tornó cada vez más lento. Comenzó a detenerse largos ratos, la nariz pegada al suelo, caídas las orejas. «Buck» tuvo más tiempo para beber y descansar. En esos momentos, jadeando, con la lengua fuera y los ojos fijos en el enorme alce, a «Buck» se le antojaba que estaba realizando un cambio en el mundo. Sentía algo nuevo en la tierra. Como los alces entraban en las tierras bajas, también llegaba otra clase de vida. La selva y los arroyos parecían palpitar con su presencia. No lo advirtió con el olfato, ni con la vista, ni con el oído, sino de manera más sutil. No oía ni veía nada, y sin embargo, sabía que la tierra era distinta, que había en ella algo nuevo. Y resolvió investigar en cuanto hubiera terminado lo que estaba haciendo.

Por último, al concluir el cuarto día del asedio, abatió al enorme alce. Durante un día y una noche permaneció al lado de su presa, comiendo y durmiendo. Después, ya descansado, se dispuso a retornar al campamento y a su amo. Comenzó a trotar rápidamente, hora tras hora, sin errar nunca el camino, rumbo al campamento, por aquella desconocida región, con una seguridad que hubiera avergonzado al hombre y su brújula.

A medida que avanzaba advertía cada vez más la nueva vida que florecía en la tierra. Era una vida diferente de la que había habido allí durante el verano. Ya no eran sus sutiles y misteriosos problemas. Los pájaros hablaban de ella y hasta la susurraba la misma brisa. «Buck» se detuvo para aspirar con fruición el fresco aire de la mañana, captando un mensaje que le hizo aumentar la velocidad de la marcha. Se sentía embargado por el presentimiento de una calamidad inminente, si es que esta no había ocurrido ya. Al cruzar la última vertiente y descender al valle en dirección al campamento comenzó a avanzar con más cautela.

A tres millas del campamento encontró huellas nuevas que le hicieron erizar los pelos. Las huellas se dirigían al campamento y a su amo. «Buck» se apresuró, los nervios tensos, alerta a la multitud de detalles que le referían lo ocurrido..., menos el final. Su olfato le describió el paso de la vida a cuyos talones marchaba. Notó el oprimente silencio de la selva. Las aves habían desaparecido. Las ardillas se ocultaban. Sólo vio una: gorda y gris, aplastada contra un tronco caído, parecía formar parte de la madera.

Al pasar por la sombra de unos árboles, su nariz se torció de pronto hacia un costado, como si una fuerza irresistible la hubiese dirigido hacia allí. Siguió el nuevo olor hasta un matorral y en-

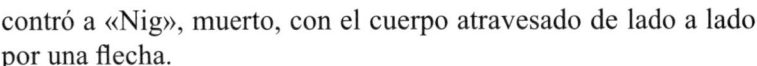

contró a «Nig», muerto, con el cuerpo atravesado de lado a lado por una flecha.

Cien yardas más adelante, «Buck» halló a uno de los perros que Thornton había comprado en Dawson. El perro se debatía en los últimos estertores de la muerte, tumbado sobre el camino. «Buck» ni se detuvo. Del campamento le llegaba el débil murmullo de un coro que se elevaba y descendía en un canto monótono. Arrastrándose llegó hasta el borde del claro y dio con Hans, que yacía boca abajo, acribillado a flechazos. En ese instante «Buck» miró hacia el lugar donde se había elevado la cabaña de troncos y vio algo que le erizó todos los pelos. Una oleada de incontenible ira lo invadió. Gruñó sin darse cuenta, pero lo hizo con terrible ferocidad. Por última vez en su vida permitió que la pasión usurpara el lugar de la astucia y la razón, y el gran amor que sentía por John Thornton le hizo perder la cabeza.

Los yeehats estaban danzando alrededor de las ruinas de la cabaña cuando oyeron un horrible rugido y vieron que se les echaba encima un animal completamente desconocido para ellos. Era «Buck», un viviente huracán de furia que se abalanzaba sobre ellos ansioso de destrucción.

«Buck» se precipitó sobre el indio más próximo, que era el cacique de los yeehats, y le derribó, sembrando la confusión entre los enemigos, los cuales, apiñados como estaban, se revolvieron aterrados sucumbiendo algunos por sus propias flechas y lanzas y otros bajo la furia incontenible de «Buck». Llenos de pánico, huyeron finalmente como posesos gritando hacia los bosques.

Y en verdad «Buck» era un diablo encarnado en la figura de un perro que los perseguía para seguir matándolos. Fue una jornada desastrosa para los yeehats. Se dispersaron por toda la región y pasó toda una semana antes de que los sobrevivientes se reunieran en un valle lejano, a computar sus pérdidas.

«Buck», fatigado por la persecución, regresó al desolado campamento. Pete estaba muerto entre las mantas, asesinado en el primer momento del sorpresivo ataque. La desesperada lucha de Thornton se podía leer en la tierra y «Buck» la fue siguiendo paso a paso hasta el borde de un profundo lago. Allí, con la cabeza y las patas en el agua, yacía «Skeet», leal hasta el fin. Ese mismo lago ocultaba el cuerpo de John Thornton, pues «Buck» no pudo hallar señales de que hubiera salido del agua.

«Buck» pasó el día entero a orillas del lago o vagando desasosegadamente por el campamento. Conocía la muerte y no ignoraba que John Thornton había muerto. Esa circunstancia le producía una sensación de vacío, algo parecido al hambre, pero un vacío que ningún alimento podía llenar. A veces, cuando se detenía a contemplar los cadáveres de los yeehats, olvidaba su dolor, y entonces se enorgullecía de sí mismo. Era un orgullo mucho mayor del que había experimentado antes. Había matado al hombre, la caza más noble de todas, y lo había matado enfrentando la ley del garrote y el colmillo. Olfateó los cuerpos con curiosidad. ¡Qué fácilmente habían muerto! Era más difícil matar a un perro-lobo. Si no hubiera sido por las flechas, las lanzas y los garrotes no habrían sido enemigos dignos de él. En adelante ya no les tendría temor alguno, excepto cuando empuñaran sus flechas, sus lanzas o sus garrotes.

Llegó la noche y la luna se elevó sobre los árboles e iluminó la tierra con luz espectral. Y con la llegada de la noche, «Buck» sintió el despertar de una nueva vida en el bosque. Se detuvo a escuchar y olfatear. Desde lejos le llegó un aullido agudo al que siguió un coro de sonidos semejantes. A medida que pasaba el tiempo, los aullidos se tornaron más claros y cercanos. Y volvió a reconocer en ellos los sonidos que había oído en aquel otro mundo de su memoria. Enfiló hacia el centro del claro y escuchó. Era la llamada. Y sonaba más atrayente que nunca. Y ahora estaba listo para obedecerla. John Thornton había muerto. El último lazo se había cortado. El hombre y su afecto no lo ataban más.

Cazando su alimento, como lo hacían los yeehats, en los flancos de los rebaños de alces migratorios, la manada de lobos había dejado al fin la región boscosa para invadir el valle de «Buck». Llegaron como sombras plateadas por los rayos de la luna; «Buck» estaba en el centro del claro, inmóvil como una estatua, aguardándolos. Los lobos se sorprendieron al verlo tan corpulento y quieto. Hubo una pausa. Después, el más audaz de los lobos se le arrojó encima. Como un relámpago, «Buck» contestó el ataque, y destrozó la nuca del recién llegado. Después volvió a quedarse inmóvil, como antes, mientras el lobo herido agonizaba detrás de él. Otros tres trataron de abatirlo, y uno tras otro retrocedieron, empapados en la sangre que les fluía de las múltiples heridas recibidas.

Tal proeza bastó para que toda la manada se lanzara hacia delante, ansiosa por abatir la presa. Su maravillosa ligereza y agilidad le sirvieron a «Buck» de mucho. Girando sobre sus patas traseras y lanzando mordiscos a diestro y siniestro estaba en todas partes a la vez, enfrentando siempre a todos con su inimaginable velocidad de movimientos. Mas, para evitar que lo atacaran por detrás, retrocedió poco a poco, hasta el cauce del arroyo seco, y en cierto momento se apoyó en una de sus altas orillas. Siguió moviéndose a lo largo de la orilla hasta llegar a un ángulo formado por un accidente del terreno y allí quedó arrinconado, protegido por tres lados, sin más trabajo que defenderse frente a frente.

Y tan bien lo hizo que al cabo de media hora los lobos retrocedieron desconcertados. Todos tenían la lengua fuera y sus colmillos brillaban con salvaje blancura a la luz de la luna. Algunos se habían echado y observaban a «Buck», otros estaban en pie, otros bebían agua en un charco... Un lobo largo y escuálido avanzó cautelosamente y en actitud amistosa, y «Buck» reconoció en él al hermano salvaje en cuya compañía había corrido durante una noche y un día. El lobo gemía suavemente y al recibir respuesta restregó su hocico contra el de «Buck».

Después, un viejo lobo, flaco y lleno de cicatrices, se adelantó. «Buck» frunció la nariz, preparándose para gruñir, pero restregó su hocico contra el del otro. Al instante, el viejo lobo se sentó, levantó la cabeza hacia el cielo y lanzó un largo chillido. Los demás lo imitaron. Y esta vez la llamada llegó a «Buck» con inconfundible acento. Y también él se sentó y aulló. Finalizada la ceremonia, «Buck» salió de su refugio y la manada lo rodeó, olfateándolo con actitud entre amistosa y salvaje. Los jefes llamaron a la manada y se lanzaron hacia los bosques. Los lobos corrieron en pos de ellos, aullando a coro. Y «Buck» los acompañó, corriendo al lado de su hermano salvaje y aullando con ellos.

Y aquí podría concluir la historia de «Buck». No pasaron muchos años antes de que los yeehats advirtieran un cambio en la raza de los lobos del bosque, pues vieron algunos que tenían manchas pardas en la cabeza y el hocico y un mechón de pelos blancos en el pecho. Pero los yeehats suelen recordar algo más extraordinario aún: el Perro Fantasma que corre a la cabeza de la manada. Temen enormemente a ese Perro Fantasma, que es más astuto que los lobos y les roba alimentos durante los crudos

inviernos, les destroza las trampas y desafía a los más valientes cazadores.

Más aún: el relato se torna excitante. Hay cazadores que no regresan jamás a sus cabañas y otros a los que los indios han visto con la garganta destrozada, rodeados sus cadáveres por huellas más grandes que las de cualquier lobo. Todos los otoños, cuando los yeehats siguen la migración de los alces, hacen un rodeo para no entrar en cierto valle. Y hay mujeres que se entristecen cuando oyen decir que el Espíritu Maligno eligió ese valle para su morada.

Al llegar el verano, sin embargo, un visitante desconocido para los yeehats visita ese valle. Es un enorme lobo de hermoso pelaje, parecido a todos los demás lobos y, no obstante, diferente. Cruza solo la venturosa región de los bosques y baja al claro del bosque. Allí se ve una corriente de aguas doradas que procede de varios sacos de piel de gamuza y que se hunde en la tierra, entre las altas hierbas que han invadido todo y ocultan sus resplandores de la luz del sol: y allí permanece durante un tiempo, lanzando un largo aullido fúnebre antes de partir.

Pero no siempre está solo. Cuando llegan las largas noches solitarias del invierno y los lobos emigran persiguiendo la caza en dirección a los valles más bajos, se le suele ver corriendo a la cabeza de la manada. Levantándose como un gigante sobre sus hermanos de la selva, iluminado por la tenue luz de la luna o por las resplandecientes auroras boreales, vuelve el hocico hacia el azul luminoso de la noche y su garganta se hincha cuando entona la canción salvaje del mundo primitivo: el himno fantástico y lastimero de la manada.

CUENTOS
DE LOS MARES DEL SUR

LA CASA DE MAPUHI

A pesar de la vulgaridad de sus líneas, la Aorai maniobraba muy bien con la ligera brisa, y su capitán la manejaba a satisfacción, dirigiéndola hacia la playa. Hikueru tenía una dársena natural de poca profundidad, un círculo de arena color coral de unas cien yardas de anchura, veinte millas de circunferencia rodeando la isla y de tres a cinco pies de profundidad. En el fondo de esta enorme laguna había muchas ostras perlíferas, y desde el puente de la goleta se podía ver muy bien cómo los buzos trabajaban bajo el agua. La laguna no tenía entrada ni para una goleta mercante. Con brisa favorable, los barcos de poco calado podían entrar sorteando las tortuosidades del canal, pero las goletas tenían que quedarse fuera y mandar sus pequeños botes.

La «Aorai» destacó con rapidez una de sus lanchas, en la que iban remando seis marineros de tez bronceada, vestidos con una especie de bañador rojo. En la popa de la barca iba un joven luciendo el clásico traje blanco de los europeos, pero no era europeo; el tono dorado de su piel y sus pómulos algo salientes delataban al indígena de la Polinesia, a pesar de sus brillantes ojos azules. Se llamaba Raúl, Alejandro Raúl, hijo menor de María Raúl, riquísima mujer semieuropea, dueña de media docena de goletas como la Aorai.

Al extremo del banco de coralinas arenas, cubiertas de espuma por las olas, la lancha se abrió paso hacia el lago tranquilo que circundaba la isla, semejando un espejo. El joven Raúl saltó sobre la fina arena y dio un apretón de manos a un indígena alto, de pecho y hombros magníficos; pero el muñón de su brazo derecho, del que se percibía un hueso blanco por el tiempo y desprovisto de carne, denotaba bien a las claras que un encuentro con un tiburón había puesto fin a sus días de intrépido buscador, convirtiéndole en un intrigante mediador de favores de menor cuantía.

—¿Se ha enterado usted, Alec? —fueron sus primeras palabras—. Mapuhi ha encontrado una perla. ¡Qué perla! Nunca se ha visto una así en Hikueru, ni en todo el Paumotus, ni en el mundo entero; cómpresela, la tiene todavía, y acuérdese de que he sido yo quien le ha dado la primera noticia; es un loco, y la podría usted obtener barata... ¿Tiene usted tabaco?

Cruzando la playa, Raúl se dirigió a una choza que bajo unos árboles había al otro extremo. Era el sobrecargo de la goleta, y su misión consistía en acaparar cuantas perlas, nácar y productos indígenas valieran la pena en todo el Paumotus. Muy joven, este era el segundo viaje que efectuaba, y sufría interiormente por su inexperiencia en tasar el valor de las perlas.

Cuando Mapuhi le enseñó la perla, tuvo que hacer un esfuerzo para ocultar su sorpresa y adquirir una expresión de indiferencia comercial. La perla le causó asombro; era del tamaño de un huevo de paloma, perfectamente redonda, de una blancura tal, que tenía reflejos opalescentes de todos los colores; parecía que estaba viva; nunca había visto cosa parecida. Cuando Mapuhi la dejó caer en sus manos, se quedó sorprendido de su peso; éste demostraba que era una gran perla; la examinó con detenimiento ayudándose con una lupa de bolsillo. No tenía defectos, era de una pureza sin igual y en la sombra aparecía luminosa como luz de luna, tan translúcida que cuando la echó en un vaso de agua le costó trabajo encontrarla, por lo rápida y vertical que cayó al fondo, lo cual le convenció de que su peso era excelente.

—Bien, ¿qué es lo que quieres por ella? —preguntó con estudiado aire de indiferencia.

—Quiero... —empezó diciendo Mapuhi, al que servían de marco y coro las bronceadas cabezas de dos mujeres y una muchacha que ocupaban con él la choza y hacían gestos de asentimiento cuando hablaba— quiero una casa —continuó Mapuhi—, y tendrá un techo de hierro galvanizado y un gran reloj de péndulo; deberá tener un patio alrededor, un cuarto muy grande en el centro, con una mesa redonda en medio y el reloj en la pared; tendrá cuatro alcobas, dos a cada lado del cuarto grande, y en cada una de ellas una cama de hierro, dos sillas y un lavabo. En la parte de atrás estará la cocina, con cacerolas, cacharros y un horno, y quiero que me haga usted mi casa en mi isla, que es Fakarava.

—¿Es eso todo? —preguntó Raúl con incredulidad.

—También debe haber una máquina de coser —dijo Tefara, mujer de Mapuhi.

—Y que no se olvide del reloj —añadió Nauri, madre de Mapuhi.

El joven Raúl se echó a reír de un modo estrepitoso, pero mientras reía calculaba mentalmente. Él nunca había edificado una casa, y las nociones que tenía respecto a la construcción eran muy vagas; pero podía calcular el coste del arrastre de materiales de Tahití, el valor de los mismos, lo que costaría el desembarco y construirla; serían aproximadamente cuatro mil dólares, los cuales equivalían a unos veinte mil francos. Era imposible. ¿Cómo iba él a calcular el valor de una perla...? ¡Veinte mil francos parecían muchos francos, y... además procedían de su madre!

—¡Mapuhi —dijo—, eres un perfecto idiota! Ponle un precio en dinero.

Pero Mapuhi movió negativamente la cabeza, y a éste le acompañaron con igual gesto toda la familia.

—Quiero la casa, y ha de tener un patio que la rodee...

—Sí, sí —interrumpió Raúl—, ya sé todo lo referente a tu casa, pero yo no puedo; te doy mil dólares.

Los cuatro movieron la cabeza y corearon una negativa.

—Quiero la casa.

—Pero, ¿para qué quieres la casa —le preguntó Raúl—, si al primer huracán que venga te quedarás sin ella? Ya debías saberlo; el capitán Raffy dice que se aproxima uno.

—No en Fakarava —dijo Mapuhi—; allí la tierra es mucho más alta; en esta isla cualquier huracán puede barrer Hikueru; pero yo tendré mi casa en Fakarava y tendrá un patio rodeándola...

Raúl tuvo que escuchar otra vez la historia de la casa; pasó varias horas intentando alejar de Mapuhi la idea obsesionante de la casa; pero su mujer y su madre, junto con su hija, le incitaban para que no desistiera de la casa. Por la puerta abierta, y mientras escuchaba por vigésima vez pacientemente la detallada descripción de la casa, vio el segundo bote de su goleta que, separándose de ésta, se dirigía a la playa.

Los marineros permanecieron con los remos en la mano y con manifiestos deseos de volver rápidamente al barco. El piloto de la Aorai saltó a tierra, y después de cambiar breves palabras con el indígena de un solo brazo, que aún permanecía en la orilla, se dirigió apresuradamente a donde estaba Raúl. El cielo se puso oscuro de repente, como si un inmenso obstáculo interceptara los rayos solares. A lo largo de la laguna, Raúl pudo ver la línea de espuma que anunciaba un fuerte vendaval que se aproximaba.

—El capitán Raffy dice que como siga usted aquí va a ir a parar a los infiernos —éste fue el saludo del piloto—. Si hay alguna perla que interese para comprar, ya se tratará más tarde; el barómetro ha bajado hasta los veintinueve setenta.

Una fortísima avalancha desgajó unas palmeras y arrancó varios cocos, que cayeron con violencia sobre la tierra. La lluvia avanzaba sobre el lago, dándole un aspecto que parecía hervir. Cuando Raúl se levantó, las primeras gotas azotaban con fuerza los árboles.

—Mil dólares ahora al contado, y doscientos más cuando la venda.

—Yo quiero una casa... —volvió a repetir el otro.

—¡Mapuhi —gritó Raúl para hacerse oír—, eres un idiota!

Salió rápidamente de la casa, acompañado del piloto, y se dirigieron apresuradamente a la playa en busca de la lancha; no la divisaron al principio, a causa de la lluvia. Una silueta apareció a través de la cortina de agua. Era Huru-Huru, el indígena de un solo brazo.

—¿Consiguió usted la perla? —le gritó al oído a Raúl.

—¡Mapuhi es un idiota! —fue la contestación, y se separaron de él, yendo en dirección al bote.

Media hora después, Huru-Huru vio cómo izaban las lanchas a bordo de la goleta y ésta enfilaba mar adentro. Cerca de ella apareció otra; Huru-Huru la conocía muy bien: era la Orohena, que pertenecía al mestizo Toriki, el cual hacía los negocios por su propia cuenta, y que seguramente vendría él mismo remando en la lancha que había destacado. Huru-Huru se echó a reír; sabía que Mapuhi le debía a Toriki dinero por mercancía que éste le había dado a crédito el año anterior.

La tormenta había pasado, y el sol parecía quemar ahora, haciendo la atmósfera tan densísima que dificultaba la respiración.

—¿Se ha enterado usted de las novedades, Toriki? —fueron las primeras palabras de Huru-Huru—. Mapuhi ha encontrado una perla. ¡Qué perla! Nunca se ha visto una así en Hikueru, ni en todo el Paumotus, ni en el mundo entero; cómpresela, la tiene todavía, y recuerde que he sido yo quien le ha dado la primera noticia; es un loco, y la podría usted obtener barata... ¿Tiene usted tabaco?

Hacia la choza de Mapuhi se encaminó Toriki; era un hombre de voluntad de hierro y nada tenía de tonto. Con aparente indiferencia miró la perla breves instantes, y con la misma tranquilidad que la vio se la echó al bolsillo.

—Tienes suerte —le dijo—. Es una perla bonita; te concederé crédito en mis libros.

—Yo quiero una casa —empezó a decir Mapuhi con gran alarma.

—¡Qué casa ni qué narices! —fue la respuesta del traficante—. Tú lo que quieres es pagar lo que debes, tus deudas, eso es lo que quieres; me debes mil doscientos dólares, y así en paz... ya no me debes nada; además, tienes concedido crédito por otros doscientos, y si cuando vaya a Tahití la perla se vende bien, te daré crédito por otros cien dólares más, lo cual te hace un total de trescientos; pero entendido que si se vende bien, pues pudiera darse el caso de que yo perdiera dinero en el negocio.

Mapuhi dejó caer desconsoladamente sus brazos. ¡Le habían quitado la perla! ¡No había hecho más que pagar una deuda...!

—¡Eres un idiota! —fue la recriminación que tuvo que oír de su familia.

—¿Y qué iba yo a hacer? —replicaba Mapuhi—. Le debía dinero,... no tenía más remedio...

Huru-Huru, que continuaba de centinela en la playa, vio una tercera goleta que había anclado. Era la Hira, perteneciente a Levy, el judío alemán, el más importante de todos los negociantes en perlas de Tahití, en donde era dios y protector de los pescadores y ladrones.

—¿Sabe usted las nuevas? —le dijo Huru-Huru tan pronto como Levy descendió trabajosamente de la barca debido a su gordura—. Mapuhi ha encontrado una perla. No hay otra como ella en Hikueru, ni en Paumotus, ni en el mundo entero. Mapuhi es tonto, la ha vendido a Toriki por mil cuatrocientos dólares. Estuve escuchando a la puerta y me enteré de todo. Toriki es también tonto y se la puede usted comprar barata. Acuérdese que he sido yo quien le he dado la primera noticia... ¿Tiene usted algo de tabaco?

—¿Dónde está Toriki?

—En casa del capitán Lynch, bebiendo absenta; lleva allí cerca de una hora.

Y mientras Levy y Toriki bebían absenta y discutían acerca de la perla, Huru-Huru, que estaba escuchando fuera, se enteró con gran sorpresa de que Levy le daba veinticinco mil francos por ella.

Al mismo tiempo, las dos goletas, la Orohena y la Hira, empezaron a hacer disparos y señales y a hacerse a la mar apresuradamente. Los tres hombres salieron rápidamente y vieron que aparejaban con gran prisa.

—¡Bah! Ya volverán cuando la tormenta pase. Me temo que el barómetro haya descendido más aún —dijo el capitán Lynch dirigiéndose al interior de la casa.

Era de edad avanzada, con barba y cabellos blancos; estaba convencido de que con su asma no podía vivir tranquilo más que en Hikueru.

—¡Dios mío! —oyéronle exclamar, y corriendo hacia él, vieron consternados que el barómetro marcaba veintinueve veinte.

Volvieron a salir y consultaron ansiosamente el mar, que volvía a encresparse de modo alarmante; el sol se ensombreció de nuevo y la densidad de la atmósfera dificultaba la respiración. Gruesas gotas de sudor se deslizaban por los rostros y principalmente por el del capitán Lynch, a quien le era casi imposible llenar sus pulmones de aire, a causa del asma que padecía.

Toriki y Levy echaron a correr hacia sus botes; este último parecía un hipopótamo poseso de terror. Cuando las lanchas llegaban cerca de los barcos, se cruzaron con la Aorai que volvía. En la popa, y animando a los remeros, iba Raúl. Obsesionado por la visión de la famosa perla, volvía para aceptar las condiciones estipuladas anteriormente por Mapuhi. Cuando estuvo en la playa, era tan densa la atmósfera producida por la vaporización de las olas que con furia chocaban entre sí, que tropezó con Huru-Huru sin verle.

—Demasiado tarde —le gritó éste—. Mapuhi se la ha vendido a Toriki por mil cuatrocientos dólares, y Toriki se la ha vendido a Levy por veinticinco mil francos; ahora Levy la venderá en Francia por cien mil... ¿Tiene usted algo de tabaco?

Raúl notó la sensación del que se quita un peso enorme de encima; ya no tenía que preocuparse más de la perla. No creía aún del todo en lo que le había dicho Huru-Huru. Es posible que Mapuhi se la hubiera vendido a Toriki por mil cuatrocientos dólares; pero que Levy, gran entendedor en cuestiones perlíferas, hubiese pagado por ella veinticinco mil francos, le parecía imposible. De todos modos, resolvió informarse por el capitán Lynch, y cuando llegó a su casa le encontró mirando con expresión de asombro, no desprovista de miedo, el barómetro colgado en la pared.

—¿Qué lee usted ahí? —preguntó el capitán Lynch ansiosamente, mientras limpiaba con nerviosidad los cristales de sus gafas.

—Veintinueve diez —dijo Raúl—. En mi vida lo he visto tan bajo.

—Ya lo creo que no —replicó gruñendo el capitán—. Llevo cincuenta años de navegación y en mi vida he visto descender tanto el barómetro.

Salieron fuera de la casa, observaron el mar, vieron balancearse calmosamente la Aorai y un bote con un marinero como señal de la entrada de la rada natural que el banco de arena coralífera formaba. Muy preocupado, movía la cabeza el remero.

—Me parece que voy a tener que pasar la noche con usted, capitán —dijo Raúl.

Y volviéndose al marinero que esperaba órdenes, le dijo que él y sus compañeros pusieran la lancha a salvo y se proporcionaran alojamiento.

—¡Veintinueve justos! —exclamaba angustiosamente el capitán Lynch, saliendo de nuevo de la casa después de haber examinado el barómetro.

—Lo que me extraña es que esté el mar tan alborotado y no haya viento —dijo Raúl.

—No se impaciente, muchacho —contestó el capitán—. Dentro de poco tendrá usted más aire del que necesite para respirar el resto de su vida.

Permanecieron sentados en sus sillas; sus respiraciones se hacían penosísimas, y sobre todo el viejo capitán tenía la frente cubierta de sudor.

Un hombre y una mujer, seguidos de su prole y cargados de una colección de objetos raros que formaban abigarrado conjunto difícil de describir, llegaron a donde estaban los demás y sin pronunciar palabra se sentaron en el suelo, colocando sus bártulos junto a ellos. Al cabo de unos minutos llegaron más indígenas y también se sentaron, rodeados de varias cosas que traían y que parecían restos de un hogar.

El capitán Lynch les interrogó, y entre quejas e imprecaciones dijeron que el mar se había llevado sus casas y que ellos se habían salvado viniendo allí, que era el sitio más alto de la isla.

—Unos mil cuatrocientos, entre hombres, mujeres y niños, hay en esta isla —dijo el capitán Lynch—. ¿Cuántos quedarán mañana? ¡Sólo Dios lo sabe...!

De repente, una ola más fuerte que las demás causó una pequeña inundación debajo de los asientos, provocando la huida de gatos y gallinas hacia el techo de la casa del capitán. Parecía que ante el peligro común habían pospuesto estos animales sus instintos.

—Veintiocho sesenta —decía Lynch, volviendo de inspeccionar el barómetro.

Traía consigo un rollo de cuerda, del que cortó dos trozos; dio uno a Raúl, quedose otro y repartió pequeños pedazos entre los allí congregados, recomendándoles que subieran a los árboles cercanos y se ataran a sus ramas. Una ligera brisa del Nordeste empezó a soplar, reanimando a Raúl. Éste pudo observar que su goleta, la Aorai, aprovechaba la brisa y se hacía mar adentro. Sintió con todas las fuerzas de su alma no encontrarse a bordo de ella.

—Veintiocho veinte —dijo el viejo marino—. Dentro de poco, esto será un verdadero infierno.

El aire se hizo cada vez más denso; la atmósfera, irrespirable, silbaba con sonidos como crujidos semejantes a los que preceden a los terremotos. La casa trepidaba, y una puerta, al cerrarse sola, golpeó con tal violencia, que todos los cristales cayeron destrozados. Una bocanada de aire formidable estremeció a los presentes y los muros de la casa parecían hincharse como si fuesen las paredes de un globo. Una ola monstruosa alcanzó el edificio, azotándolo de tal suerte que parecía quererle arrancar de sus cimientos.

Raúl salió, y con un gran esfuerzo consiguió echarse al suelo para no ser arrastrado por el creciente ciclón. El capitán Lynch salía con grandes precauciones de su casa y fue arrojado con violencia contra un árbol. Dos de los marineros de la Aorai, que habían visto a su patrón en peligro y que estaban subidos en un cocotero, acudieron en su socorro con riesgo de sus vidas, ayudáronle a levantarse y a encaramarse en un árbol. Se ató a las ramas junto a la copa con el trozo de cuerda que el capitán le había dado. Éste, que tenía las coyunturas demasiado rígidas, costó inmenso trabajo izarle a la copa de un cocotero, donde con grandes esfuerzos se le ató fuertemente. La lluvia empezó con tal violencia, que las gotas de agua parecían balines de plomo.

Desde su árbol Raúl hacía señas al capitán, y el venerable anciano le saludaba con cariño. Los indígenas continuaban en el suelo,
se habían agarrado en apretado grupo; otros se habían atado con
cuerdas a los troncos de los árboles que circundaban la casa del capitán. En una palmera había un pastor mormón, que con sus preces
exhortaba a sus fieles para que implorasen de la Divinidad clemencia para sí y los suyos. Raúl no distinguía bien, pero estaba seguro
de que la abigarrada multitud que a sus pies había cantaba himnos
dirigidos por el cura mormón, el cual esperaba aplacar así la furia
de las divinidades.

Al cabo de un rato, uno de los árboles fue arrancado de cuajo
con todo su cargamento, que cayó a tierra con sus ramas cargadas
de seres humanos que a ellas se habían asido, y una ola enorme y
rugiente se los llevó mar adentro para sepultarlos. Todo sucedió con
gran rapidez; el huracán furioso continuaba arrancando árboles y
segando vidas. El de Raúl empezaba a tambalearse también de un
modo lastimoso. La fuerza del aire arreció de tal forma, que Raúl
veía cómo iba desapareciendo la gente de los árboles que caían al
suelo y eran en el mismo instante barridos por las olas.

Mapuhi era hombre de suerte. Fue arrojado al suelo sobre la
arena y, sangrando por diez heridas, todavía conservó fuerzas bastantes para amparar a Ngakura, cuyo brazo izquierdo estaba roto,
los dedos de la mano derecha aplastados y la frente y mejilla izquierda abiertas de tal forma, que se le veían los huesos.

A las tres de la mañana el temporal empezó a amainar, el aire
disminuyó en violencia, hasta convertirse en una especie de fuerte
brisa. De los mil cuatrocientos habitantes de la isla que existían la
noche anterior, quedaban solamente trescientos. El pastor mormón,
que por una especie de milagro vivía, y un gendarme hicieron la
estadística. La laguna de entrada a la isla estaba repleta de cadáveres. Algunos sacos de harina calados de agua fueron recuperados.
No quedó agua potable, los pozos de la isla se anegaron de agua de
mar y quedaron inservibles. Los indígenas se aprovecharon de los
pocos cocos que había y, rompiéndolos, bebían con avidez su agua,
que era fresca y dulce.

Entretanto, Nauri, que había sido separada de su familia violentamente por los desencadenados elementos, apareció en la playa. Se
había agarrado a uno de los muchos arbustos que flotaban y que llenos de espinas la habían herido en innumerables sitios; un coco que

cayó con fuerza le lastimó la espalda. Pero era una mujer valiente del Paumotus y, a pesar de sus sesenta años, tuvo energía suficiente para resistir, y cogiendo varios cocos que a la deriva flotaban junto a ella, improvisó una especie de flotadores, que le ayudaron a salir a la playa, malherida, pero con vida, para reponerse de su aventura.

Al pronto no reconoció la playa, hasta que, tras algunos esfuerzos y arañando en la arena con sus manos y pies sangrando, pudo incorporarse. Estaba en la isla de Takokota, a quince millas de su casa. Alrededor de ella flotaban multitud de cadáveres. Haciendo un supremo esfuerzo, empezó a reconocerlos: la mayor parte eran de su isla. Infortunados que no habían podido o sabido preservarse de la furia de los elementos. Buscó cocos que le proporcionaran agua y alimento, pero no los halló, sorprendiéndose de que el mar arrojase más muertos que cocos.

Cuando más distraída estaba distinguió el cadáver de Levy, el cual, debido sin duda a la cantidad de agua que había tragado, estaba deforme y parecía una boya; se acordó de repente de que era él quien había comprado a Toriki la perla de su hijo Mapuhi, y haciendo un esfuerzo sobrehumano se arrastró hasta el cadáver, empezando por reconocerlo. Estaba bien muerto. Sus ropas rasgadas dejaban ver pegado a la carne un cinturón de cuero, en el que sin duda guardaría las cosas de valor. Mucho trabajo le costó desabrocharlo, pero cuando lo consiguió, halló, con gran alegría suya, en uno de los bolsillos adheridos al cinturón, una sola perla, la de su hijo Mapuhi. No le concedió gran valor intrínseco cuando la tuvo en sus manos; la miró, tornó a mirarla, la sopesó en la palma de su mano, pero ella sabía que esa perla significaba una casa cómoda para el resto de su vida y el orgullo de su familia.

Desgarró un trozo de su vestido, metió en él la perla y lo anudó a su cuello. Luego trató de buscar salida. Imposible. No tenía medio de transporte. Vagando por la isla encontró una canoa medio destrozada que las aguas habían arrojado a la playa y una caja de madera. Con grandes esfuerzos consiguió abrir la caja, que contenía una docena de latas de salmón. A fuerza de golpes dados contra una piedra consiguió abrir una, comió su contenido con avidez y pensó en el problema de transportarse a su isla Hikueru, que era lo más difícil. Intentó poner a flote la canoa, que hacía agua por todas partes, pero no por ello se desanimó la valiente mujer. Con su pelo, que cortó con una hoja de la lata de salmón, hizo, mezclándolo con barro, una masa, con la que taponó los agujeros y grietas de la vieja canoa, y cuando creyó que todo estaba en condiciones, la lanzó al agua y, ayudada de una rama de palma, a guisa de remo, empezó intrépida su viaje de quince millas en busca de su hogar.

La mayor parte del tiempo tuvo que emplearlo en achicar la frágil embarcación, pues aun cuando tuvo la precaución de taponarla, hacía agua de un modo alarmante. Al amanecer del octavo día de su aventura divisó las costas de Hikueru. Estaba más cerca de lo que ella pudo imaginarse. Una corriente favorable la había empujado hacia la isla.

Al anochecer consiguió por fin, a fuerza de maniobrar con el remo de palma, acercarse a su isla. Ya próxima a ella, una corriente de agua, con inusitada violencia, hizo zozobrar la frágil embarcación, teniendo la pobre mujer que nadar, haciendo un esfuerzo supremo dado su general quebrantamiento. Y así llegó por fin, casi sin conocimiento, a la playa de Hikueru.

Cuando después de recobrar sus sentidos se dio cuenta de que estaba en una cueva natural hecha por las aguas al socavar constantemente las rocas, al cabo de un rato oyó voces humanas, y poco a poco fue distinguiendo lo que hablaban.

—Si hubieses hecho lo que yo te advertí —decía Tefara por milésima vez—, habrías escondido la perla sin que lo supiera nadie, y ahora la tendrías en tu poder.

—Pero Huru-Huru estaba presente cuando yo abrí la concha, ya te lo he dicho un millón de veces —repetía resignadamente Mapuhi.

—Ya no tendremos casa; hoy me decía Raúl que si no se hubiese vendido la perla a Toriki, él te hubiese hecho la casa como tú la querías.

—Yo no la vendí a Toriki, me la robó —insistía pacientemente el pescador de perlas.

—Tendríamos diez mil dólares —replicaba la mujer.

—Toriki ha debido morir —dijo Mapuhi—, no se ha vuelto a ver ni a oír hablar de su goleta.

—Pues por eso has hecho una tontería; a nadie se le ocurre pagar deudas a los muertos —le decía ingenuamente Tefara.

Cuando estaban más entretenidos en este diálogo, oyeron una voz que les llenó de estupor.

—¿Desde cuándo los hijos no se acuerdan de su madre...?

Mapuhi y Tefara experimentaron un terror inexplicable. Creyéndose que se trataba de un espíritu, empezaron a invocar a sus dioses, viendo con creciente espanto una forma blanca que ante ellos se erguía. El fantasma decía:

—¡Ya podíais dar a vuestra madre un poco de agua!

—Dale de beber —decía Mapuhi medrosamente a Ngakura, que ya estaba curada de sus heridas.

El fantasma se aproximó a ellos, dejándose ver de tal modo que los asustados habitantes de la playa adquirieron la convicción de que se trataba de una persona verdadera y no de un espíritu. La alegría de volverse a ver fue indescriptible, máxime cuando la anciana madre de Mapuhi exhibió la perla envuelta en trapos y arrollada a su cuello.

—Ahora nos edificará Raúl la casa —decía Tefara—. Le costará cuatro mil francos, y tendrá reloj y cuatro habitaciones y un patio circular.

—¡Dadme algo de comer! —exclamaba la pobre vieja—. Tengo mucha hambre.

Y después de comer algo que sus hijos le proporcionaron, dijo con gran calma:

—Vamos a dormir; estoy cansada, y mañana trataremos de nuestra casa con Raúl.

EL DIENTE DE BALLENA

En los primeros días de las islas Fiyi, John Starhurst entró en la casa-misión del pueblecito de Rewa y anunció su propósito de propagar las enseñanzas de la Biblia a través de todo el archipiélago de Viti Levu. Viti Levu quiere decir «País grande», y es la mayor de todas las islas del archipiélago. Aquí y allá, a lo largo de las costas, viven del modo más precario un grupo de misioneros, mercaderes y desertores de barcos balleneros.

La devoción y la fe progresaban muy poco, nada, y algunas veces los al parecer convictos arrepentíanse de un modo lamentable. Jefes que presumían de ser cristianos, y eran por tanto admitidos en la capilla, tenían la desesperante costumbre de dar al olvido cuanto habían aprendido para darse el placer de participar del banquete en el que la carne de algún enemigo servía de alimento. Comer a otro o ser comido por los demás era la única ley imperante en aquel país, la cual tenía trazas de perdurar eternamente en aquellas islas. Había jefes como Tanoa, Tuiveikoso y Tuikilakila, que se habían comido cientos de seres humanos. Pero entre estos glotones descollaba uno, llamado Ra Undreundre. Vivía en Takiraki, y registraba cuidadamente sus banquetes. Una hilera de piedras colocadas delante de su casa marcaba el número de personas que se había comido. La hilera tenía una extensión de doscientos cincuenta pasos y las piedras sumaban un total de ochocientas setenta y dos, representando cada una de ellas a una de las víctimas. La hilera hubiera llegado a ser mayor si no hubiese sucedido el que Ra Undreundre recibió un estacazo en la cabeza en una ligera escaramuza que hubo en Somo Somo, a continuación de la cual fue servido en la mesa de Naungavuli, cuya mediocre hilera de piedras alcanzó tan sólo el exiguo total de ochenta y ocho.

Los pobres misioneros, atacados por la fiebre, trabajaban arduamente esperando que el fuego de Pentecostés iluminara las almas de los salvajes. Pero los caníbales de Fiyi se resistían a dejarse civilizar mientras tuvieran provisiones abundantes de carne humana. Por aquella época fue cuando John Starhurst proclamó su intención de enseñar la Biblia de costa a costa y su propósito de penetrar en las montañas del interior, al norte de Rewa River. Los maestros indígenas lloraban silenciosamente.

Sus compañeros misioneros trataron en vano de disuadirle. El rey de Rewa le advirtió que seguramente los montañeses le aplicarían en cuanto lo vieran el kai-kai —esto es, que se lo comerían—, y que el rey de Rewa, como cristiano, no tendría más remedio que declarar la guerra a los montañeses, que le vencerían, a él se lo comerían y luego entrarían a saco en Rewa, y por tanto esta guerra costaría cientos de víctimas. Más tarde, una comisión de jefes indígenas de allí mismo se entrevistaron con él.

Starhurst les escuchó pacientemente, pero no cambió un ápice su decisión y modo de pensar. A sus compañeros los misioneros les dijo que él no tenía vocación de mártir, pero que estaba seguro de que enseñando la Biblia en todo el Viti Levu no hacía más que cumplir un mandato divino, y que se creía el escogido por Dios para tal fin.

Los mercaderes apelaron a objeciones y grandes argumentos para disuadirle de la idea, a todo lo cual él contestó:

—Vuestras observaciones no tienen para mí valor alguno, están inspiradas en el temor de los daños que en vuestras mercaderías se puedan causar. Vosotros estáis muy interesados en ganar dinero y yo en salvar almas. Hay que salvar los habitantes de estas islas negras.

John Starhurst no era un fanático. Hubiera sido él el primero en negar esta imputación. Era un hombre eminentemente sano y práctico, estaba seguro de que su misión iba a ser un gran éxito, pues tenía la certeza de que la luz divina alumbraría las almas de los montañeses, provocando una sana revolución espiritual en todas las islas. En sus suaves ojos grises no había destellos de iluminado, pero sí se veía una inalterable resolución emanada de la fe que tenía en el Poder Divino, que era quien le guiaba.

Un hombre tan sólo aprobó la decisión de Starhurst. Era Ra Vatu, que le animaba en secreto y le ofreció guías hasta las primeras estribaciones de las montañas. El corazón de Ra Vatu, que había sido uno de los indígenas de peores instintos, comenzaba a emanar luz y bondad. Ya había hablado en varias ocasiones de querer convertirse en lotu (cristiano), y hubiera tenido acceso a la pequeña capilla de los misioneros a no ser por sus cuatro mujeres, a las cuales quería conservar; pero había asegurado a Starhurst que sería monógamo tan pronto como su primera mujer, que a la sazón estaba muy enferma, muriese.

John Starhurst comenzó su gran empresa por el río Rewa en una de las canoas de Ra Vatu. A distancia, recortándose la silueta en el cielo, divisábanse las montañas en las que se veían varias columnitas de humo.

Starhurst las contemplaba con cierta impaciencia. Algunas veces rezaba en silencio, otras uníase a sus rezos un maestro indígena que le acompañaba. Narau, que así se llamaba, era lotu desde hacía siete años, que su alma había sido salvada del infierno por el doctor James Ellery Brown, el cual le había conquistado con unas plantas de tabaco, dos mantas de algodón y una gran botella de un licor balsámico. A última hora, y después de cerca de veinte horas de solitaria meditación, Narau había tenido la inspiración de acompañar a Starhurst en su viaje de predicación por las montañas inhospitalarias.

—Maestro, con toda seguridad te acompañaré —le había anunciado.

El misionero le abrazó con gran alegría; no cabía duda de que Dios estaba con él, ya que con su ejemplo había decidido a un hombre tan pobre de espíritu como Narau, obligándole a seguirle.

—Yo realmente no tengo valor, soy el más débil de los siervos del Señor —decía Narau durante la travesía del primer día de viaje en canoa.

—Debes tener fe, mucha fe —replicaba animándole Starhurst.

Otra canoa remontaba aquel mismo día el río Rewa, pero con una hora de retraso a la del misionero, y tomaba grandes precauciones para no ser vista. Iba ocupada por Erirola, primo mayor de Ra Vatu y su hombre de confianza. En un cestito, y siempre a la mano, llevaba un diente de ballena. Era un ejemplar magnífico; tenía seis pulgadas de largo, de bellísimas proporciones, y el marfil, con los años, había adquirido tonalidades amarillentas y purpúreas. El diente era propiedad de Ra Vatu, y en Fiyi, cuando un diente de esa calidad intervenía en las cosas, éstas salían siempre a pedir de boca, pues es esta la virtud de los dientes de ballena. Cualquiera que sea el que acepta este talismán, no puede rehusar lo que se le pida antes o después de la entrega, y no hay un solo indígena capaz de faltar al compromiso que al aceptarlo contrae. La petición puede ser desde una vida humana hasta la más trivial de las alianzas o peticiones.

Más allá, río arriba, en el pueblo de un jefe llamado Mongondro, John Starhurst descansó al final del segundo día de canoa. A la mañana siguiente y acompañado por Narau, pensaba salir a pie hacia las humeantes montañas, que ahora, de cerca, eran verdes y aterciopeladas. Mongondro era viejo y pequeño, de modales afables y aspecto de elefantiasis; por tanto, ya la guerra con sus turbulencias no le atraía. Recibió al misionero con cariñosas demostraciones, le sentó a su mesa y discutió con él de materias religiosas. Mongondro tenía espíritu muy inquisitivo y rogó a Starhurst que le explicase el principio del mundo. Con verdadera unción y palabra precisa, relatole el misionero el origen del mundo de acuerdo con el Génesis, y pudo observar que Mongondro estaba muy afectado. El pequeño y viejo jefe fumaba silenciosamente una pipa y, quitándola de entre sus labios, movió tristemente la cabeza.

—No puede ser —dijo—. Yo, Mongondro, en mi juventud era un excelente carpintero, y aun así tardé tres meses en hacer una canoa, una pequeña canoa, muy pequeña. ¡Y tú dices que toda la tierra y toda el agua la ha hecho un solo hombre...!

—Ya lo creo; han sido hechas por Dios, por el único Dios verdadero —interrumpió Starhurst.

—¡Es lo mismo —continuó Mongondro— que toda la tierra, el agua, los árboles, los peces, los matorrales, las montañas, el sol, la luna, las estrellas, hayan sido hechos en seis días! No, no y no. Ya te he dicho que en mi juventud era muy hábil, y tardé tres meses en hacer una pequeña canoa, y eso es una historia para chicos, pero que ningún hombre puede creerla.

—Yo soy un hombre —dijo el misionero.

—Seguro, tú eres un hombre; pero mi oscuro entendimiento no puede adivinar lo que tú piensas y crees.

—Pues yo te aseguro que creo firmemente que todo fue hecho en seis días.

—Eso dices tú, eso dices —replicaba humildemente el viejo caníbal.

Cuando John Starhurst y Narau se fueron a dormir, entró en la cabaña Erirola, el cual, después de un discurso diplomático, entregó el diente de ballena a Mongondro.

El jefe lo examinó; era muy bonito y deseaba poseerlo, pero adivinando lo que le iban a pedir no quiso aceptarlo y se lo devolvió a Erirola con grandes excusas.

Al amanecer del día siguiente, Starhurst se dirigió a pie, calzado con sus hermosas botas altas de una sola pieza, precedido de un guía que le había proporcionado Mongondro, hacia las montañas. Seguíale el fiel Narau, y una milla detrás y procurando no ser visto iba Erirola, siempre con el cesto en el que llevaba guardado el famoso diente de ballena. Durante dos días fue siguiendo los pasos del misionero y ofreciendo el diente a todos los jefes de los pueblos por donde pasaban, pero ninguno quería aceptarlo, pues la oferta era hecha tan inmediatamente después de la llegada del misionero que, sospechando todos la petición que les iban a hacer a cambio del diente, rechazaban el magnífico presente.

Íbanse internando demasiado en las montañas, y Erirola optó por dirigirse, aprovechando pasos secretos y directos, a la residencia del Buli de Gatoka, rey de las montañas. El Buli no tenía noticias de la llegada del misionero, y como el diente era un soberbio y bello talismán, fue aceptado con grandes muestras de júbilo por parte de todos los que le rodeaban. Los asistentes estallaron en una especie de aplauso al posesionarse del diente el Buli y grandes voces cantaban a coro:

—¡A, woi, woi, woi! ¡A, woi, woi, woi! ¡A tabua levu! ¡Woi, woi! ¡A mudua, mudua, mudua!

—Pronto llegará aquí un hombre blanco —comenzó a decir Erirola después de una breve pausa—. Es un misionero y llegará de un momento a otro. A Ra Vatu le gustaría tener sus botas, pues quiere regalárselas a su buen amigo Mongondro, y también desearía que los pies se quedasen dentro de las botas, pues Mongondro es un pobre viejo y tiene los dientes estropeados. Asegúrate, gran Buli, de que los pies se queden dentro. El resto del misionero se puede quedar aquí.

La alegría del regalo del diente se aminoró con tal petición, pero ya no había medio de rehusar, estaba aceptado.

—Una pequeñez como es un misionero no tiene importancia —replicó Erirola.

—Tienes razón, no tiene importancia —dijo en alta voz el Buli—. Mongondro, tendrás las botas; id vosotros tres o cuatro y traedme al misionero, teniendo cuidado de que las botas no se estropeen o se vayan a perder.

—Ya es tarde —exclamó Erirola—. Escuchad, ya viene.

A través de la maleza espesísima, John Starhurst, seguido de cerca por Narau, apareció. Las famosas botas se le habían llenado de agua al vadear el río y arrojaban finísimos surtidores a cada paso que daba. En la mirada del misionero se leía la voluntad y el deseo de vencer. Tan convencido estaba de que su misión era inspiración divina, que no tenía ni la más ligera sombra de miedo, a pesar de que sabía que él era el primer hombre blanco que se había atrevido a penetrar en los inexpugnables dominios de Gatoka.

John Starhurst vio al Buli salir de su casa seguido de su séquito de montañeses.

—Te traigo buenas nuevas —dijo saludando el misionero.

—¿Quién ha sido el que te ha enviado? —preguntó el Buli sorda y pausadamente.

—Dios.

—Ese nombre es nuevo en Viti Levu —replicó el Buli—. ¿De qué islas, pueblos o chozas es jefe ese que tú dices?

—Es el jefe de todas las islas, pueblos, chozas y mares —contestó solemnemente Starhurst—. Es el supremo dueño y señor de cielo y tierra, y yo he venido aquí a traerte su palabra.

—¿Me envía por tu conducto dientes de ballena? —replicó insolentemente el Buli.

—No; pero mucho más valioso que los dientes de ballena es...

—Entre jefes esa es la costumbre —interrumpió el Buli—. Tu jefe o es un negro despreciable o tú eres un gran idiota, por haberte atrevido a venir a estas montañas con las manos vacías. Mira, fíjate: otro mucho más generoso ha venido a verme antes que tú.

Y diciendo esto, le mostró el diente de ballena que acababa de aceptar de manos de Erirola.

Narau empezó a desfallecer y a sentirse angustiado.

—Es el diente de ballena de Ra Vatu —le dijo al oído a Starhurst—. Lo conozco muy bien, y ahora sí que no tenemos salvación.

—Un obsequio muy estimable —contestó el misionero pasándose la mano por sus largas barbas y ajustándose las gafas—. Ra Vatu se las ha arreglado de modo que seamos bien recibidos.

Pero Narau no las tenía todas consigo y disimuladamente empezó a alejarse de Starhurst, olvidando sus promesas de fidelidad hechas al empezar la temeraria aventura.

—Ra Vatu será lotu dentro de muy poco tiempo —empezó a decir el misionero—, y yo he venido a que tú también te hagas lotu.

—No necesito nada de ti —contestó orgullosamente el Buli— y es mi decisión que mueras hoy mismo.

El Buli hizo una seña a uno de sus montañeses, quien avanzó haciendo filigranas en el aire con su maza de guerra. Narau, viendo el pleito perdido, corrió a ocultarse entre unas chozas donde estaban las mujeres y los chicos; pero John Starhurst se abalanzó hacia su ejecutor por debajo de la maza y consiguió rodearle el cuello con sus brazos. En esta ventajosa posición comenzó a argumentarle. Defendía su vida, ya lo sabía, pero la defendía sin nerviosidades ni miedo.

—Cometerás un pecado muy grande si me matas —decía a su verdugo—. Yo no te he hecho ningún daño ni a ti ni al Buli.

Tan bien agarrado estaba al cuello del montañés, que los demás no se atrevían a dejar caer sus mazas por miedo a equivocarse de cabeza.

—Soy John Starhurst —continuó con calma—. He estado trabajando tres años, sin aceptar remuneración alguna, en las islas Fiyi. He venido aquí para vuestro bien, ¿por qué me queréis matar? Mi muerte no beneficiará a ningún hombre.

El Buli echó una mirada a su diente de ballena. Estaba bien pagada la muerte del misionero. Éste se encontraba rodeado de una masa de salvajes desnudos que hacían grandes esfuerzos por acercarse a la presa. El canto fúnebre predecesor del banquete de carne humana empezó a dejarse oír, adquiriendo tales tonalidades que ahogaban por completo la voz del misionero. Tan hábilmente plegaba éste su cuerpo al del montañés, que no había medio de asestarle el golpe de gracia.

Erirola sonreía y el Buli se exasperaba.

—¡Fuera vosotros! —gritó—. Heroica historia para que la vayan contando por la costa una docena de hombres como vosotros, y un misionero sin armas tan débil como una mujer puede más que todos juntos.

—¡Oh, gran Buli, y podré más que tú también! —gritó Starhurst, dominando a duras penas el griterío de los salvajes—. Mis armas son la Verdad y la Justicia, y no hay hombre que las resista.

—Ven hacia mí entonces —contestó el Buli—. La mía no es más que una pobre y miserable maza de guerra, y, según tú dices, no es capaz de vencerte.

El grupo separose de él, y John Starhurst quedó solo frente al Buli, que se apoyaba en su enorme y nudosa maza guerrera.

—Ven hacia mí, hombre misionero, y vénceme —gritaba el rey de las montañas, desafiándole.

—Aun así, te venceré —contestó John, limpiando los cristales de sus gafas y guardándolas cuidadosamente mientras avanzaba.

El Buli levantó la maza.

—En primer lugar, te diré que mi muerte no te proporcionará provecho alguno.

—Dejo la respuesta a mi maza —contestó el Buli.

Y a cada tema que el misionero tocaba, respondía en la misma forma, sin dejar de observarle con atención para prevenirse del habilidoso abrazo. Entonces, y únicamente entonces, comprendió John Starhurst que su muerte era inevitable; pero llevado de su arraigada fe, se arrodilló y empezó a invocar al cielo, como si esperase algún milagro:

—Perdónales, que no saben lo que hacen —decía como si estuviese en contacto con la Divinidad—. ¡Dios mío, ten compasión de Fiyi! ¡Oh Jehovah, óyenos! ¡Por Él, por su hijo, compadécete de Fiyi! ¡Tú eres grande y Todopoderoso para salvarlos! ¡Sálvalos, oh Dios mío! ¡Salva a los pobres caníbales de Fiyi!

El Buli, impaciente, dijo:

—Ahora te voy a contestar.

Levantó la maza sobre la cabeza del misionero, asiéndola con las dos manos.

Narau, que estaba escondido, oyó el golpe del mazo contra la cabeza y se estremeció intensamente.

Después, la salvaje y fúnebre sinfonía volvía a resonar en las montañas, y comprendió Narau que su amado maestro había muerto y que su cuerpo era arrastrado a la hoguera para ser condimentado. Escuchó y percibió las palabras de la fúnebre canción:

¡Arrástrame suavemente, arrástrame suavemente!

¡Soy el campeón de mi patria!
¡Dad las gracias, dad las gracias!

A continuación, una sola voz cantaba:

¿Dónde está el hombre valiente?

Cien voces contestaban a coro:

¡Será arrastrado a la hoguera y asado!

Y cantaba de nuevo la voz que había interrogado:

¿Dónde está el hombre cobarde?

Y las cien voces vociferaban:

¡Se ha ido a contarlo, se ha ido a contarlo!

Narau gemía angustiado. Las palabras de la canción salvaje eran ciertas. Él era el cobarde; ya no le restaba más que huir, correr... ir a contar lo sucedido.

MAUKI

Pesaba ciento diez libras. Su pelo era crespo y negro, y él era negro, de un negro peculiar, ni negro mate, ni azulado, ni purpúreo. Se llamaba Mauki y era hijo de un jefe. Tenía tres tambos. Tambo es la palabra melanesia equivalente a la polinesia taboo y quiere decir superstición. Los tres tambos de Mauki eran: no estrechar nunca las manos de una mujer ni consentir que ninguna pusiera sus manos sobre su persona ni sobre las cosas de su uso personal; no comer vegetales ni nada que estuviera condimentado con ellos; no tocar un cocodrilo, ni ir en canoa donde hubiese la menor partícula de dicho reptil, aunque fuese pequeña como un diente.

De distinta tonalidad negra eran sus dientes, de un negro profundo, semejante al humo de un incendio devastador. Se los había teñido así su madre una noche, poniendo sobre ellos compresas de un polvo mineral que ella misma había extraído en unas excavaciones de los alrededores de Port Adams. Port Adams es un pueblo de agua salada de Malaita, y Malaita la isla más salvaje del archipiélago Salomón; tan salvaje que ni mercaderes ni pescadores habían conseguido hollarla con su planta. Los indígenas de las islas próximas más civilizados trabajaban en las plantaciones y había algunos que hasta eran propietarios de varias de ellas.

Mauki tenía agujereadas las orejas, en las que llevaba colgadas pipas de escayola. Poseía también una navaja de bolsillo, que guardaba cuidadosamente entre su pelo, que le servía como de vaina; pero el más preciado de sus tesoros era el asa de una taza de porcelana china, la cual, engarzada en una anilla de concha, atravesaba y pendía del cartílago de su nariz.

Hacía grandes esfuerzos para embellecerse y tenía una cara agradable, en realidad bonita, y dentro de su raza melanesia no cabía duda de que era extraordinariamente bello. Su única falta era que no tenía fuerza; sumamente afeminado, delicadas sus facciones, pequeña su boca y leve su barbilla. En sus ojos, sólo alguna vez se veían destellos de energía y fuerzas ocultas que pugnaban por ponerse de manifiesto.

Mauki, hijo del jefe de un pueblecito próximo a Port Adams, era casi un anfibio; conocía perfectamente la vida de los peces y de las ostras; las rocas y peñascos de la costa no tenían secretos para él. Manejaba con destreza una canoa, aprendió a nadar cuando apenas tenía un año, y a los siete podía nadar en el fondo del mar, llegando hasta treinta pies de profundidad. A los ocho años fue robado por los indígenas del interior, que habitaban chozas primitivas situadas en intrincadas selvas. Fue esclavo de Fanfoa, que era el reyezuelo de las aldehuelas allí diseminadas.

Lo único que denunciaba a los navegantes de aquellos mares la existencia de habitantes era el humo grisáceo que en columnas salía de los hogares, elevándose al cielo como para ofrendarse lentamente en los días de calma. Los hombres blancos no penetraban en Malaita. Lo intentaron una vez, cuando la fiebre del oro les indujo a penetrar en todas partes, pero sus cabezas quedaron de siniestro adorno en los techos de las cabañas de los hombres de la selva.

Cuando Mauki llegó a los diecisiete años se le acabó a Fanfoa su provisión de tabaco. Eran muy malos los tiempos, y las aldeas de sus súbditos atravesaban penosamente aquella gran crisis. Entonces Fanfoa cometió un gran error. Apareció por entonces en Suo, pequeña ensenada de poco calado, una barcaza en la que había dos hombres blancos. Iban a reclutar gente para llevarla a trabajar en las plantaciones de las islas inmediatas, y llevaban gran cantidad de provisiones de todas clases y numerosas pastillas de tabaco, además de tres rifles y muchas municiones; los hombres blancos hicieron un buen negocio y el primer día que acudieron los hombres de la selva reclutaron hasta veinte de ellos. El viejo Fanfoa firmó también su contrato, pero aquel mismo día los indígenas cortaron la cabeza a los dos blancos, asesinaron a toda la tripulación del barco en que se hallaban y acto seguido incendiaron la nave. Durante tres meses tuvieron suficientes provisiones y tabaco para todo el consumo de las aldeas de la selva, pero al cabo de este tiempo aparecieron dos barcos de guerra y se dedicaron a arrojar granadas sobre la isla, dispersando a sus habitantes, provocando incendios y destruyendo albergues. Pasados estos dos días, los barcos enviaron a tierra unos cuantos hombres, que lo arrasaron todo y pasaron a cuchillo a sus habitantes, talando los soberbios cocoteros y apoderándose del ganado.

Fue una gran lección para Fanfoa, el cual al poco tiempo volvió a quedarse sin tabaco, y decidió vender a Mauki a los barcos que venían a reclutar gente, pidiendo por él en concepto de adelanto una caja de tabaco, cuchillos, hachas, telas y cuentas de vidrio, todo lo cual lo pagaría Mauki con la prestación de su trabajo personal en las plantaciones. Mauki estaba muerto de miedo cuando fue conducido a bordo. Era una res llevada al matadero. Los hombres blancos eran seres feroces para él; además tenían unos rifles infernales que disparaban muchos tiros seguidos y no dejaban tiempo para defenderse. Sus barcos, sin duda debido a algún poder infernal, podían navegar sin que hiciese viento y a una velocidad increíble. Mauki había oído contar que un hombre blanco tenía un poder tan grande, que podía quitarse y ponerse los dientes a voluntad. Todo esto y una caja que hablaba y reía como los hombres, que Mauki vio a bordo, hiciéronle estremecerse de espanto.

En el puente había un hombre blanco que hacía guardia, llevando dos revólveres a la cintura, y abajo en la cabina, adonde le condujeron, había otro hombre blanco que estaba sentado delante de una mesa escribiendo en un papel signos y trazos raros. Miró a Mauki como quien mira a un animal cualquiera, le levantó los brazos y examinó sus axilas; luego escribió algo en un papel y tendió a Mauki la pluma, que al ser tomada ligeramente con los dedos, comprometió al pobre negro a trabajar durante tres años en las plantaciones de la muy poderosa Moongleam Soap Company. Claro que no le explicaron que para impedirle faltar al contrato estaba la férrea voluntad del hombre blanco y detrás de éste todo el poderío de la Gran Bretaña.

Había más negros a bordo, y a una señal del hombre blanco se apoderaron de Mauki, le arrancaron la pluma que llevaba en la cabeza, cortáronle el pelo al rape y le pusieron una prenda entre faja y taparrabos de una tela amarilla y brillante.

Después de varios días de travesía, fue desembarcado en Nueva Georgia, donde le destinaron a talar monte bajo. Hasta entonces no supo Mauki lo que era trabajar, y en realidad no le gustaba. Además comía muy mal y se cansaba de la monotonía del menú. Durante semanas enteras le daban para comer patatas dulces, después otras tantas semanas arroz, y vuelta otra vez a las patatas. Un día le castigaron y le pusieron a trabajar en la construcción de un puente y luego en una carretera. Otras veces iba de remero en los balleneros o acompañando a los hombres blancos en sus excursiones cuando marchaban a pescar con dinamita.

Entre otras cosas, Mauki aprendió a hablar en la jerga especial de los marineros ingleses, y pudo así entenderse con todos los otros negros que formaban parte de la tripulación, pues de otro modo hubiera tenido que aprender varios dialectos. También aprendió algo de los hombres blancos, principalmente a cumplir lo que prometían. Si le decían a un muchacho que le darían una pastilla de tabaco, se la daban; si le decían que le tundirían el cuero si hacía algo que no querían ellos, se lo tundían inevitablemente. También supo que nunca los hombres blancos pegaban a nadie si no tenían algún motivo, ni aun cuando estaban borrachos, lo cual ocurría con mucha frecuencia.

A Mauki no le gustaba el trabajo en las plantaciones, lo odiaba, y sabía además que era hijo de un jefe. Hacía diez años que le habían robado de Port Adams y sentía toda la nostalgia de su casa. Decidió escaparse. Se internó en la selva con la idea de dirigirse hacia el sur de la costa y robar una canoa para irse en ella a su casa de Port Adams, pero la fiebre se apoderó de él, fue capturado y devuelto a las plantaciones, más muerto que vivo.

Por segunda vez se volvió a escapar, en compañía de dos muchachos de Malaita. Anduvieron veinte millas a lo largo de la costa y llegaron a un poblado, donde se ocultaron en la casucha de un malaita que era hombre libre. Por la noche llegaron dos hombres blancos y llamaron a la puerta, tundieron el cuero de los tres fugitivos y al dueño de la casucha le debieron tratar con muy poca amabilidad a juzgar por los dientes que le faltaron y los muchos cardenales que cubrían su cuerpo. No le quedaron ganas de volver a auxiliar a ningún compatriota durante el resto de su vida. Ataron a los tres escapados como si fueran tres cerdos y los llevaron a bordo para emprender el camino hacia las plantaciones.

Durante un año, Mauki trabajó sin descanso. Le hicieron criado, y entonces su trabajo fue mucho más llevadero; no tenía que hacer más que la limpieza de la casa y servir wiski y cerveza a los hombres blancos durante todo el día y casi toda la noche. Todavía le quedaban dos años que servir, pero para él, que sentía cada vez con más fuerza la nostalgia de su país, se le hacían interminables, y como se había vuelto precavido debido a los servicios que prestaba, aprovechó una ocasión. Tenía a su cargo la limpieza de los rifles, sabía dónde se colgaba la llave de las provisiones y planeó la fuga. Una noche, diez muchachos de Malaita y uno de San Cristóbal se escaparon de las barracas y arrastraron al agua una ballenera. Mauki les dio la llave que abría el candado que sujetaba el bote y él mismo llevó a bordo una docena de winchester, una cantidad enorme de municiones, una caja de dinamita con sus detonadores y mecha, más diez cajas de tabaco.

Soplaba el Noroeste y se dirigieron hacia el Sur, navegando durante toda la noche, ocultando la barca, internándose ellos durante el día en las islas deshabitadas que encontraban a su paso. De esta forma llegaron hasta Guadalcanal y cruzaron el estrecho hacia la isla de la Florida. Allí fue donde mataron al muchacho de San Cristóbal, conservaron la cabeza y guisaron y comieron el resto del cuerpo.

Las costas de Malaita no distaban ya más que veinte millas, pero un viento fortísimo y las corrientes submarinas les impedían acercarse. Al día siguiente, y cuando ya no les faltaban más que ocho o nueve millas para ganar la costa de Malaita, apareció un gran barco en el que iban dos hombres blancos, que, sin asustarse de los once muchachos de Malaita armados de rifles, los capturaron y los subieron a bordo, llevándolos de nuevo a Nueva Georgia, donde fueron condenados a pagar una multa de quince dólares cada uno, amén de una paliza que les dieron por la escapatoria. Todo ello se tradujo en otro año de castigo en las colonias, pero esta vez le quitaron el empleo de criado y le pusieron a trabajar en las carreteras.

De nuevo se escapó y fue atrapado en el mismo momento en que intentaba fugarse, y entonces fue llevado a presencia del señor Havebi, director de la Moongleam Soap Company en la isla, quien juzgó el caso y le declaró incorregible. La Compañía tenía plantaciones en la isla Santa Cruz, a cientos de millas de distancia, y allí enviaba a los que consideraba irreductibles en las islas Salomón. Mauki fue enviado allí, pero no llegó a su destino. El vapor hacía escala en Santa Ana, y Mauki, aprovechando la oscuridad de la noche, se arrojó al agua, nadando hacia la costa. Fue capturado en tierra y llevado a bordo donde le maniataron y le devolvieron a Nueva Georgia.

—Le tendremos que enviar a Lord Howe —dijo Mr. Haveby—. Bunster está allí, y dejaremos que se arreglen entre ellos, pues siento curiosidad por saber quién vencerá, si Mauki o Bunster.

Lord Howe es una circunferencia de tierra sobre una base de coral; está a ciento cincuenta millas de Meringe Lagoon, en la isla Isabel; tiene unas ciento veinte millas de circunferencia, y Lord Howe no pertenece a las islas Salomón ni geográfica ni etnológicamente. Es una isla solitaria y aislada, y sus habitantes y su idioma son polinesios, mientras que los de las islas Salomón son melanesios.

Lord Howe u Ontong-Java, como algunas veces se la llama, es una isla no frecuentada por la raza blanca. Sus cinco mil habitantes son pacíficos y están en estado primitivo.

Max Bunster era el único hombre blanco que habitaba la isla y hacía comercio en ella a las órdenes de la poderosa Moongleam Soap Company. Bunster fue enviado a Lord Howe como medio de quitársele de encima, y si la Compañía no lo había despedido ya, era porque no encontraba sustituto para esa isla. Era un alemán muy corpulento y con el cerebro algo trastornado, provocador y cobarde, mucho más salvaje que los negros primitivos e incivilizados que habitaban la isla. Siendo un cobarde, sus brutalidades eran traicioneras y ruines. Cuando entró al servicio de la Compañía, fue destinado a Savo, y queriendo la Compañía favorecer más tarde a un pobre empleado indígena que estaba tuberculoso, le envió a Savo a relevar a Bunster. Tan pronto como desembarcó, Bunster le golpeó de tal modo que tuvieron que llevarle a bordo medio muerto y falleció a los pocos días.

El señor Haveby le envió entonces una especie de gigante de Yorkshire para que le relevara, pero Bunster no quería peleas entonces y se comportó como un corderito durante diez días, al cabo de los cuales el de Yorkshire fue atacado de fiebre y disentería. Débil como estaba, fue golpeado sin piedad por Bunster, quien, temiendo por su vida en el caso de que el otro sanara, huyó de Savo. La Compañía le destinó a Lord Howe, y su primera hazaña en cuanto desembarcó fue retar a los indígenas, prometiéndoles una caja de tabaco al que fuera capaz de derribarle al suelo en lucha libre. Pronto derribó a tres indígenas, pero el cuarto le venció, llevándose en lugar de una caja de tabaco ofrecida como premio una bala de revólver en los pulmones.

Tres mil indígenas vivían en la principal población de la isla, pero ésta quedaba desierta aun en pleno día cuando pasaba Bunster. Era el terror de los habitantes, y hasta los animales huían al advertir su presencia.

A Lord Howe fue a parar el pobre Mauki, con la obligación de trabajar a las órdenes de Bunster durante ocho años y medio. Para bien o para mal, Bunster y Mauki tenían que estar juntos durante todo aquel tiempo. El primero pesaba doscientas libras y el segundo ciento diez. Bunster era bruto, degenerado, pero Mauki era salvaje, primitivo. Tenían, por tanto, cada cual dotes especiales que hacían interesante saber quién vencería a quién.

Mauki no tenía la menor idea de quién iba a ser su amo. No estaba advertido, y creyó que servir a Bunster sería igual que servir a cualquier otro hombre blanco. Darle de beber mucho wiski y cerveza, y respetar las órdenes que le diera, creyendo que si cumplía con su deber no le castigarían. Bunster, al contrario, sabía todo lo concerniente a Mauki, y estaba deseando que llegara, para comprobar si era tan fiero. Se las prometía muy felices y estaba seguro de domesticarle bien pronto. El cocinero estaba enfermo, tenía un brazo roto y un hombro dislocado gracias a unas caricias propinadas por Bunster, y el mismo día que Mauki llegó le nombró su cocinero.

Supo entonces Mauki que había hombres blancos que sólo merecían llamarse así por el color de su piel, nunca por ser raza civilizada, pues eran más salvajes que los más crueles indígenas. En cuanto zarpó el barco que trajo a Mauki, Bunster le envió a que comprara un pollo a Samisee el misionero, tongalés nativo; pero Samisee estaba de excursión por la isla y no volvería hasta pasados tres días. Mauki regresó con la noticia. Subió las escaleras (la casa estaba edificada sobre maderos apilados y a una altura de doce pies) y entró en la habitación a explicar lo ocurrido. El traficante preguntó por el pollo, y Mauki abrió la boca para empezar su relato; pero Bunster, que no estaba para explicaciones, alzó el puño y dio a Mauki un tremendo golpe en la boca, arrojándole contra la barandilla de la escalera, que crujió ruidosamente al romperse, y rodando Mauki por la escalera fue a parar a la arena. Su boca era una masa informe de sangre, carne macerada y dientes rotos.

—Eso te enseñará a no volver a contarme historias y a obedecer a lo que te mando —gritaba rojo de ira desde lo alto de la escalera apoyándose en la barandilla rota.

Mauki no había conocido nunca un hombre blanco tan brutal, y resolvió andar con mucho cuidado y no dar jamás motivo para que Bunster tomara represalias. Mauki sabía que tres muchachos de los que trabajaban en los botes habían pasado tres días encerrados y encadenados, sin comer ni beber, por el horrible crimen de romper un escálamo mientras remaban. Pronto se enteró en el pueblo de las historias que circulaban respecto a su amo. Se había casado tres veces y las dos primeras mujeres habían muerto a consecuencia de sendas palizas que el cariñoso marido les propinó, y Mauki pudo comprobar que la tercera vivía de milagro, pues raro era el día que la pobre mujer no recibía una buena tanda de golpes del bestial Bunster.

Mauki esperaba estoico una oportunidad para vengarse de su amo; no encontraba por entonces el medio, pues Bunster vivía alerta, día y noche, y su revólver estaba siempre montado y a la mano. No permitía que nadie pasase por detrás de él, cosa que Mauki aprendió después de haber recibido varias palizas por dicho motivo. Bunster sabía por instinto que tenía que guardarse mucho más de Mauki, a pesar de su mansedumbre, que de la población entera de Lord Howe, y por ello, despechado, arreciaba con él sus crueldades y bárbaros castigos. Mauki recibía golpes con una resignación aparente, casi seráfica, pero en su interior bramaba y ardía en deseos de vengarse, y esperaba, esperaba siempre.

Uno de los actos favoritos de Bunster era agarrar a Mauki por el pelo y golpearle la cabeza contra las paredes. Otras veces aprovechaba las distracciones del muchacho y le aplicaba sobre la carne el cigarro encendido. A esto Bunster lo llamaba la vacuna, y el paciente Mauki tenía que sufrir esta vacunación varias veces al día.

La piel del tiburón es parecida al papel de lija, pero la piel de la raya es mucho más fuerte y hace las veces de una garlopa. Los indígenas la utilizan para pulir las maderas con que construyen sus canoas y los remos. Bunster se hizo fabricar un guante como los de friccionar, pero de piel de raya, y tan pronto lo tuvo en su poder lo estrenó en Mauki. De un manotazo le arrancó la piel de la espalda hasta la axila, y, encantado con el éxito que había obtenido, fue a probarlo de nuevo en su mujer, y sucesivamente con cuantas víctimas tenían la desdicha de caer bajo su férula. El cacique del pueblo, que había ido a comprar unas cosas a casa de Bunster, quiso reconvenirle, pero tuvo que tomarlo como si fuera una gracia, ante el temor de que hiciera con él otro tanto.

—¡Ríete, condenado, ríete! —le decía amenazador Bunster, esgrimiendo su guante de piel de raya.

Mauki era el que más disfrutaba de esta clase de caricias, siendo raro el día que transcurría sin sentir sobre su piel tan suave contacto. Pero seguía esperando. Tenía la seguridad de que más tarde o más temprano el momento llegaría. Ya sabía para entonces lo que tenía que hacer, hasta los más pequeños detalles los tenía estudiados, y se recreaba en ellos por anticipado pensando en el placer de la venganza.

Un día Bunster se levantó de peor humor que de costumbre, y con pretexto de que el café estaba mal hecho, estrelló la taza llena del humeante líquido en la cara de Mauki, causándole varias heridas y quemaduras. Durante el almuerzo aumentó sus crueldades con todos, y hacia las diez de la noche se hallaba tiritando como un azogado y con atroz angustia. Media hora más tarde tenía una fiebre altísima. Estaba atacado de las fiebres del país, parecidas al paludismo, y se manifestaban con temperaturas altísimas que dejaban al paciente completamente aniquilado, cuando se curaba, cosa que rara vez ocurría con tal enfermedad.

Los días pasaban y Bunster, que no abandonaba el lecho, estaba cada día más débil. Mauki seguía aguardando y su piel había vuelto a reponerse casi por completo. Dio orden a los demás muchachos para que aparejasen la goleta, y esta orden fue cumplimentada creyendo que provenía de Bunster, el cual yacía sin conocimiento en la cama. Ésta era una oportunidad para Mauki; no quiso aprovecharse de ella y esperó todavía.

Pasados algunos días, la enfermedad hizo crisis y Bunster entró en la convalecencia, pero estaba tan débil como un niño recién nacido. Mauki empaquetó sus cosas y se fue a ver al rey de aquellas islas, al que encontró rodeado de todos sus caciques.

—Vosotros no queréis al amo blanco, ¿verdad que no?

—Aquí nadie le quiere, todos le odiamos —fue la respuesta franca y unánime.

—Bueno —dijo Mauki—. Os voy a librar de él, pero vosotros tenéis que ayudarme. Llevadme trescientos cocos a la goleta, y si oís gritar al amo, fingid que estáis dormidos, pues voy a aplicarle una medicina para curarle antes de llevármele a bordo.

Una vez de acuerdo, se dirigió a los muchachos indígenas que componían la tripulación, y con las mismas palabras o parecidas les convenció para que le obedecieran y no se acercaran a la casa, oyesen lo que oyesen.

Dirigiose a la habitación, y dijo a la mujer que se marchase a casa de sus padres, lo que la infeliz hizo de muy buen grado, y una vez solo con su amo, que estaba adormecido, le quitó con sumo cuidado el revólver que nunca abandonaba y se colocó en la mano el guante de piel de raya. Al primer intento, de un rasponazo Mauki le despellejó la nariz a Bunster, el cual despertó violentamente al sentir tamaña caricia.

—¡Ríete, maldito, ríete! —le decía Mauki a cada manotazo que le daba con el guante de piel.

Bunster, al principio intentó defenderse, pero estaba tan débil que no pudo ni incorporarse en el lecho.

Tan a conciencia hizo su trabajo Mauki, que al cabo de dos horas no quedaba un solo centímetro de piel en el odiado cuerpo de su amo. Los indígenas cumplieron lo prometido haciéndose los dormidos y no escuchaban los gritos e imprecaciones que lanzaba el hombre blanco cada vez que Mauki le acariciaba con el guante.

Al darse por vengado, Mauki procedió a cargar por completo su goleta de innumerables rifles, municiones, víveres y cajas de tabaco. Estaba ocupado en estos preparativos, dando órdenes a sus tripulantes, cuando cayó rodando por la escalera, hasta llegar a sus pies, una repugnante masa humana informe y sangrienta, que después de breves y horrendas convulsiones quedó inmóvil sobre la arena. Era Bunster, que, haciendo un esfuerzo supremo, había conseguido, al salir de su desmayo, levantarse de la cama y, arrastrándose por el suelo, llegar hasta el borde de la escalera, por donde, exhausto de fuerzas, cayó rodando.

Agonizaba, y Mauki, acercando su cara a la de su amo, que estaba totalmente sangrando, le repetía pletórico de placer:

—¡Ríete, maldito, ríete!

Era ésta la frase que su amo le decía cuando con el famoso guante le mondaba. Ahora le tocaba la revancha, y saciaba su odio reconcentrado y contenido tanto tiempo.

Tuvo acto seguido unos momentos de duda; pero inmediatamente se rehizo y, empuñando un machete, de un solo tajo le cercenó la cabeza, envolvióla con sumo cuidado entre unos trapos y se la llevó a bordo como quien lleva un trofeo.

Consiguió llegar sin novedad a Port Adams, donde desembarcó con una riqueza inmensa en rifles, tabaco y víveres. Ningún hombre en aquellas islas había poseído otro tanto. Como había cortado la cabeza a un hombre blanco, no tenía más remedio que refugiarse en las enmarañadas y umbrías selvas; allí mató a Fanfoa, cortó la cabeza a una porción de caciques y se proclamó rey de las selvas. Cuando murió su padre, heredó su hermano el mando de las tribus de la costa, y los dos hermanos reunieron el contingente guerrero más poderoso de aquellas islas.

Temía Mauki, más que al gobierno británico, a la poderosa Moongleam Soap Company, y un día recibió un mensaje, al que contestó favorablemente. Después apareció el apacible, el inevitable hombre blanco, capitán de un barco de guerra, el cual fue el primero de su raza que salió con vida de las selvas, y además con setecientos cincuenta dólares en monedas de oro que Mauki le entregó para saldar su cuenta con la Moongleam Soap Company.

Mauki es hoy el reyezuelo más temible de aquellos contornos salvajes. Cuando sale a batallar con sus numerosas huestes guerreras, siempre es él el vencedor. A solas, en sus interminables horas de aislamiento, después de las luchas, cuando reposa en su vivienda, saca de un saquito, que guarda religiosamente, una cabeza humana perfectamente momificada, desprovista de piel en absoluto, la contempla largamente, y en sus ojos de reflejos acerados resplandece un vivo fulgor que pregona el inmenso placer de su venganza.

La cabeza es considerada en todas aquellas islas como el más poderoso talismán de la raza negra.

«¡YAH! ¡YAH! ¡YAH!»

Érase un escocés gran bebedor de wiski, que hacía su primera libación a las seis en punto de la mañana, y durante todo el día, con pequeños intervalos, bebía sin cesar hasta la hora de acostarse, que era siempre después de las doce de la noche. No dormía más que cinco horas, y las diecinueve restantes se las pasaba disfrutando su plácida borrachera. Pasé con él ocho semanas en Oolong Atoll, y nunca le vi sereno ni un solo minuto, pues como dormía tan poco, no tenía tiempo de despejarse. Era un borracho tranquilo, amante del orden, cosa que constituía su cualidad característica, su virtud más apreciable, y resultaba un tipo tan raro como curioso.

Se llamaba McAllister. Ya era viejo y temblón; sus manos se movían continuamente como si estuviese azogado, y cuando tomaba el frasco para servirse el wiski, sea dicho en honor de la verdad, nunca le vi derramar una sola gota. Había vivido veintiocho años en Melanesia, dando tumbos desde la Nueva Guinea alemana hasta las islas Salomón, y tanto se había identificado con esa porción del mundo, que solía emplear en su conversación gran número de frases propias de los indígenas que éstos habían aprendido y luego transformado de los marineros ingleses. Cuando hablaba conmigo, me decía: «Sol él se levanta», lo cual quería decir que llegaba el alba; «kai-kai él para» significaba «la comida está servida», y «vientre se pasea a mí perteneciente», que representaba, en lenguaje corriente, que le dolía el estómago. Era pequeño y delgado, abrasado por dentro y por fuera gracias al alcohol y al fuerte sol de aquellos parajes. Parecía estar momificado y andaba con los rígidos movimientos de un autómata. Pesaba noventa libras.

Lo más notable en él era el poder inmenso con que gobernaba. Oolong Atoll tenía ciento cuarenta millas de circunferencia y estaba habitada por unos cinco mil polinesios, hombres y mujeres, altos, fuertes y guerreros por temperamento; tenían muchos de ellos seis pies de altura y doscientas libras de peso. Oolong Atoll distaba doscientas cincuenta millas de la tierra más próxima. Dos veces por año recalaba allí un pequeño vapor que se dedicaba al comercio de cabotaje por cuenta de una compañía. El único hombre blanco que existía en Oolong era McAllister, comerciante en pequeño e incansable bebedor. Gobernaba la isla y a sus cinco mil salvajes con mano de hierro. Los llamaba, y acudían al instante; decía marcharse, y salían corriendo presurosos; nunca discutían su voluntad ni sus determinaciones; era muy terco, todo lo que puede serlo un escocés viejo. Intervenía constantemente en los asuntos privados de sus súbditos. Cuando Nugu, la hija del rey, quiso casarse con Haunau, que vivía al otro extremo de la isla, el padre dio el consentimiento, pero a McAllister se le antojó decir que no, y la boda se deshizo. El rey quiso en cierta ocasión comprar un extenso terreno al gran sacerdote; era un islote cercano, pero McAllister no consintió. El rey debía a la Compañía ciento ochenta mil cocos, y hasta que no acabase de pagar no le permitiría que gastara un solo centavo en ninguna otra cosa.

El rey y su pueblo no querían a McAllister. En verdad, le odiaban de un modo terrible, y tuve noticias de que durante tres meses el rey y el pueblo entero, con sus sacerdotes a la cabeza, hacían rogativas a los dioses para que les concediera la muerte del tirano. Le echaban maldiciones y practicaban sortilegios; pero todo fue inútil, pues mientras McAllister no creyera en ellos, no tenían èficacia sobre su persona. Con un escocés borracho no se puede intentar nada, todo es nulo. Tenía una salud extraordinaria, ni siquiera se constipaba. La fiebre y la disentería eran cosas desconocidas para él. Yo creo que estaba tan saturado de alcohol, que los gérmenes no encontraban en su cuerpo alojamiento propio para desarrollarse. Ni los microbios le querían; él, por su parte, no quería tampoco a nadie más que a su wiski, y esto le sostenía.

Yo estaba maravillado; no podía comprender cómo los cinco mil salvajes aguantaban con tanta mansedumbre la tiranía despótica de aquel viejo alcoholizado.

Una tarde calurosísima hallábame sentado en la terraza de la casa con McAllister, contemplando el mar con sus variantes tonalidades turquesa y esmeralda, reflejándose el sol en ellas refulgente y opalino. El calor era abrasador.

—Los bailes y danzas de estas gentes no valen nada —dijo McAllister.

Dio la casualidad de que días antes yo había dicho que los bailes de los polinesios valían mucho más que los de los papúes, y McAllister negábalo rotundamente, sin más razón que la de su propia testarudez. Hacía demasiado calor para discutir, y no contesté; además, yo desconocía los bailes de la gente de Oolong.

—Voy a demostrarle a usted que tengo razón —me dijo; y dirigiéndose a un muchacho negro, natural de Nueva Hanóver, el cual hacía las veces de criado y cocinero, le ordenó—: ¡Eh, muchacho, vete y dile al rey que venga a verme ahora mismo!

El chico salió y volvió acompañado del primer ministro, que venía temblando, y dando una serie de excusas manifestó que el rey estaba durmiendo y no era cosa de molestarle.

McAllister se encolerizó de tal modo que el ministro salió corriendo y al poco tiempo volvió con el rey en persona. Hacían una pareja magnífica. El rey alcanzaba unos seis pies de estatura y su cara tenía una expresión parecida a la de las águilas, cosa muy frecuente en los indios de América del Norte. Los dos habían nacido para mandar. Los ojos del rey centelleaban mientras escuchaba a McAllister, pero con toda humildad se dispuso a complacerle y a que trajeran del poblado doscientos bailarines de ambos sexos, los cuales estuvieron bailando por espacio de dos horas mortales bajo un sol de fuego que aquella tarde aniquilaba. Cuando se cansó de verlos danzar, los despidió despectivamente.

En una ocasión estaba yo desesperado porque en la compra de unas ostras perlíferas de una tonalidad anaranjada, maravillosa, no pude llegar a ponerme de acuerdo con el indígena que las poseía. Ofrecíale yo doscientas pastillas de tabaco y él quería trescientas. El par de conchas lo mismo podían valer cinco que seis mil libras en Sydney. Hablé del asunto casualmente con McAllister, manifestando mi pesadumbre, y él, inmediatamente, mandó llamar al propietario de las ostras y le obligó a que me las vendiera por cincuenta pastillas de tabaco, no consintiendo que le diera ni una más. El pobre diablo marchose casi contento al ver que había salido tan bien librado de la entrevista con el amo y señor, y yo resolví hacerme un nudo en la lengua y no volver a contarle nada más. Seguía yo tratando de inquirir cuál sería la causa del poder sin límites de aquel hombre sobre los salvajes y, como no daba con la clave, decidí interrogarle. Me guiñó un ojo y se quedó con la vista fija en mí, al mismo tiempo que apuraba un vaso de wiski. Ésta fue toda su respuesta:

—Estaba yo una noche pescando en el lago con Oti, el indígena a quien McAllister había despojado de sus conchas, y a quien yo, particularmente, había regalado ciento cincuenta pastillas de tabaco, razón por la cual me respetaba extraordinariamente creyéndome algo superior, a pesar de que el indígena me doblaba la edad, y mientras paseábamos dije a Oti: ¿Todos vosotros, los kanakas y los pickaninnys, respetáis inmensamente a ese hombre blanco? Pero él es un solo hombre y vosotros sois muchos; no puede comeros, no tiene dientes para ello, ¿por qué diablos os asustáis tanto de él?

El amor propio de Oti fue herido por mis palabras. Desgarró su lava-lava (especie de taparrabos) y me mostró la enorme cicatriz producida por un balazo, y cuando iba a empezar a hablar, su caña fue sacudida violentamente. Intentó tirar de ella, pero pronto se dio cuenta de que el pez había dado vuelta a un banco de coral, enganchando allí el sedal del aparejo. Me dirigió una mirada de reproche por haberle distraído con mi conversación, y acto seguido se tiró de cabeza al agua. Tenía aquel paraje unas seis brazas de profundidad, y mi buen salvaje nadó hacia el fondo, saliendo a la superficie al cabo de unos instantes con un hermoso pez parecido a un bacalao, de unos cinco kilos de peso. El anzuelo estaba todavía fuertemente clavado en la boca del pescado.

—Ya he visto —dije volviendo a mi tema— que eres un valiente y ese es el motivo por el cual no comprendo por qué toleráis la tiranía del hombre blanco.

—Voy a decir la verdad y sabrá por qué tenemos miedo —díjome Oti.

Y yo, lector amigo, voy a transmitir su relato en lenguaje correcto, pues el que Oti usaba no lo entienden más que los que estamos habituados a él y los indígenas:

—Nosotros —empezó diciendo— nos sentimos orgullosos de nuestros tiempos guerreros. Siempre que algún barco llegaba a la costa, íbamos a él en nuestras canoas, subíamos a bordo, lo atacábamos o matábamos a toda la tripulación, lo saqueábamos y luego prendíamosle fuego por los cuatro costados. Estas victorias nos enardecían; muchos de los nuestros morían en ellas; pero, ¿qué importaba comparado con la enorme riqueza que encontrábamos a bordo? Esto nos compensaba con creces. Un día, hará veinte años, quizá veinticinco, llegó un gran barco de tres mástiles. En él iban cinco hombres blancos y unos cuarenta hombres para los botes; todos eran negros de Nueva Guinea. Venían a pescar en nuestras costas; echaron el ancla frente a Pauloo, cerca de aquí, y sus botes empezaron a diseminarse preparados para la pesca. Habían armado campamentos en la playa; allí curaban el pescado que recogían. Se separaron mucho unos de otros y también del barco, y hasta llegar a los campamentos distaban lo menos cincuenta millas.

Nuestro rey y sus consejeros se reunieron para tomar acuerdos, y yo pasé toda la noche en mi canoa de un lado a otro, avisando a la gente de Pauloo que a la mañana siguiente atacaríamos al mismo tiempo los campamentos y el barco para apoderarnos de él. Los que habíamos llevado estas órdenes estábamos fatigadísimos a causa de haber remado mucho, pero no obstante tomamos parte también en el ataque. Sorprendimos al patrón con tres de sus negros en la playa; le matamos, pero antes de morir el blanco mató con su revólver a ocho de los nuestros. Luchamos con todos cuerpo a cuerpo y por fin los vencimos. Al ruido de la lucha diose cuenta el contramaestre de lo ocurrido, puso víveres y agua en un bote, colocole una vela y se hizo a la mar para llegar a su barco y defenderlo contra nosotros. Seríamos unos mil los que nos dirigimos contra el barco, invadimos el mar con nuestras canoas, en las que íbamos tocando las caracolas marinas de guerra y cantando himnos triunfales, remando a todo remar. ¿Qué victoria podría alcanzar un solo hombre blanco y tres negros? Ninguna; el contramaestre lo sabía bien.

Pero los hombres blancos son el diablo, y yo, que soy ya un hombre viejo, he llegado a comprender por qué se han apoderado de todas las islas de los mares. Usted casi es un muchacho y no es muy listo, porque todos los días le digo cosas que ignora. Cuando yo era un pequeño pickaninny, sabía todo lo relativo a los peces, hasta sus costumbres, mucho más de lo que usted sabe ahora. Soy viejo y puedo nadar hasta el fondo del mar, y usted no es capaz de seguirme. ¿Para qué vale usted? No me lo explico, como no valga para la lucha... No le he visto nunca luchar, pero me figuro que servirá, porque usted será el demonio, igual que sus hermanos, y tan loco como ellos. Nunca se sabe cuándo están vencidos; siguen peleando hasta morir, y claro, entonces ya es demasiado tarde para darse cuenta. Voy a referirle lo que hizo el contramaestre.

Tan pronto como nos vio llegar hasta el barco en nuestras canoas, sonando las caracolas, se refugió en el bote con tres muchachos negros y empezaron a remar buscando la salida. Esto probaba una vez más que era un loco, pues ningún hombre cuerdo se habría atrevido a lanzarse mar adentro en un bote tan pequeño. Los costados del bote sobresalían del agua unas cuatro pulgadas escasamente. Veinte canoas de las nuestras volaban hacia él, y en ellas iban doscientos de nuestros más bravos guerreros. Mientras los remeros del contramaestre remaban desesperados, nosotros avanzábamos cinco veces más camino que ellos. En pie en su bote, empezó el contramaestre a hacernos fuego con su rifle; no era buen tirador, pero, según nos íbamos acercando, varios de los nuestros cayeron muertos y heridos por sus balas. Sin embargo, él no podía salvarse. Durante todo aquel tiempo estuvo fumando un cigarro.

Cuando nos faltaban solamente cuarenta pies para llegar a él, arrojó el rifle y, tomando un cartucho de dinamita, lo encendió con el cigarro y lo tiró acto seguido; repitió la operación varias veces y nos lanzó muchos cartuchos encendidos; debían ser de mecha muy corta, pues algunos estallaban en el aire, pero la mayoría reventaban en nuestras canoas; cada vez que explotaba uno, la canoa quedaba destrozada, y de las veinte apenas quedaron la mitad. La que yo ocupaba voló en pedazos y con ellos los dos hombres que iban a popa, pues el cartucho reventó entre los dos. Las canoas que quedaron viraron en redondo y huyeron. Entonces el contramaestre gritaba: «¡Yah! ¡Yah! ¡Yah!», dirigiéndose a nosotros. Disparó su rifle nuevamente y muchos de los nuestros cayeron heridos mortalmente por la espalda mientras huíamos, y los tres negros seguían remando, remando siempre. Ya ve usted cómo le digo la verdad cuando afirmo que el contramaestre era el verdadero demonio.

No fue sólo eso, pues antes de abandonar su barco le prendió fuego, amontonando en un sitio oculto toda la pólvora y dinamita para que explotase a un tiempo. Cientos de los nuestros estaban a bordo, tratando de apagar el fuego, mientras explotaba el barco. Así, pues, todo el botín que esperábamos capturar se perdió por completo, además de muchos de los nuestros, que murieron en el barco. Cuantas veces, aun ahora en mi vejez, he soñado con el contramaestre, le oigo gritar: «¡Yah! ¡Yah! ¡Yah!» A todos los negros del barco que acamparon en la playa les matamos. ¿Era posible que un bote tan pequeño, tripulado por cuatro hombres, pudiese luchar con las encrespadas olas del océano?

Transcurrió un mes, y una mañana hizo su aparición en nuestras aguas una goleta, que ancló frente a nuestro poblado. El rey y sus súbditos celebraron consejo y acordaron apoderarse de la goleta en el espacio de dos o tres días. Entretanto, según era nuestra costumbre, nos fingimos sus mejores amigos y nos fuimos acercando con nuestras canoas a ofrecer en venta cocos, gallinas y cerdos; pero cuando estaban situadas a lo largo del costado del barco, los hombres de a bordo empezaron a disparar sus rifles. Mientras huíamos, vi al contramaestre, que creíamos muerto, loco de alegría sobre la cubierta, gritándonos con toda la fuerza de sus potentes pulmones, hasta enronquecer: «¡Yah! ¡Yah! ¡Yah!»

Aquella tarde destacáronse de la goleta tres botes llenos de hombres blancos, vinieron al poblado y mataron a todos los hombres que encontraron, gallinas, cerdos y cuanto tropezaron con vida. Los que pudimos escapar nos refugiamos en las pocas canoas que quedaron y nos hicimos a la mar, desde donde vimos arder todas las casas. Nos cruzamos con otras canoas que venían de Nihi (extremo opuesto de la isla) y nos dijeron que también allí habían hecho lo mismo, pues otra goleta había anclado para causar los mismos destrozos.

Durante la noche oímos llantos y lamentos de mujer, y vimos muchas canoas que venían de Pauloo, donde otro barco arrasó también aquel poblado. Ya ve usted, el contramaestre y sus tres negros no habían muerto y fueron a las islas Salomón a decir a sus hermanos blancos que había que castigarnos, y uniéronse todos para aquel exterminio.

Tres días estuvo la goleta sin dejarnos tranquilos ni en el mar, pero nosotros éramos muchos y ellos pocos. Intentábamos atacarlos, pero con los rifles nos mataban a montones. Conseguimos al fin llegar al costado del buque, nos tiraron cartuchos de dinamita y volaron destrozadas las canoas. Disparaban desde el barco incesantemente sobre los que trataban de ponerse a salvo nadando. El contramaestre, subido en el techo de la cabina de mando, gritaba al vernos sucumbir: «¡Yah! ¡Yah! ¡Yah!»

Cesó por fin la matanza y establecieron un cordón de vigilancia para evitar que nos escapáramos. Como habían matado las gallinas y los cerdos y habían cegado los pozos, el hambre y la sed se apoderaron de nosotros, pues los cocoteros estaban bajo el fuego de los blancos para que no nos pudiéramos alimentar con su fruto. Tanto y tanto nos martirizó el hambre, y sobre todo la sed, que fuimos a ofrecernos a los blancos a cambio de que nos dieran algún alimento. Dijeron que creían que aquello nos serviría de lección para siempre; nosotros aseguramos que lamentábamos mucho lo sucedido y que nunca más daríamos motivo para otra represalia semejante. A cambio de nuestra libertad nos hicieron trabajar llenándoles la goleta de cocos, copra y pesca desecada al humo.

Durante varias semanas toda la isla fue una constante hoguera para desecar pescado, que nosotros mismos pescábamos y llevábamos a bordo.

Ese tiempo fue el que tuvimos grabada la lección en nuestra memoria y en nuestro cerebro. No debíamos jamás matar a un hombre blanco, puesto que tan mermados habíamos quedado. Cuando la goleta estuvo atestada de cocos, se despidieron de nosotros y entonces reanudamos nuestras protestas de arrepentimiento, echándonos arena en la cabeza, en vista de todo lo cual nos dijeron que nos lanzarían una maldición para que nunca más volviéramos a acordarnos de ellos, y nos entregaron cinco hombres de nuestra isla, que hacía mucho tiempo que no les habíamos visto, diciéndonos que ellos serían los portadores de la maldición.

—Y una enfermedad se extendió por toda la isla —le interrumpí yo, que conocía el final—. Había viruelas a bordo y los cinco hombres desembarcados estaban atacados de ese terrible mal.

—Sí, una gran plaga nos sobrevino —continuó diciendo Oti—. Muchos de nuestros hombres viejos que no podían resistir aquella enfermedad tuvimos que matarlos para que no sufrieran. Y además de los muertos en el combate, murieron dos mil más. Ese comerciante —prosiguió diciendo Oti— es una porquería como hombre, y como tal no le tenemos miedo; el temor que nos infunde es porque es blanco y no podemos olvidar la lección que antaño nos dieron, pues siempre tememos que vaya a presentarse el contramaestre, gritando con su voz estentórea de trueno: «¡Yah! ¡Yah! ¡Yah!» Me parece que vamos a pescar muchos peces —siguió diciéndome Oti, y terminó de este modo—: Cuando se levante el sol le llevaré a ese comerciante blanco el pescado más grande.

EL IDÓLATRA

Lo encontré por vez primera en pleno huracán, y si bien habíamos corrido el temporal juntos en el mismo barco, no le eché la vista encima hasta que la goleta se hizo astillas bajo nuestros pies. Indudablemente, debí verlo antes entre el resto de la tripulación indígena a bordo, pero la Pequeña Juana iba abarrotada de pasaje y no me di cuenta de su existencia. Además de sus ocho o diez marineros kanakas, su capitán blanco, su oficial y sobrecargo, y los seis pasajeros de cámara, zarpó de Rangiroa con unos ochenta u ochenta y cinco pasajeros de cubierta, paumotanos y taitianos, hombres, mujeres y niños, cada cual con su cofre, sin contar fardos de todas clases, esterillas, mantas y hatos de ropas.

La temporada perlera de las Paumotus había terminado y todos regresaban a Tahití. Los seis pasajeros de cámara éramos compradores de perlas. Dos eran americanos; uno era Ah Choon, el chino más blanco que jamás he visto; uno alemán; otro judío polaco, y yo completaba la media docena.

Había sido próspera la temporada. Ni nosotros ni ninguno de los ochenta y cinco pasajeros de cubierta teníamos motivos de queja. Todos habían hecho buen negocio y se refocilaban de antemano pensando en un descanso bien ganado, con alguna que otra correría en Papeete.

Naturalmente, la Pequeña Juana pasaba del límite legal marcado para la carga. Arqueaba setenta toneladas y no tenía derecho a llevar ni la décima parte del pasaje que llevaba. Además, su cargamento de copra y ostra perlífera rebosaba hasta el borde de las escotillas. Incluso el salón de conversación estaba atiborrado de carga. Era milagroso que sus tripulantes pudieran maniobrar. Siendo punto menos que imposible circular por la cubierta, habían resuelto el problema gateando por las bordas.

De noche pisaban sobre los durmientes, que tapizaban el suelo a veces en capas de dos. Además, había cerdos y pollos, y sacos de ñame, mientras que todo el espacio posible habitable estaba festoneado de ristras de cocos y plátanos. A ambos lados, entre los obenques, se habían improvisado unas retenidas, de las que pendían lo menos cincuenta racimos de plátanos.

Prometía ser una travesía desagradable, hasta haciéndola en los dos o tres días que se requerían si el viento Sudeste hubiera soplado fresco. Pero no soplaba. Pasadas las primeras cinco horas, se fue calmando hasta quedar reducido a ráfagas intermitentes. La calma continuó toda la noche y el día siguiente, una de esas calmas cristalinas, fúlgidas, en las que la sola idea de abrir los ojos para contemplarlas da dolor de cabeza.

El segundo día murió un hombre, un isleño del Este, uno de los mejores buzos de la temporada en la laguna. Viruelas... ése fue su mal, y eso que Dios sabe cómo pudo aparecer a bordo un caso de viruelas, no habiendo ninguno conocido cuando zarpamos de Rangiroa. Pero así fue. Viruelas... un muerto y tres atacados más.

No había nada que hacer. No podíamos aislar a los enfermos ni cuidarlos. Íbamos como sardinas en banasta. No podía hacerse nada más que morirse. Es decir, no podía hacerse nada desde la noche después a la primera defunción. En esa noche, el oficial, el sobrecargo, el judío polaco y cuatro buzos indígenas huyeron en la ballenera. No se volvió a saber de ellos. A la mañana siguiente, el capitán hizo echar a pique los botes restantes y... se acabó.

Ese día hubo dos muertos, el siguiente tres, después ocho. Era curioso ver cómo nos afectaba. Los indígenas, por ejemplo, se sumieron en un estado de estupor aterrado. El capitán, que se llamaba Oudouse y era francés, se volvió voluble y en continuo estado de excitación nerviosa. Era un hombrón grueso, que pronto se convirtió en una temblorosa montaña de grasa.

El alemán, los dos americanos y yo acaparamos todo el wiski posible y procedimos a conservarnos en estado de continua borrachera. La teoría era que si nos manteníamos saturados de alcohol, los gérmenes de la viruela perecerían abrasados al penetrar en nuestro organismo. Y he de reconocer que la teoría surtió efecto, aunque confieso que ni el capitán ni Ah Choon se vieron tampoco atacados por la enfermedad. El francés no bebía nada y el chino se limitaba a un wiski diario.

Era delicioso. El sol, declinando hacia el Norte, caía a plomo sobre nosotros. No hacía viento alguno, salvo rachas frecuentes que soplaban violentamente durante unos cinco minutos y acababan en un chaparrón. Después reaparecía implacable el sol, levantando nubes de vapor de la anegada cubierta.

Y no era un vapor agradable. Era más bien un vapor mortífero, cargado de millones de miasmas y gérmenes. Cada vez que lo veíamos elevarse de entre los muertos y los moribundos, echábamos un trago y añadíamos dos o tres más por cada cuerpo que iba a servir de pasto a los tiburones que nos rodeaban.

Así pasamos una semana, al terminar la cual se agotó el wiski, afortunadamente para nosotros, pues de lo contrario no podría contarlo. Además, se requería estar muy sereno para librarse de cuanto pasó después, como reconoceréis cuando os diga que solamente nos salvamos dos personas. El otro fue «el idólatra»..., al menos así oí que lo llamaba el capitán Oudouse cuando por vez primera me di cuenta de su existencia. Pero no anticipemos.

A fines de la semana, cuando el wiski se había terminado y los compradores de perlas estaban serenos, se me ocurrió mirar el barómetro que colgaba en el pasillo de las cabinas. Su registro normal en las Paumotus era veintinueve noventa, y era frecuente verlo oscilar entre veintinueve noventa y cinco y treinta, y hasta treinta cero cinco; pero verlo como yo lo vi en veintinueve sesenta y dos era suficiente para serenar al comprador más borracho de todo el Pacífico.

Llamé la atención del capitán Oudouse sobre ello, sin otro resultado que el de saber que hacía varias horas que le había observado descender. No podía hacerse gran cosa, pero lo que pudo hacer lo hizo muy bien, si se tienen en cuenta las circunstancias. Plegó las velas pequeñas, rizándolas hasta dejar el aparejo en condiciones de correr el temporal, y esperó que empezase el viento. El error fue lo que hizo cuando empezó. Se puso al pairo por babor, que es lo acertado al sur del Ecuador cuando... —y eso era lo gordo—, cuando uno no está en el camino directo del huracán, y nosotros estábamos en mitad de ese camino.

Podía apreciarlo por el aumento del viento y el continuo descenso del barómetro. Quise convencerlo de que virase y corriese el viento a babor hasta que el barómetro se detuviera en su descenso, y entonces se pusiese al pairo. Discutimos hasta la histeria, pero no pude convencerle ni conseguir que me secundasen los otros compradores. ¿Quién era yo, al fin y al cabo, para saber más de las cosas del mar que un capitán mercante?

Naturalmente, al arreciar el viento, el mar se embraveció horrorosamente. No olvidaré nunca los tres primeros golpes de mar que recibió la Pequeña Juana. Niños, mujeres, plátanos y cocos, cerdos y enfermos, cofres y moribundos, todo al primer golpe fue barrido de la cubierta en una apretada y vociferante masa.

El segundo llenó la goleta de agua hasta las bordas, y cuando al cabecear la popa se hundió y la proa apuntó al cielo, todo el mísero montón de humanidad y carga se corrió a popa como torrente humano, en pie, de cabeza, dando volteretas, rodando como barriles, retorciéndose; era una avalancha que nada ni nadie podía contener.

Me di cuenta de lo que iba a pasar a tiempo de ponerme a salvo, saltando sobre la cabina y de ella al palo mayor. Ah Choon y uno de los americanos intentaron seguirme, pero les gané la mano. El americano fue arrastrado como una paja por la popa. Ah Choon se asió a una cabilla de la rueda del timón, pero una rolliza vahine (mujer) de Raratonga chocó con él y se colgó a su cuello. Ah Choon, por su parte, se agarró al timonel, y en este instante la goleta dio un bandazo a estribor.

El torrente de cuerpos humanos y de agua que venía de babor entre la cabina y la borda varió de rumbo bruscamente y se precipitó hacia estribor. Y allá fueron todos..., vahine, Ah Choon, timonel, por la borda, pareciéndome que el chino se despedía con una filosófica sonrisa de resignación al desaparecer bajo las aguas.

El tercero no hizo tanto daño. Cuando llegó, casi todo el mundo estaba en la arboladura. En cubierta sólo quedaban una docena de infelices medio asfixiados rodando de un lado a otro, intentando ponerse a salvo. Fueron barridos por las olas junto con los dos botes restantes. Los otros compradores y yo logramos, aprovechando el espacio de calma entre cada golpe de mar, reunir en la cabina a unas quince mujeres y niños y encerrarles en ella. ¡De poco les sirvió al final!

¿Viento? Con toda mi experiencia, nunca creí que pudiera ventear de tal manera. Es imposible describirlo. ¿Cómo describir una pesadilla? Eso era el viento. Arrancaba las ropas de nuestros cuerpos. Digo arrancaba, y no exagero. No pretendo ser creído. Me limito a decir lo que vi y sentí. A veces ni yo mismo lo creo. Lo pasé y basta. Parecía imposible afrontar aquel vendaval y sobrevivirlo. Era algo monstruoso, y lo más monstruoso era que aumentaba y seguía aumentando.

Imaginad millones y billones de toneladas de arena. Imaginad esta arena volando a noventa, cien, doscientos kilómetros por hora. Imaginad, además, esta arena, impalpable, invisible, pero conservando sus atributos de densidad y peso. Quizá así tendréis una idea de lo que era aquel viento.

Pero la arena no es comparación exacta. Considerad barro, invisible, impalpable, pero pesado. Es imposible. La palabra puede ser adecuada para expresar las situaciones ordinarias de la vida, pero no para una cosa tan enorme. Vale más no intentar descripción alguna.

Una cosa diré. El mar, que al principio se había alborotado, cedió ante la presión del viento. Más aún: parecía como si el océano entero hubiera sido aspirado por las fauces del huracán y escupido después en el espacio que había dejado libre el viento.

Naturalmente, nuestro velamen había pasado a la historia. Pero el capitán Oudouse llevaba en la Pequeña Juana algo que yo no había visto nunca a bordo de una goleta en los Mares del Sur: un «áncora marina». Era un saco de forma cónica, cuya boca mantenía abierta un cerco de hierro. Esta áncora se ata poco más o menos como una cometa, con la diferencia de permanecer bajo la superficie del mar en posición perpendicular. Una larga cuerda la unía a la goleta, y el resultado era mantener al barco de cara al viento y a las olas.

La situación, a no ser por el huracán, habría resultado favorable. Verdad es que el viento arrancaba el velamen de sus tomadores, se llevaba los topes de los palos y hacía una maraña irreparable del cordaje; pero de todo hubiéramos salido con bien de no haber estado exactamente frente al huracán. Esto fue nuestra perdición. Personalmente estaba en un estado de semicolapso, atontado, paralizado a fuerza de resistir el choque del viento y dispuesto a darme por vencido y dejarme morir, cuando sobrevino el cambio. Llegó un momento de absoluta calma, cuyo efecto fue terrible.

Durante horas enteras habíamos estado soportando la terrible tensión muscular necesaria para contrarrestar el ímpetu del viento y su presión. Y de repente esta presión desaparecía. Sentí como si me dilatase, como si mi cuerpo quisiera desmembrarse en varias direcciones. Pero sólo duró un instante. Sobre nosotros se cernía el fantasma de la destrucción.

Al faltar el viento y su presión, el mar, hasta entonces en calma, se levantó de nuevo. Parecía querer alcanzar las nubes. Desde cada punto de la brújula el viento soplaba, convergiendo en un centro de absoluta calma. El resultado era que el mar se alzaba en todas direcciones. Eran olas diabólicas, sin plan, sin orden, de más de ochenta pies de altura. No se parecían a nada de lo que uno se puede imaginar.

Eran chorros monstruosos de agua, de dimensiones inauditas, más altos que nuestros palos, entrechocándose, atropellándose unos a otros, juntándose para deshacerse después en verdaderas cascadas, en torbellinos inconcebibles. Era una confusión inexplicable, una anarquía, un infierno de agua enloquecida.

¿La Pequeña Juana? No sé. El idólatra me dijo después que él tampoco sabía. Se destrozó, literalmente hecha añicos, molida y machacada por las aguas, reducida a astillas, aniquilada. Cuando volví en mí, estaba en el agua, nadando automáticamente, aunque medio ahogado. No tenía idea de lo que había ocurrido. Recuerdo el momento de la destrucción de la goleta, que debió coincidir con el de mi pérdida del sentido. El caso es que tenía que sacar el mejor partido posible de una situación que presentaba de momento muy pocas ventajas. El viento seguía, aunque más moderado, y por fortuna no había tiburones cerca. El huracán había dispersado la hambrienta horda que rodeaba el barco alimentándose de sus cadáveres.

Debió de ser hacia mediodía cuando la «Pequeña Juana» se hizo pedazos, y sería como dos horas después cuando tropecé con la puerta de una de sus escotillas. Llovía terriblemente y nos reunió una pura casualidad. De una de las asas colgaba un trozo de cuerda, y me felicité de poder, en estas condiciones, resistir un día más si los tiburones no volvían. Tres horas después, cuando, sosteniéndome lo más cerca posible de la puerta, concentraba, con los ojos cerrados, toda mi energía en la tarea de absorber el suficiente aire para respirar, evitando a la vez absorber agua en cantidad que acabase de ahogarme, oí voces. Había cesado la lluvia, y viento y mar se calmaban maravillosamente. A veinte pies, agarrados a otra puerta de escotilla, estaban el capitán Oudouse y «el idólatra». Peleaban por la posesión de la puerta, al menos el francés.

—*Païen noir!* —le oí gritar a la vez que golpeaba al indígena.

El capitán había perdido sus ropas, excepto los zapatos, que eran fuertes y pesados. Fue un golpe cruel, porque alcanzó al kanaka en la boca y la barbilla, medio atontándole. Esperé verlo vengarse, pero siguió nadando a unos diez pies de distancia. Cuando un

golpe de mar les reunía, el francés, sosteniéndose con las manos, lo golpeaba con los pies. Y acompañaba cada golpe con el epíteto de «negro idólatra».

—¡Por dos céntimos, voy y te hago ahogar, animal! —le grité.

La única razón por la que no lo hice es porque estaba muy cansado. La sola idea de ir hasta él nadando me causaba náuseas. Llamé al kanaka y partí con él mi agarradero. Me dijo llamarse Otoo y ser natural de Bora Bora, la isla más occidental del grupo de las de la Sociedad. Después supe que había sido él quien había encontrado la puerta, ofreciendo al capitán Oudouse partírsela, recibiendo en cambio de su oferta una pateadura.

Así fue como Otoo y yo nos conocimos. No era un luchador. Era todo dulzura y bondad, a pesar de sus seis pies de estatura y de sus músculos de gladiador. No era un luchador, pero tampoco era un cobarde. Tenía un corazón de león, y en años subsiguientes le he visto correr riesgos que yo jamás hubiera osado afrontar. Lo que quiero decir es que no era luchador en el sentido de provocar voluntariamente un encuentro. Pero si éste sobrevenía, no lo esquivaba. No olvidaré ni en cien años lo que hizo con Bill King. Fue en Samoa. Bill tenía la reputación de ser el campeón de pesos fuertes de la escuadra americana. Era un espléndido animal, verdadero gorila de puños de hierro y sabiendo servirse de ellos. Provocó la querella, y por dos veces golpeó a Otoo antes de que éste juzgase necesario contestar. No creo que la lucha durase cuatro minutos, pasados los cuales Bill era el infortunado poseedor de cuatro costillas rotas, un antebrazo hecho astillas y un hombro dislocado. Otoo no tenía idea del boxeo científico, era simplemente un hombre que se defendía. Y Bill King tardó tres meses en reponerse de los resultados de esa defensa.

Pero esto pertenece al porvenir. Nos repartimos la puerta alternando. Uno de nosotros descansaba alargado sobre ella, mientras el otro, con el agua hasta el cuello, se sostenía con las manos. Durante dos días seguimos así, derivando por el océano. Hacia el final, estaba delirante casi todo el día y había ocasiones en las que oía a Otoo delirar también en su idioma nativo. Nuestra continua inmersión nos evitó el morir de sed; pero, en cambio, el agua salada y el sol se unieron para causarnos la combinación más agradable de conserva en salmuera y curtido.

Otoo me salvó la vida, porque recobré el sentido en una playa, tumbado en la arena a veinte pasos del agua y resguardado del sol por un par de hojas de cocotero. Él estaba tendido junto a mí. Perdí de nuevo el conocimiento, y al recobrarlo era de noche; hacía fresco, y Otoo me daba de beber el agua de un coco.

Éramos los únicos supervivientes de la Pequeña Juana. El capitán Oudouse debió perecer exhausto, porque algunos días después una puerta de escotilla arribó a la playa sin él. Otoo y yo vivimos con los naturales del país durante una semana, hasta que nos rescató un crucero francés, que nos llevó a Tahití. Mientras tanto, habíamos celebrado la ceremonia de cambiar de nombres. En los mares del Sur, tal ceremonia une más a los hombres que los lazos de sangre. La iniciativa fue mía, y Otoo demostró gran alegría cuando se lo propuse.

—Está bien —dijo—. Hemos sido compañeros durante dos días en los bordes de la muerte.

—Pero escapamos —dije, sonriendo.

—Hiciste una gran acción, mi amo —replicó—, y la muerte no tuvo la vileza de alcanzarte.

—¿Por qué me llamas «amo»? —pregunté fingiéndome ofendido—. Hemos cambiado los nombres. Para ti, soy Otoo. Para mí, tú eres Charley, y entre tú y yo, por siempre y para siempre, tú serás Charley y yo seré Otoo. Así es la costumbre. Y cuando lleguemos a morir, si es que después revivimos en otro sitio más allá de las estrellas y del cielo, aún serás Charley para mí y yo Otoo para ti.

—Sí, mi amo —contestó, con los ojos radiantes de alegría.

—¡Otra vez! —grité.

—¿Qué importa lo que mis labios digan? —arguyó—. Son solamente mis labios. Pero mi pensamiento es Otoo. Cuando piense en mí, pensaré en ti. Cuando los hombres me llamen por mi nombre, pensaré en ti. Y más allá del cielo y más allá de las estrellas, siempre y por siempre serás Otoo para mí. ¿No es así, mi amo?

Disimulé una sonrisa y contesté afirmativamente.

Nos separamos en Papeete. Me quedé en tierra a reponerme, y él continuó en una escampavía hasta su isla Bora Bora. Seis meses más tarde estaba de vuelta. Me sorprendió porque me había dicho que deseaba reunirse con su mujer y pensaba renunciar a los largos viajes por mar.

—¿Adónde va mi amo? —preguntó.

Me encogí de hombros. Era una pregunta difícil de contestar.

—Por el mundo —le dije—; por todo el mundo y sus mares y las islas que pueblan sus mares.

—Iré contigo —dijo simplemente—. Mi mujer ha muerto.

No he tenido nunca hermanos; pero por lo que he visto de los de otras gentes, dudo que nadie tuviera un hermano que fuera para él lo que Otoo fue para mí. Era hermano y padre y madre a la vez. Y puedo decir que por él mi vida fue más recta y mejor. No me importaba la opinión ajena, pero tenía que merecer la aprobación de Otoo. Por él no me atrevía a degradarme. Me hizo su ideal, a base de su propio afecto y su veneración hacia mí, y a veces estuve al borde del precipicio, en el que me hubiera dejado caer a no detenerme la idea de Otoo. Su orgullo en mí entró en mí mismo, hasta que llegó a ser una regla inviolable del código de mi vida el no hacer nada que pudiera hacerme desmerecer en su estimación.

Naturalmente, no me di cuenta inmediata de sus sentimientos hacia mí. Nunca criticaba, nunca censuraba. Poco a poco, el lugar exaltado que ocupaba yo en su pensamiento se me fue apareciendo y fui comprendiendo el dolor que podía causarle siendo o haciendo algo inferior a lo mejor.

Estuvimos juntos diecisiete años, durante los cuales siempre estuvo a mi lado, vigilando mi sueño, cuidándome fiebres y heridas... recibiendo él mismo heridas por defenderme. Se enrolaba en los mismos barcos en que yo navegaba, y juntos recorrimos el Pacífico, desde Hawai a Sydney Head y de los Estrechos de Torres a las Galápagos. Fuimos negreros en las Nuevas Hébridas y las islas de la Línea al oeste de las Luisiadas, Nueva Bretaña, Nueva Irlanda y Nueva Hanóver. Tres veces naufragamos en las Gilberts, en el grupo de las Santa Cruz y en las Fiyi. Y comerciamos y negociamos donde hubiese un dólar a ganar en perlas o nácar, copra, espuma de mar, concha o restos de naufragio.

Empezamos en Papeete, inmediatamente después de anunciarme que iría conmigo. Había por entonces allí un club, en el que se reunían los perleros, negociantes, capitanes y la chusma de aventureros del mar del Sur. Se jugaba fuerte y se bebía más fuerte aún, y me temo que salí de él frecuentemente mucho más tarde de lo que era natural y conveniente. Fuera cual fuera la hora, Otoo me esperaba para acompañarme a casa.

Al principio sonreí; después le reprendí. Más tarde le dije escuetamente que no necesitaba ama seca. Desde entonces dejé de verle al salir del club. Casualmente, ocho o diez días después, averigüé que seguía acompañándome, ocultándose en la acera opuesta, entre los árboles. ¿Qué podía hacer? Lo que hice.

Insensiblemente, empecé a retirarme más temprano. En noches tempestuosas, cuando en el club estábamos en plena orgía de bebida y algazara, me venía a la mente la idea de Otoo montando la guardia en la calle bajo los chorreantes mangos. En verdad, hizo de mí otro hombre mejor. Y no es que él fuese remilgado. No sabía nada de moralidad cristiana. En Bora Bora todos eran cristianos; pero él era idólatra, un materialista, el único infiel de la isla. Su credo era la lealtad en todos los tratos. En su código, la rastrería era tan punible como el homicidio, y hasta creo que respetaba más a un asesino que a un traficante metido en negocios sucios.

En lo que a mí personalmente se refería, encontraba censurable cuanto me pudiera perjudicar. El jugar estaba bien. Él mismo era jugador empedernido. Pero el trasnochar, me decía, era perjudicial para la salud. Había visto hombres descuidados morir de fiebres. No era abstemio, pero sólo aceptaba bebida con moderación. Había visto muchos hombres morir o, lo que es peor, degradados por la bebida.

Tenía siempre mi bienestar a la vista. Pensaba por mí, analizaba mis planes, tomándose por ellos mayor interés que yo mismo. Al principio, cuando aún no me había dado cuenta de su actitud hacía mí, Otoo tenía que adivinar mis intenciones, como por ejemplo en Papeete, cuando proyectaba unirme en sociedad con un bribón compatriota mío, en un negocio de guanos. Yo no sabía que era un bribón, ni lo sabía nadie entre los blancos de Papeete. Otoo tampoco lo sabía, pero vio que íbamos siempre juntos e intimábamos y, suspicaz, practicó indagaciones sin decirme nada. En los muelles de Tahití hay marineros indígenas que proceden de los cuatro rincones del mundo, y Otoo, entre ellos, reunió datos bastantes para justificar sus sospechas. ¡Era una preciosa historia la de Randolfo Waters! Cuando Otoo me la contó, no quise creerla; pero cuando se la servía al propio Waters, la aceptó sin chistar y tomó el primer vapor para Auckland.

Confieso que al principio no pude evitar que me molestase la intromisión de Otoo en mis asuntos. Pero tuve que reconocer que obraba sin egoísmo alguno, y pronto hube de aceptar su discreción y su acierto. Estaba siempre al acecho de oportunidades para mí y era perspicaz y clarividente. Llegó a convertirse en un consejero prudente, hasta saber de mis negocios más que yo mismo. En realidad, tenía más interés que yo por mi propia prosperidad. Yo tenía la magnífica indiferencia de la juventud por el dinero, prefiriendo la fantasía a los dólares, y los azares de la aventura a una posición asegurada, de modo que era un bien que alguien se cuidase de mí, pues de otra suerte quizá ya no estaría en este mundo.

Entre mil, os citaré un caso. Yo tenía cierta experiencia como negrero antes de ir a las Paumotus en busca de perlas. Otoo y yo estábamos «en seco» en Samoa, realmente en seco y sin esperanza de mejorar, cuando se me presentó una oportunidad de ir como agente reclutador en un bergantín negrero. Otoo se enroló como marinero, y durante seis años, en otros tantos buques, dimos tumbos por las más salvajes regiones de Melanesia. Otoo se las arregló de manera que formase siempre en la dotación de mi bote. Nuestra costumbre era, al reclutar labor indígena, desembarcar al reclutador en la playa. El bote de protección quedaba a unos cien pies de la misma, mientras el del agente se acercaba cuanto podía, sin dejar de mantenerse a flote. Cuando yo desembarcaba con mis géneros de tráfico, Otoo cambiaba de sitio, ocupando una posición a estribor, donde tenía un winchester a mano, oculto entre unas lonas. Los tripulantes del bote iban también armados de *snider,* igualmente disimulados bajo unas lonas, que corrían a lo largo de las bordas. Mientras yo estaba ocupado arguyendo y tratando de persuadir a los lanudos indígenas que vinieran a trabajar a los plantíos de Queensland, Otoo vigilaba. Y frecuentemente, en voz baja, me prevenía de movimientos sospechosos o de traiciones inminentes. Otras veces, la voz de su rifle tumbando patas arriba a un negro era el primer aviso que yo tenía de que algo había descarrilado. Y al volver a bordo, siempre era su mano la que me ayudaba a subir. Recuerdo que una vez, en Santa Ana, mi bote encalló en el preciso momento que empezó el tumulto. El bote de protección voló a nuestra ayuda, pero el centenar de salvajes que nos rodeaba hubiera dado fin de nosotros antes de que pudiese llegar. De un salto, Otoo se plantó en tierra y, agarrando las mercaderías a dos manos, esparció por la playa tabaco, cuentas de vidrio, cuchillos y piezas de tela.

Era demasiado para los lanudos. Su primer impulso fue precipitarse a recoger tanta riqueza, dándonos tiempo a desencallar el bote y poner entre ellos y nosotros unas cuarenta brazas de agua. Y en esa misma playa conseguí treinta reclutas pocas horas después.

Hay otro caso: en Malaita, la isla más salvaje de las Salomón, los indígenas se presentaron lo más amigables del mundo. ¿Cómo podíamos saber que hacía dos años que el pueblo entero estaba ahorrando para reunir un fondo con que comprar una cabeza de blanco? Los miserables son cazadores de cabezas, y las de blanco tienen una especial estimación. El que la capturase recibiría la totalidad del fondo. Como digo, parecían estar en buena disposición hacia nosotros, y aquel día yo estaba lo menos a cien yardas de mi bote, en la playa. Otoo me había prevenido y, como siempre que no le hacía caso, me costó caro.

La primera sorpresa la tuve al ver volar del manglar una nube de lanzas en mi dirección. Lo menos doce hicieron blanco. Quise correr, pero me enredé con una de ellas, clavada en mi pantorrilla, y caí al suelo. Los lanudos se precipitaron sobre mí armados de tomahawk, dispuestos a cortarme la cabeza. Era tal su afán de conseguirlo, que se atropellaban entre sí. Aprovechando la confusión, esquivé varias cuchilladas rodando por la arena.

Entonces llegó Otoo. Llevaba una maza de combate, que es instrumento más mortífero que un rifle a corta distancia. Se metió entre ellos para evitar que le atacasen a lanzazos. Luchaba por mí, y la forma en que blandía la maza era estupenda. Los cráneos se despachurraban como naranjas podridas, y se movía con tal rapidez, que tan sólo cuando me hubo cogido en brazos al correr hacia el bote fue cuando recibió las primeras heridas. Llegó a bordo con cuatro lanzazos, tomó su winchester y tumbó a un hombre por cada disparo. Luego bogamos hacia la goleta para curarnos de las heridas.

Diecisiete años estuvimos juntos. Hizo un hombre de mí. Sin él, sería yo un sobrecargo, un reclutador o quizá tan sólo un recuerdo.

—Te gastas el dinero, y cuando se acaba vas y ganas más —me dijo un día—. Eso ahora te es muy fácil. Pero cuando seas viejo y te hayas gastado lo que tienes, no podrás ir a ganar más. Lo sé, mi amo. He estudiado las costumbres de los blancos. En estas playas hay muchos viejos que fueron jóvenes un día y que ganaron dinero tan fácilmente como tú. Ahora son viejos, no tienen nada y han de merodear por la playa en espera de jóvenes como tú que les paguen un trago. El negro es un esclavo en los plantíos. Gana veinte dólares al año. Trabaja de firme. El capataz no trabaja tanto. Va a caballo y vigila el trabajo del negro. Gana mil doscientos dólares al año. Yo soy un simple marinero en la goleta. Gano quince dólares al mes. Y eso porque soy un buen marinero. Trabajo de firme. El capitán se pasa el día bajo la toldilla bebiendo cerveza. No le he visto nunca tomar un rizo ni agarrarse a un remo. Y le dan ciento cincuenta dólares al mes. Yo soy un marinero. Él es un navegante. Mi amo, creo que le convendría aprender navegación.

Otoo me animó a ello. En mi primera goleta, zarpé como segundo oficial, y estaba más orgulloso de mi primer mando que yo mismo. Más tarde me dijo:

—Mi amo, el capitán tiene buena paga; pero le está confiado el barco y no se ve nunca libre de responsabilidad. En cambio, el armador desde tierra dirige a su gente y hace girar el capital varias veces.

—En efecto; pero una goleta vale cinco mil dólares, de segunda mano —le objeté—. Seré viejo antes de tener cinco mil dólares reunidos.

—Para un blanco hay medios más rápidos de hacer dinero —me respondió, señalando hacia tierra la franja de cocoteros que bordeaba la playa.

Estábamos entonces en las Salomón, cargando marfil a lo largo de la costa este de Guadalcanal.

—Entre el delta de este río y el próximo hay dos millas —dijo—. La planicie se extiende hacia el interior. Ahora no vale nada. El año que viene... ¿quién sabe...?, o el otro quizá, habrá quien pague mucho dinero por esta tierra. El fondeadero es bueno. Los vapores más grandes pueden llegar hasta cerca de la playa. El viejo jefe te venderá cuatro millas de tierra por diez mil rollos de tabaco, diez botellas de ginebra y un *snider,* que en conjunto te costarán cien dólares. Después, depositas la escritura en manos del comisario, y el año que viene o el otro vendes y te haces armador.

Seguí su consejo y sus palabras fueron como una profecía que se cumplió no a los dos años, pero sí a los tres. Luego vino el negocio de los pastos de Guadalcanal. Veinte mil acres arrendados al Gobierno por novecientos noventa y nueve años. Conseguí un plazo de noventa días y vendí el arriendo a una compañía por media fortuna. Siempre era Otoo quien prevenía las oportunidades. Él fue

quien me hizo contratar el salvamento del Doncaster, comprado en subasta por cien libras y obteniendo tres mil de beneficio y gastos pagados. Me hizo aventurar en los plantíos de Savai y en la especulación de cacao de Upolu.

Ya no navegábamos tanto como antes. Era demasiado rico. Me casé y mi manera de vivir mejoró; pero Otoo siguió siendo el mismo. No tenía modo de pagarle, salvo con mi afecto, y Dios sabe que en esta moneda le pagamos con creces yo y todos los míos. Mis hijos le adoraban.

¡Los chicos! En realidad, él fue quien les encaminó en los primeros pasos de la vida práctica. Empezó por enseñarles a andar. Los velaba si estaban enfermos. Cuando eran unas criaturas, los fue llevando uno por uno a la laguna, hasta hacerles anfibios. Les enseñó más de lo que yo supe nunca de las costumbres de los peces y de la manera de pescarlos. En la selva ocurría lo mismo. A los siete años, Tom tenía más práctica forestal que yo. Y cuando Frank tenía seis, podía recoger piezas de un chelín en la laguna a tres brazas de la superficie.

—Mi gente, en Bora Bora, no quiere tratarse con idólatras... Son todos cristianos, y no me son simpáticos los cristianos de Bora Bora —me dijo un día en que yo intentaba hacerle gastar algo de lo que realmente era suyo en un viaje a su isla, poniendo a su disposición una de nuestras goletas.

Digo «nuestras», aunque legalmente eran sólo mías entonces. Me costó un gran esfuerzo hacerle entrar en sociedad conmigo.

—Somos socios desde el día en que naufragó la Pequeña Juana —me decía—. Pero si tu corazón lo desea, nos asociaremos legalmente. No tengo trabajo alguno y mis gastos son grandes. Bebo y como, y fumo mucho. No pago por jugar al billar, porque juego en tu mesa; pero así y todo... El pescar en el arrecife es un lujo de rico. Da horror lo que cuestan los anzuelos y el sedal. Seremos socios legalmente. Necesito dinero.

En consecuencia, se hizo la escritura y se registró la sociedad. Un año después hube de quejarme.

—Charley, eres un granuja, un miserable avaro, un judío rapaz. Tu parte de beneficios este año asciende a millares de dólares, y el jefe de caja me ha dado este papel. Al parecer, durante el año has retirado ochenta y siete dólares y veinte centavos.

—¿Y me queda aún algo? —preguntó ansiosamente.

—¿No te digo que millares de dólares?

Su rostro se reanimó.

—Está bien —dijo—. Cuídate de que el jefe de caja lo conserve. Cuando lo necesite, lo necesitaré todo, sin faltar un centavo... Si falta —añadió ferozmente—, lo deduciré de su sueldo.

Y mientras tanto, como supe después, su testamento, redactado por Carruthers, haciéndome a mí único beneficiario, estaba depositado en el Consulado americano.

El final llegó, como llega a toda asociación humana. Ocurrió en las Salomón, donde en otro tiempo habíamos llevado a cabo las más descabelladas empresas de nuestra juventud y donde nos hallábamos incidentalmente, descansando y al mismo tiempo inspeccionando nuestras posesiones de Florida Island y de Mboli Pass. Estábamos anclados en Savo e íbamos en busca de objetos curiosos.

Savo es un vivero de tiburones. La costumbre de los lanudos de sepultar a sus muertos en el mar los atrae. Me tocó en suerte ir a bordo de una pequeña canoa indígena, y el trasto volcó. En ella, o mejor dicho, agarrados a ella, íbamos cuatro lanudos y yo. La goleta estaba a unas cien yardas. Empecé a gritar pidiendo un bote, cuando uno de los lanudos dio un alarido. Iba agarrado a uno de los extremos de la canoa y él y el extremo se hundieron bajo el agua varias veces. Luego, desprendiéndose, desapareció. Le había atrapado un tiburón.

Los tres negros restantes intentaron trepar a la canoa invertida. Les grité, les golpeé a puñetazos, pero inútilmente. Estaban desmoralizados por el miedo. La canoa escasamente hubiera sostenido a uno de ellos. Bajo el peso de los tres, se ladeó y los echó al agua.

Me aparté de ellos y empecé a nadar hacia la goleta, esperando ser recogido por el bote antes de llegar. Uno de los negros decidió seguirme y nadamos en silencio, mirando a intervalos bajo el agua por si había más tiburones. Los gritos de uno de los que se habían quedado en la canoa nos advirtieron de que era otra víctima. Miré bajo el agua, viendo pasar un gran tiburón debajo de mí. Tenía lo menos dieciséis pies de largo. Llevaba al pobre negro asido por el medio del cuerpo y a veces salía a flote, en remolinos de brazos y piernas, gritando desesperadamente. Le arrastró así un centenar de pies y luego se sumergió con él.

Seguí nadando, confiando en que fuese el último tiburón, pero había otro. No sé si sería el que nos atacó primero u otro que ya había comido. El caso es que tenía menos prisa que los demás. Yo no podía nadar tan rápidamente, porque una gran parte de mi esfuerzo la empleaba en seguirlo. Lo estaba observando, cuando me atacó por vez primera. Por fortuna, pude poner mis dos manos en su morro, y aunque su ímpetu me hizo sumergir, conseguí desviarlo. La segunda vez escapé con la misma maniobra. La tercera no me acertó ni él a mí ni yo a él. Se desvió en el momento en que mis manos debían tocarlo, pero su piel, áspera como papel de lija, me despellejó el brazo desde el hombro al codo.

Estaba ya rendido y empecé a perder la esperanza. La goleta aún distaba más de doscientos pies de mí. Tenía la cara dentro del agua, buceando para frustrar un nuevo ataque, cuando vi un cuerpo oscuro pasar entre nosotros. Era Otoo.

—¡Nada hacia la goleta, mi amo! —me dijo. Y añadió, sonriendo como si se tratase de una partida de placer—: Conozco a los tiburones. Son mis hermanos.

Le obedecí, nadando despacio, mientras él nadaba a mi alrededor, manteniéndose siempre entre el tiburón y yo y animándome.

—El bote se descolgó de sus pescantes antes de tiempo y están arreglándolo —me explicó, mientras repelía otro ataque.

La goleta estaba a cincuenta pies y yo me hallaba rendido. Apenas podía moverme. Desde a bordo nos tiraban cuerdas, pero todas caían cortas. El tiburón, viendo que no se le hacía daño, se embravecía. Varias veces estuvo a punto de prenderme, pero en cada ocasión Otoo lo evitaba en el momento preciso. Naturalmente, él podía haberse puesto a salvo mil veces, pero prefirió correr mi suerte.

—¡Adiós, Charley! ¡No puedo más! —grité con voz ya casi extenuada.

Comprendí que era el final y que de un instante a otro abandonaría la lucha y me dejaría hundir.

Pero Otoo se echó a reír, diciendo:

—Te enseñaré un truco. ¡Verás a ese tiburón sentirse enfermo!

Se quedó atrás, donde el tiburón se preparaba a atacarme.

—¡A la izquierda! —le oí gritar—. En el agua hay una cuerda. ¡A la izquierda, mi amo, a la izquierda!

Varié de rumbo y seguí nadando a ciegas, casi inconscientemente. Al agarrarme a la cuerda, oí una exclamación de a bordo. Me volví y miré. No se veía a Otoo por ninguna parte. Después salió a la superficie, con las dos manos cercenadas por las muñecas chorreando sangre.

—¡Otoo! —dijo suavemente, y en su mirada pude leer el cariño de su voz.

Entonces, y sólo entonces, al final de nuestra larga asociación, me llamó por su nombre.

—¡Adiós, Otoo! —gritó, desapareciendo bajo el agua, mientras a mí me izaban a bordo, donde perdí el conocimiento en brazos del capitán.

Así pereció Otoo, que me salvó, me hizo hombre y acabó salvándome la vida. Nos encontramos en pleno huracán entre las olas y nos separamos también en el mar, con diecisiete años de una camaradería que me atrevo a afirmar jamás ha existido entre dos hombres de diferente color.

Si Jehová desde su alto trono ve caer al más insignificante pájaro, no será seguramente el último en entrar en su reino Otoo, «el idólatra» de Bora Bora.

LAS TERRIBLES SALOMÓN

No puede negarse que el grupo de las islas Salomón es de mucho cuidado. Pero, por otra parte, peor se está en otros sitios del globo. Ahora, al novato que no tenga el don de comprender a los hombres y la vida en bruto, las Salomón le parecerán terribles.

Cierto que la disentería y la fiebre están perpetuamente en el aire, que abundan repugnantes enfermedades cutáneas, que la atmósfera está saturada de un veneno que se infiltra por los poros, infecta la más pequeña herida, causando úlceras malignas, y que muchos hombres fuertes como castillos escapan de morir allá para volver a su patria hechos una ruina. Cierto que los indígenas de las Salomón son una pandilla de salvajes, con un voraz apetito por la carne humana y por coleccionar cabezas. Su más elevada idea de deporte es sorprender de espaldas a la presunta víctima y propinarle un tajo con el tomahawk, que corta la espina dorsal al nivel de la base del cráneo. No es menos cierto que en algunas islas como Malaita, las altas y bajas de la contabilidad social se calculan en homicidios. Los cráneos son un medio de intercambio comercial y los de blanco poseen un valor inestimable. Frecuentemente, media docena de pueblos reúnen un fondo común, que van aumentando luna tras luna, en espera de que llegue un día en que un bravo guerrero presente una cabeza de blanco fresca y chorreante y reclame su recompensa.

Todo lo dicho es cierto, y sin embargo, hay blancos que han vivido más de veinte años en las Salomón y sienten añoranza al marcharse para siempre. Para vivir en ellas basta ser cuidadoso y... tener suerte. Pero también hay que ser de un temperamento especial. El hombre ha de llevar impreso en su alma el sello de la inevitabilidad del blanco. Ha de ser inevitable. Ha de tener cierta magnífica indiferencia hacia los azares adversos, cierta colosal autosatisfacción y un egoísmo racial que le convenza de que un blanco vale durante la semana más que mil negros y que en los domingos supera los dos mil. ¡Ah!, y otra cosa: el blanco que quiere ser ineludible, no solamente ha de despreciar las razas inferiores y creerse alguien, sino que ha de carecer de imaginación. No debe aspirar a comprender los instintos, costumbres y procesos mentales de los negros cimarrones, amarillos y mestizos, porque no es ni ha sido nunca así como la raza blanca se ha abierto paso en el mundo.

Bertie Arkwright no era ineludible. Era en exceso sensitivo, muy imaginativo y demasiado nervioso. El mundo le venía ancho y, por tanto, el sitio menos indicado para él eran las Salomón. No llegó con idea de quedarse. Supuso que cinco semanas de parada entre dos vapores serían suficientes para satisfacer el ansia de aventura que hacían vibrar todas las fibras de su ser. Al menos así lo dijo a las turistas del Makembo, aunque con diferentes palabras, y ellos le veneraron como a un héroe porque eran mujeres y turistas y sólo conocerían las Salomón desde la plácida cubierta del Makembo.

Había a bordo otra persona de quien las turistas no hacían caso. Era un renacuajo de hombre, arrugado como manzana vieja, con una tez color de caoba. Su nombre en la lista de pasajeros no hace al caso; pero su otro nombre, capitán Malu, era un nombre entre los negros que causaba espanto y convertía a los traviesos rapazuelos en modelos de virtud desde Nueva Hannóver a las Nuevas Hébridas. Había especulado en países salvajes, y de entre las fiebres, las penalidades, el chasquido del *snider* y el restallar del látigo de sus capataces había sacado cinco millones de capital en forma de espuma de mar, madera de sándalo, concha y nácar, marfil y copra, pastos, puestos comerciales y plantaciones. El dedo meñique del capitán Malu (que por cierto estaba roto) era tan inevitable como la osamenta de Bertie Arkwright. Pero las turistas no podían juzgar más que por las apariencias, y Bertie era realmente un buen mozo.

En el fumadero, Bertie charló con el capitán Malu, confiándole su deseo de ver la vida roja y chorreante de las Salomón. El capitán admitió que era un propósito ambicioso y honorable. Tan sólo algunos días después empezó a interesarle Bertie, cuando este joven aventurero insistió en enseñarle una pistola automática calibre 44. Bertie le explicó el mecanismo, poniendo un cargador en su sitio.

—Es muy sencillo —dijo, haciendo resbalar el cañón por las guías—. Se carga así, y después sólo hay que apretar el gatillo ocho veces, tan deprisa como pueda mover el dedo. Éste es el seguro.

Por eso me gusta, porque es muy seguro, a prueba de todo. Ya lo ve usted —añadió, sacando el cargador.

Empuñaba la pistola, cuyo cañón apuntaba el estómago del capitán Malu, quien no apartaba de él sus ojos azules.

—¿No le importaría a usted apuntar en cualquier otra dirección? —preguntó.

—Es absolutamente segura —le tranquilizó Bertie—. He retirado el cargador; no está cargada.

—Una pistola está siempre cargada.

—Pero ésta no.

—De todos modos, apunte a otro lado.

La voz del capitán Malu tenía un timbre metálico y monótono, pero su mirada no se apartó del cañón hasta que la línea de tiro se desvió de su cuerpo.

—Apuesto cinco libras a que no está cargada —propuso Bertie.

El otro movió la cabeza.

—Se lo demostraré.

Bertie inició la acción de apuntar a su propia sien con evidente intención de apretar el gatillo.

—Un momento —dijo tranquilamente el capitán Malu, extendiendo la mano—. Permítame que lo vea.

Apuntó hacia el mar y apretó el gatillo. Una formidable explosión se dejó oír, seguida instantáneamente del chasquido del mecanismo ejecutor al expulsar el casquillo. Bertie se quedó boquiabierto.

—¡Hice correr el cañón una vez...! —comentó—. Qué tontería, ¿verdad?

Sonrió forzadamente, sentándose en un sillón de cubierta. La sangre había abandonado su rostro, dejándole una intensa palidez en la que dos círculos negruzcos marcaban los ojos. Sus manos, casi incapaces de llevar el cigarrillo a los labios, temblaban. La visión de lo que podía haber ocurrido era excesiva para él, y se imaginaba a sí mismo tendido sobre cubierta con los sesos al aire.

—En verdad... —decía—, en verdad...

—Es un arma bonita —afirmó el capitán Malu, devolviéndole la pistola.

El comisario iba a bordo del Makembo, de regreso de Sydney, y con su autorización se hizo alto en Ugi para desembarcar a un misionero. En Ugi estaba fondeado el queche Arla, mandado por el capitán Hansen. El Arla era uno de los varios buques propiedad del capitán Malu y, gracias a él y por su invitación, Bertie pasó a bordo del queche para un crucero de cuatro días reclutando gente en la costa de Malaita. Después el Arla le dejaría en la plantación de Reminge, también propiedad del capitán Malu, y donde Bertie podría pasar una semana y seguir luego a Tulagi, asiento del gobierno, y allí sería huésped del comisario. El capitán Malu hizo además dos indicaciones. Una al capitán Hansen y la otra al señor Harriwell, administrador de la plantación de Reminge. Ambas eran similares en su aspiración de conseguir que el señor Bertie Arkwright pudiera ver la crudeza y la virulencia de la vida en las Salomón. Prometía una buena caja de wiski al que facilitase al señor Bertie la impresión más característica de las islas.

—¿Usted no conoció a Swartz? —decía al señor Bertie el capitán Hansen—. Era un hombre demasiado tozudo. Llevó a cuatro de los tripulantes de su bote a Tulagi, a hacerlos azotar oficialmente, y después emprendió el regreso con ellos en la ballenera. Había mar gruesa y el bote naufragó antes de la barra. Swartz fue el único que se ahogó. Naturalmente, fue un accidente.

—¿De veras? —preguntó Bertie, mirando fijamente al timonel negro.

Ugi había quedado atrás, y el Arla navegaba en un mar estival hacia los selváticos arrecifes de Malaita. El timonel que tanto atraía las miradas de Bertie ostentaba un clavo de diez centímetros de largo atravesado en la nariz como una broqueta. Del cuello le pendía un collar de botones de calzoncillo. Ensartado en los varios agujeros de las orejas llevaba un abrelatas, el mango de un cepillo de dientes, una pipa de yeso, el escape de un despertador y varios cartuchos de winchester. En el pecho, colgado del cuello, le pendía medio plato de loza. Unos cuarenta negros, enjaezados del mismo modo, rodaban por cubierta, de los cuales quince eran la tripulación del queche y el resto nuevos reclutas.

—Naturalmente, fue un accidente —dijo el segundo oficial del Arla, Jacobs, un hombre delgado y de ojos negros, que más parecía un profesor que el oficial de un negrero—. A Johnny Bedip le pasó casi lo mismo. Traía a varios negros de ser azotados y le hicieron volcar el bote. Pero sabía nadar tan bien como ellos y se ahogaron dos. Para defenderse se valió de un escálamo y del revólver. Naturalmente, fue un accidente.

—Y ocurren con frecuencia —asintió el capitán—. ¿Ve usted a este timonel, señor Bertie? Es un antropófago. Hace seis meses, él y el resto de la tripulación ahogaron al entonces capitán del Arla. Aquí mismo en la cubierta, junto al palo de mesana.

—Y pusieron la cubierta que daba asco —dijo el oficial.

—¿Quiere usted decir...? —interrumpió Bertie.

—Exactamente —dijo el capitán Hansen—. Fue una asfixia accidental.

—Pero, ¿sobre cubierta...?

—Ahí mismo. Confidencialmente le diré que se valieron de un hacha.

—¿Esta misma tripulación?

El capitán Hansen asintió con la cabeza.

—El otro capitán era muy descuidado —explicó el oficial—, y le dieron lo suyo.

—No podemos evitarlo —se lamentó el patrón—. El Gobierno protege a un lanudo contra un blanco en todo momento. No le permite a usted disparar el primero. Hay que esperar que el negro dispare, o si no, el Gobierno le llama a uno asesino y le manda a Fiyi. Por eso hay tantos accidentes.

Tocaron a comer, y Bertie y el patrón bajaron al comedor, dejando al oficial de cuarto en el puente.

—No quite usted ojo a ese diablo de Auiki —recomendó el capitán—. No me gusta su actitud desde hace días.

—Está bien —contestó el oficial.

Estaba mediado el almuerzo, y el capitán narraba la historia del ataque al Scottish Chiefs.

—Sí —decía—, era el mejor barco de la costa. Pero perdió los estays, y ya antes de tocar el arrecife tenía encima las canoas. Había cinco blancos a bordo, una tripulación de veinte santacruceños y samoanos, y sólo escapó el sobrecargo. Además, llevaban sesenta reclutas. Todos *kai-kai*... ¡Oh, dispense! Quiero decir que se los comieron. También en el James Edward, una balandra...

En este momento se oyó una violenta imprecación del oficial y un coro de gritos salvajes. Un revólver sonó tres veces y después se oyó un fuerte chapoteo. El capitán Hansen se había precipitado de inmediato hacia la escalerilla, y la mirada de Bertie había seguido fascinada sus movimientos al verle sacar el revólver. Bertie subió más precavido, vacilando antes de asomarse a la cubierta.

Pero no pasó nada. El oficial temblaba de excitación revólver en mano. Hubo un momento en que tuvo un sobresalto, dando un brinco como si algún peligro le amenazase por detrás.

—Un indígena ha caído al mar —decía con voz angustiosa—. No sabe nadar.

—¿Quién es? —preguntó el capitán.

—Auiki.

—Pero yo oí tiros... —dijo Bertie, emocionado ante la aventura que, afortunadamente, había ya pasado.

El oficial se volvió hacia él gruñendo:

—No es verdad. No se ha disparado ni un solo tiro. El negro cayó al agua.

El capitán miró a Bertie sin pestañear.

—Yo creí que... —balbució Bertie.

—¿Tiros? —dijo asombrado el capitán—. ¿Tiros? ¿Ha oído usted algún tiro, señor Jacobs?

—Ni uno —replicó el señor Jacobs.

El patrón miró triunfal a su huésped, y añadió:

—Evidentemente, un accidente. Volvamos al comedor, señor Bertie, y terminemos el almuerzo.

Aquella noche Bertie durmió en el camarote del capitán, un pequeño salón situado en la cámara de popa. Uno de sus mamparos estaba decorado con un portarrifles. Bajo la litera había un cajón, que, al abrirlo, se vio que estaba lleno de municiones, dinamita y varias cajas de fulminantes. Bertie decidió pasar la noche en el sofá del lado opuesto. Sobre la mesa estaba el diario de a bordo del Arla. Bertie no sabía que el capitán Malu lo había confeccionado expresamente para cualquier ocasión, y en él pudo leer que el 21 de septiembre las dotaciones de dos botes habían caído al agua, ahogándose. Bertie, leyendo entre líneas, supuso la verdad. Leyó que la ballenera del Arla había sido atacada en Su'u, perdiendo tres hombres, y que el patrón había sorprendido al cocinero guisando carne humana en la cocina de la tripulación, carne comprada por ésta en Fui; leyó cómo una descarga accidental de dinamita había matado a la dotación de otro bote, ataques nocturnos, sorpresas por indígenas de la selva en lagunas de manglares y por hordas de tribus lacustres. Una nota que aparecía frecuentemente era la de muertos por disentería. Y leyó también, con la consiguiente alarma, que dos pasajeros blancos, como él, del Arla, habían muerto víctimas de la misma enfermedad.

—Oiga, capitán —dijo al día siguiente—. He estado hojeando el diario.

El patrón manifestó cierta contrariedad por haberlo dejado encima de la mesa.

—Y eso de la disentería supongo será como los ahogados accidentales, ¿no? —continuó Bertie—. ¿Qué significa, en realidad, la disentería?

El capitán se maravilló de la perspicacia de su huésped. Intentó una negativa, y por último se dejó convencer.

—Verá usted, señor Bertie. Estas islas ya tienen bastante mal nombre. Cada día es más difícil enrolar a un blanco. Supongamos que muere un hombre violentamente. La Compañía tiene que pagar una prima para que otro le sustituya. Pero si muere de enfermedad, ya es otra cosa. Los novatos no se preocupan de las enfermedades. A lo que tienen cierta aversión es a morir asesinados. Yo mismo creí que el anterior capitán del Arla había muerto de disentería cuando acepté el cargo. Después, al saber la verdad, ya había firmado, y era tarde.

—Además —dijo el señor Jacobs—, hay demasiados accidentes, aunque no parezca natural. Es culpa del Gobierno. Un blanco no tiene medios para defenderse de los negros.

—En efecto. Vea el caso del Princess y su segundo oficial yanqui —añadió el patrón—. Llevaba a cinco blancos, además del agente del gobierno. El capitán, el agente y el sobrecargo bajaron a tierra en dos botes. No se salvó ni uno. El segundo y el contramaestre, con quince tripulantes, samoanos y tonganos, quedaron a bordo. Asaltó el barco un enjambre de negros. La primera noticia que tuvo el segundo de que algo anormal pasaba fue encontrarse al contramaestre y a la tripulación asesinados. Se armó de dos cananas y dos winchester y trepó a las crucetas. Era el único superviviente, y no puede censurársele por sus actos. La cubierta estaba llena de negros. La fue aclarando hasta dejarla limpia. Les cazaba al saltar la borda, al volver a sus canoas. Cuando aterrados se decidieron a huir a nado, les cazó en el agua. ¿Y qué le pasó?

—Siete años de cárcel en Fiyi —replicó el oficial.

—El Gobierno decidió que no estaba justificado el disparar sobre ellos cuando huían —añadió el capitán.

—Y por eso ahora mueren de disentería.

—Vaya, vaya —murmuró Bertie, sintiendo un cierto deseo de que terminase el viaje lo antes posible.

Más tarde habló con el negro que le habían señalado como caníbal. Su nombre era Sumasai. Había estado tres años en una plantación en Queensland, en Samoa, Fiyi y Sydney, y como tripulante había navegado en bergantines negreros por Nueva Bretaña, Nueva Irlanda, Nueva Guinea y las Almirantes. Era un bromista, y se había hecho pronto cargo de lo que el capitán quería. Sí; había comido muchos hombres. ¿Cuántos? No podía recordarlo. Sí; blancos también. Eran sabrosos, muy sabrosos, a no ser que estuvieran enfermos. Una vez se había comido a uno enfermo.

—¡Palabra! —exclamó al recordarlo—. ¡Yo malo por culpa de él! ¡Mi barriga bailaba demasiado!

Bertie sintió un escalofrío, y le preguntó por los cazadores de cabezas. Sí; Sumasai tenía varias ocultas, en buen estado, secadas al sol y curadas al humo. Una era la del capitán de un bergantín. Tenía luengas patillas. La vendía por dos libras. Cabezas de negro las daba por una libra. Y también algunas de muchacho, que dejaría en diez chelines por estar algo averiadas.

Cinco minutos después, Bertie se encontró en la escalerilla de cámara con un negro afectado de horrible enfermedad cutánea. Se alejó a paso largo, y posteriores investigaciones le informaron de que era lepra. Se precipitó en su camarote, lavándose con jabón antiséptico. Durante el día ésta fue su principal ocupación, porque no había indígena a bordo que no tuviera úlceras malignas de una u otra clase.

Al acercarse el Arla a las marismas de manglares, pusieron a lo largo de sus bordas una doble hilera de alambre de espino. Esto presagiaba algo serio, y cuando Bertie vio las canoas armadas de lanzas, arcos, flechas y *snider,* deseó más ardientemente que nunca que terminase pronto la travesía.

Por la tarde, los indígenas anduvieron remolones en abandonar el barco al caer el sol. Algunos de ellos se atrevieron a contestar al segundo cuando les ordenó regresar a tierra.

—No importa; yo lo arreglaré —dijo al capitán Hansen, bajando a la cámara.

Cuando reapareció, enseñó a Bertie un cartucho de dinamita atado a un anzuelo. Daba la casualidad de que un tubo vacío de aspirina envuelto en papel adecuado y con un trozo de mecha inofensiva en un extremo producía exactamente el mismo efecto. En este caso, engañó a Bertie y engañó a los indígenas. Cuando el capitán Hansen encendió la mecha y enganchó el anzuelo en el taparrabos de un negro, el deseo de éste de ganar tierra fue tan vehemente, que hasta se olvidó de arrancarse el taparrabos. Se precipitó a proa con la mecha crepitando y chispeando en el trasero y provocando una dispersión general de indígenas que ejecutaban maravillosas zambullidas por encima del alambre. Bertie estaba paralizado de horror. El capitán Hansen también, porque había olvidado que llevaba a bordo veinticinco reclutas por los que había pagado treinta chelines adelantados por cabeza. Corrieron asustados al ver que les seguía el que llevaba muy a su pesar el chisporroteante tubo de aspirina.

Bertie no lo vio explotar, pero el segundo, oportunamente, descargó un cartucho auténtico en la popa, donde no podía perjudicar a nadie, y Bertie hubiera jurado después, ante un tribunal del Almirantazgo, que había visto a un negro explotar hecho cisco.

La fuga de los veinticinco reclutas costaba al Arla, en realidad, cuarenta libras, y como seguramente se habían internado en la selva, no había esperanza de recobrarlos. El capitán y el segundo procedieron a ahogar su disgusto en té frío. Este té se conservaba en botellas de wiski, de modo que Bertie no supo que era té lo que bebían. En su opinión, los dos hombres se emborracharon y arguyeron elocuente y largamente si el negro que había hecho explosión debía notificarse como un caso de disentería o como accidentalmente ahogado. Acabaron roncando los efectos del té y él se quedó montando precaria guardia, pues era el único blanco a bordo que estaba sereno, en continuo temor de un ataque desde tierra o de una sublevación de la tripulación.

Tres días más tarde estuvo el Arla en la costa, y tres noches después el capitán y el segundo dejaron solo a Bertie para que hiciera las guardias. Estaban ciertos de que podían contar con él, mientras él estaba cierto de que, si sobrevivía, daría cuenta al capitán Malu de la escandalosa conducta de sus subordinados. Después el Arla ancló en la plantación de Reminge, en Guadalcanal, y Bertie desembarcó en la playa con un suspiro de satisfacción, saludando al administrador, el señor Harriwell, que le esperaba convenientemente advertido.

—No debe usted alarmarse si le parecen alicaídos mis dependientes —dijo en tono confidencial—. Ha habido rumores de un motín, y algunos signos son sospechosos, lo reconozco, pero personalmente creo que es una falsa alarma.

—¿Cuántos... cuántos negros tiene usted? —preguntó Bertie, con el corazón realmente oprimido.

—Unos cuatrocientos —replicó el señor Harriwell—; pero contando con usted, naturalmente, y con el capitán y el segundo, podemos hacer de ellos lo que queramos.

Bertie fue presentado a un tal McTavish, guardaalmacén, quien apenas se dio cuenta de la presentación, ansioso como estaba por presentar la renuncia de su cargo.

—Soy un hombre casado, señor Harriwell, y no puedo continuar más. Es evidente que se prepara algo. Los negros van a amotinarse y tendremos otro horror como el de Hohono.

—¿Qué es eso de Hohono? —preguntó Bertie, después que el guardaalmacén se dejó persuadir para que permaneciese en su puesto al menos hasta final de mes.

—¡Oh!, se refiere a la plantación de Hohono, en Isabel —dijo el administrador—. Los negros pasaron a cuchillo a cinco blancos, capturaron el bergantín, mataron al capitán y al segundo y se escaparon en masa a Malaita. Pero siempre he sostenido que los blancos de Hohono eran muy descuidados. Aquí no nos cogerán dormidos. Venga, señor Bertie, y verá la vista desde la galería.

Bertie estaba demasiado preocupado, cavilando cómo podría irse a Tulagi a casa del comisario, para admirar el panorama. Estaba en estas preocupaciones cuando sonó un disparo de rifle a su espalda, cerca de él. En el mismo instante, el señor Harriwell casi se dislocó un brazo en su precipitación por arrastrarle dentro de la casa.

—¡Demonio! Amigo Bertie, de buena se ha escapado —dijo el administrador, palpándose todo el cuerpo para ver si estaba herido—. No sé cómo decirle cuánto lo lamento. Pero en pleno día... ¿quién iba a temer...?

Bertie empezaba a palidecer de un modo alarmante.

—¡Así mataron al otro administrador! —afirmó McTavish—. ¡Y era todo un hombre! Le saltaron los sesos en esta misma galería. ¿No ha notado usted una mancha oscura entre la escalera y la puerta?

Bertie se disponía a probar el cóctel que el señor Harriwell le había preparado, pero antes de poder beberlo entró precipitadamente un hombre que llevaba pantalón de montar.

—¿Qué pasa? —preguntó el administrador—. ¿Se ha desbordado otra vez el río?

—¡Al diablo con el río...! Son los negros. Me acometió uno entre los cañaverales y a doce pasos disparó su *snider*. Pero yo pregunto: ¿quién le ha dado ese *snider...?* ¡Oh, mil perdones! Encantado de conocerle, señor Bertie.

—El señor Brown es mi ayudante —explicó el señor Harriwell—. Y ahora prosigamos con ese cóctel.

—Pero ¿quién le ha dado ese *snider?* —insistió el señor Brown—. Siempre he censurado tener tantas armas en casa.

—Aún están por ahí —dijo el señor Harriwell.

El señor Brown se sonrió incrédulamente.

—Venga usted y véalo —dijo el administrador.

Bertie se unió a ellos camino del despacho, en el que el señor Harriwell señaló triunfalmente una gran caja en un rincón polvoriento.

—Bueno; pero, ¿quién le ha dado ese *snider?*

McTavish levantó la caja. El encargado dio un brinco y abrió la tapa. La caja estaba vacía. Se miraron unos a otros en horripilante silencio. Harriwell dejó caer la tapa con ademán desalentado. McTavish lanzó una interjección.

—Lo que he dicho siempre. No debimos fiarnos de la servidumbre.

—Esto es muy serio —admitió Harriwell—, pero saldremos con bien. Lo que esos negros necesitan es una lección. Les ruego a ustedes que traigan sus rifles para después de cenar, y usted, señor Brown, prepare cuarenta o cincuenta cartuchos de dinamita. Procure que las mechas sean buenas y cortas. Haremos un escarmiento. Y ahora, señores, la cena está servida.

Bertie detestaba los guisos con arroz, y tomó en su lugar tortilla. Ya había terminado, cuando Harriwell se sirvió del mismo plato. Probó un bocado, que escupió enseguida, prorrumpiendo en grandes gritos.

—Ésta es la segunda vez —dijo siniestramente McTavish.

Harriwell seguía escupiendo y dando voces.

—¿Segunda vez de qué? —balbució Bertie.

—Veneno. Habrá que ahorcar a ese cocinero.

—Así acabaron con el tenedor de libros en Cape Marsh —dijo Brown—. Fue una muerte horrible. La tripulación del Jessie aseguraba haberle oído quejarse a tres millas.

—Meteré al cocinero en la cárcel —anunció Harriwell—. Afortunadamente, lo hemos advertido a tiempo.

Bertie estaba horrorizado. Su rostro no tenía color. Intentó hablar, pero sólo consiguió producir un balbuceo inarticulado. Todos le miraban ansiosamente.

—¡No lo diga, no lo diga! —gritó McTavish.

—¡He comido... un plato lleno...! —consiguió por fin gritar Bertie.

Hubo entonces un trágico silencio durante medio minuto, y leyó su sino en los ojos de los demás.

—Acaso no tuviera veneno —dijo Harriwell desconsoladamente.

—Llamad al cocinero —indicó Brown.

Era un sonriente negro, de nariz y orejas perforadas.

—Tú, Wi-wi, ¿qué es eso? —gritó Harriwell, señalando la tortilla.

Wi-wi estaba genuinamente asustado.

—Ella muy bona *kai-kai* —murmuró, conciliador.

—Oblíguele a comerla —sugirió McTavish—; es la mejor prueba.

Harriwell tomó un trozo de tortilla con el tenedor y se dirigió con aire feroz hacia el cocinero, que huyó despavorido.

—Ya está visto —anunció solemnemente Brown—, no quiere comerla.

—Señor Brown, ¿quiere usted encerrar a ese hombre, cuidando de que no pueda escaparse? —dijo Harriwell y, dirigiéndose a Bertie, añadió—: No tema nada. El comisario intervendrá en este asunto y hará justicia. Puede estar bien tranquilo. Si llega usted a morirse, ahorcarán al cocinero.

—No hay que confiar demasiado en el Gobierno —dijo pesimista McTavish.

—Pero, señores —exclamó Bertie—, creo que más que de estas cosas podían ustedes ocuparse un poco de mi estado, buscando el medio de salvarme.

Harriwell se encogió de hombros.

—Lo lamento, pero de ser veneno, es un veneno indígena, y contra eso no se conocen antídotos. Procure calmarse y si...

El ruido de dos disparos de rifle interrumpió el discurso, y Brown, entrando en aquel momento, volvió a cargar su arma y se sentó a la mesa.

—El cocinero acaba de fallecer de disentería —dijo—. Ha sido un caso fulminante.

—Estaba diciendo al señor Bertie que no hay antídoto para los venenos indígenas.

—Excepto la ginebra —advirtió Brown.

Harriwell se desesperó por su mala memoria respecto al particular, y corrió en busca de la botella de ginebra.

—Pura, ha de ser completamente pura —dijo a Bertie, quien se echó al coleto un vaso casi lleno de aquel licor terrible, tosiendo y lagrimeando bien a su pesar.

Harriwell le tomó el pulso y la temperatura, acabando por exponer sus dudas de que la tortilla estuviera envenenada. En ello asintieron Brown y McTavish, pero Bertie creyó percibir cierta falta de sinceridad en sus palabras. Perdió el apetito y se tomaba el pulso subrepticiamente por debajo del mantel. Era indudable que lo tenía alterado, pero no se le ocurrió que la causa pudiera ser la ginebra que había bebido. McTavish salió a la galería rifle en mano a dar una ojeada.

—Se están reuniendo en las cocinas —anunció—. Y tienen un sinnúmero de *sniders.* Mi plan es escurrirnos por el otro lado y caer sobre ellos de flanco. Dar el primer golpe. ¿Viene usted, Brown?

Harriwell seguía comiendo, mientras Bertie descubría que su pulso había aumentado considerablemente. No pudo contener un sobresalto al oír el estampido de los rifles. Sobre el ruido seco de los *sniders,* podía distinguirse el crepiteo de los winchester de McTavish y de Brown, mezclado todo con una algarabía de mil demonios.

—Los han cazado por sorpresa —dijo Harriwell, mientras el estrépito disminuía.

Regresaron Brown y McTavish, anunciando:

—Tienen dinamita.

—Pues les atacaremos con dinamita —propuso Harriwell.

Se metieron media docena de cartuchos en los bolsillos y se proveyeron de cigarros encendidos, saliendo a la puerta. Y entonces hubo una explosión bajo la casa, haciéndola oscilar en sus cimientos. La mitad de la vajilla se hizo añicos y el reloj detuvo su marcha después de ser zarandeado. Los tres hombres se precipitaron fuera, gritando venganza.

Cuando volvieron, Bertie había desaparecido. Se había arrastrado hasta el despacho, encerrándose en él y desplomándose en tierra, presa de una terrible pesadilla de ginebra en la que sufrió cien muertes mientras la cruenta lucha seguía a su alrededor. Por la mañana, enfermo y dolorido, despertó, y al incorporarse se sorprendió de encontrar el sol aún en el cielo y sus compañeros vivos e indemnes.

Harriwell le instó para que prolongase su estancia en la plantación, pero Bertie insistió en zarpar inmediatamente en el Arla para Tulagi, donde no se movió de casa del comisario hasta la llegada del primer vapor.

Iban en él turistas femeninas, y Bertie fue de nuevo un héroe, mientras el capitán Malu pasaba, como siempre, completamente inadvertido. Pero el capitán desde Sydney envió dos cajas de wiski como agradecimiento muy expresivo para Hansen y el señor Harriwell, en la imposibilidad de determinar quién de los dos había proporcionado a Bertie Arkwright la mejor sensación de la vida en las Salomón.

EL INEVITABLE BLANCO

—Jamás el blanco entenderá al negro, ni el negro entenderá al blanco, mientras lo blanco sea blanco y lo negro sea negro —dijo el capitán Woodward.

Estábamos en la taberna de Charley Roberts, en Apia, bebiendo una mezcla especial, cuya receta decía poseer directamente de Steevens, famoso por haber inventado el Abu Hamed bajo el influjo de la terrible sed que inspira el Nilo. Steevens, el de «Con Kitchener en Khartum», el que pasó a mejor vida en Ladysmith.

El capitán Woodward, bajo y rechoncho, tostado por cuarenta años de trópicos, poseedor de los ojos pardos más hermosos que he visto en un hombre, hablaba con pleno conocimiento de causa. La red de cicatrices que cruzaba su calva demostraba cierta intimidad con el tomahawk indígena, y la misma intimidad se revelaba en la cicatriz que corría de un lado a otro de la parte derecha de su cuello, marcando el paso de una flecha. En tal ocasión, según explicaba, la flecha le entorpecía para correr, y le pareció no tener tiempo de romper el astil para sacarlo en la misma dirección que había entrado. En el momento actual era capitán del Savaii, vapor que reclutaba trabajadores en el Oeste para las plantaciones alemanas de Samoa.

—La mayor calamidad es la estupidez de los blancos —dijo Roberts, mientras tomaba pausadamente un sorbo de su vaso—. Si el blanco se preocupara un poco en hacerse cargo de cómo funciona el cerebro del negro, se evitaría la mayor parte de los engorros.

—He conocido algunos que pretendían entender al negro —replicó el capitán Woodward—, y he notado que fueron los primeros en ser *kai-kai* (comidos). No tenéis más que ver los misioneros de Nueva Guinea y de las Nuevas Hébridas, la isla mártir de Erromanga y las demás. Recordad la expedición austríaca que fue acuchillada en las Salomón, en la selva de Guadalcanal, y ved los propios comerciantes, con años de experiencia, alardeando de que no hay negro que pueda con ellos, y cuyas cabezas adornan las chozas indígenas. Johnny Simons, veintiséis años en Melanesia, jurando conocer a los negros como un libro y que nunca se sublevarían contra él, pereció en la laguna de Marovo, en Nueva Georgia, con la cabeza aserrada por una mujer y un viejo negro cojo. Billy Watts tenía una reputación horrible de matanegros, hombre capaz de asustar al diablo; recuerdo que en cierta ocasión, en Cape Little (Nueva Irlanda), los negros le robaron media caja de tabaco, por valor de tres dólares y medio. Para desquitarse mató a seis negros, les destrozó las canoas de guerra e incendió dos poblados. Y en Cape Little, cuatro años después, se vio atacado por cincuenta negros buku que le acompañaban, pescando espuma de mar, y en cinco minutos todos estaban muertos, con excepción de tres que pudieron escapar en canoa. No me vengáis con entender al negro. La misión del blanco es dominar el mundo, y ya tiene con eso bastante trabajo. ¿Qué tiempo puede quedarle para entender a negros?

—Exactamente —dijo Roberts—. Y además, no parece necesario entenderlos. El éxito del blanco en dominar el mundo está en proporción directa de su estupidez...

—Y de su habilidad en llevar el terror de Dios al corazón del negro —prorrumpió el capitán—. Quizá tenga usted razón, Roberts. Quizá es su estupidez la que le hace triunfar; ciertamente una fase de esta estupidez es su inhabilidad para entenderles. Pero hay una cosa segura: el blanco ha de dominar al negro, le entienda o no. Es inevitable, es fatal.

—Y naturalmente, el blanco es inevitable, es el sino del negro —interrumpió Roberts—. Haced saber a un blanco que hay ostra perlífera en una laguna infestada por diez mil hambrientos caníbales, y hará rumbo hacia allá con media docena de buzos kanakas y un despertador por cronómetro, hacinados como sardinas en un cómodo queche de cinco toneladas. Murmurad que se ha encontrado oro en el Polo Norte, y la misma inevitable criatura de piel blanca emprenderá el camino, armado de pala y pico, una penca de tocino ahumado y la perforadora más moderna. Haced correr la voz de que hay diamantes en los muros incandescentes del infierno, y el señor hombre blanco tomará por asalto esos muros y obligará a Satanás a empuñar una pala. Ése es el resultado de ser estúpido e inevitable.

—Pero yo pregunto —interrumpí—: ¿qué piensa el negro de esta inevitabilidad?

El capitán Woodward se echó a reír, y en su mirada cruzó el relámpago de un recuerdo.

—Me estoy preguntando lo que los negros de Malu pensaron y todavía deben pensar del inevitable blanco que llevábamos a bordo cuando les visitamos en el Duchess.

Roberts mezcló tres Abu Hamed más.

—Fue hace veinte años. Se llamaba Saxtorph. Indudablemente era el hombre más estúpido que he visto, pero era tan inevitable como la muerte. Si algo sabía hacer bien, era manejar el arma. Recuerdo la primera vez que le vi aquí, en Apia, antes de su tiempo, Roberts. Yo dormía en el hotel de Enrique el Holandés, donde ahora está el mercado. ¿No habéis oído hablar de él? Hizo una fortunita vendiendo armas a los rebeldes, traspasó el hotel y le mataron en Sydney, seis semanas después, en una bronca de taberna.

Pero volvamos a Saxtorph. Una noche me acababa de dormir, cuando un par de gatos empezaron a cantar en el patio. Me levanté y salí a la ventana, jarro en mano, oyendo entonces abrirse la ventana del cuarto de al lado. Sonaron dos tiros y la ventana se volvió a cerrar. Quienquiera que fuera no perdió tiempo en ver el efecto de los disparos. Ventana que se abre, ¡pum! ¡pum!, dos tiros, ventana que se cierra. No puedo expresaros la celeridad de todo esto. Quien fuera «sabía», ¿me entendéis?, «sabía». Se acabó el concierto gatuno, y por la mañana allí estaban los dos gatos patitiesos. Para mí fue maravilloso, y aún lo es todavía. No había más luz que la de las estrellas. Saxtorph disparó sin apuntar, disparó tan rápidamente que los dos disparos casi parecieron uno, y finalmente supo que había hecho blanco sin necesitar comprobarlo.

Dos días después vino a verme a bordo. Era yo entonces segundo en el Duchess, un estupendo bergantín negrero de ciento cincuenta toneladas. Dejadme que os diga que en aquellos tiempos un negrero era un negrero. No había inspectores del gobierno ni el gobierno nos protegía. Era faena ruda, de toma y daca, y cazábamos a negros en todas las islas del mar del Sur, cuando no nos echaban a puntapiés. Saxtorph vino a bordo. Era un hombre pequeñito, de cabello pajizo, tez pajiza y ojos pajizos también. No tenía nada de particular. Su alma era tan neutra como su colorido. Dijo que estaba «en las últimas» y quería enrolarse. Firmaría como grumete, cocinero, sobrecargo o simple marinero, aunque no sabía nada de ninguno de esos oficios que estaba dispuesto a aprender. No me hacía falta, pero me había causado tal impresión su manejo del revólver, que le enrolé como simple marinero. Sueldo: tres libras al mes. Es innegable que estaba dispuesto a aprender. Pero le era constitucionalmente imposible el aprender nada. Le era tan difícil el mantener el barco en su rumbo como a mí me sería mezclar bebidas con la habilidad de Roberts. Y respecto a maniobrar... me hizo encanecer. No me atreví nunca a confiarle el timón en momentos de temporal y las voces de mando eran chino para él. No sabía ni supo nunca distinguir la diferencia entre una vela y otra. Le decíais que arriase la mesana, y si os descuidabais arriaba un foque. Tres veces cayó al agua, y no sabía nadar. Pero siempre estaba alegre, nunca se mareaba, y era el ser de más buena voluntad que he visto. Jamás hablaba de sí mismo. Su historia, por lo que a nosotros se refería, empezaba el día en que se enroló en el Duchess. Sólo Dios sabe dónde aprendió a tirar. Pudimos deducir por su acento que era yanqui, pero nada más.

Y ahora vamos a lo esencial. Tuvimos mala pata en las Nuevas Hébridas; catorce obreros, reclutados en cinco semanas, y corrimos el Sudeste hacia las Salomón. Entonces, como ahora, Malaita era un excelente campo de reclutamiento, y fuimos a Malu, en el rincón Noroeste. Hay allí un arrecife en la misma playa y otro en la bocana, y es mal sitio para anclar, pero lo conseguimos felizmente y disparamos unos cuantos cartuchos de dinamita como aviso a los indígenas para que vinieran y se dejasen reclutar. En tres días no conseguimos ni uno. Los lanudos venían a nosotros en sus canoas a centenares, pero se reían en nuestras narices cuando les enseñábamos cuentas de vidrio y piezas de tela, y les hablamos de las delicias de la vida en las plantaciones de Samoa.

Al cuarto día sobrevino un cambio. Unos cincuenta muchachos firmaron, y les acomodamos en el sollado, con libertad, naturalmente, de subir a cubierta. Pensándolo ahora fríamente, era sospechoso ese enrolamiento tan numeroso y tan súbito; pero entonces supusimos que algún poderoso jefe había levantado la prohibición de enrolarse. En la mañana del quinto día nuestros botes fueron a tierra como de costumbre, uno delante y el otro cubriéndole la retirada en caso de apuro. Los cincuenta negros estaban sobre cubierta, fumando o durmiendo. Saxtorph y yo, con cuatro marineros, fuimos los únicos que quedamos a bordo. Los dos botes iban tripulados por negros de las islas Gilbert. En uno estaba el capitán, el sobrecargo y el reclutador, y en el otro, que era el de protección y quedaba a cien yardas de la orilla, el segundo de a bordo. Ambos botes iban bien armados, aunque no esperábamos complicaciones.

Cuatro de los marineros, incluyendo a Saxtorph, raían el pasamanos de la borda de popa. El quinto marinero, rifle en mano, montaba guardia junto al tanque del agua potable ante el palo mayor. Yo estaba a proa, dando la última mano a un empalme que había hecho en un garfio. Me preparaba a encender la pipa, cuando oí un tiro en tierra. Me incorporé para ver de qué se trataba y recibí un golpe en la nuca que casi me atontó, haciéndome caer sobre cubierta. Mi primer pensamiento fue que algo se había desenganchado en el cordaje; pero al caer, antes de llegar al suelo, oí los disparos de los rifles de los botes, y volviéndome de lado pude ver al marinero que montaba la guardia. Dos negros le sujetaban los brazos y un tercero le abría el cráneo a golpes de tomahawk.

Parece que aún lo veo; el tanque del agua, el centinela, los negros aferrados a él, la cuchilla cayendo sobre su nuca, todo bajo un sol implacable. Me fascinaba tal visión de la muerte. El tomahawk parecía no acabar nunca de caer. Lo vi entrar en contacto con el cuello y vi cómo la víctima se desplomaba. Los otros dos negros le sujetaron a fuerza de brazos para que su compañero pudiera rematarle. Entonces recibí dos trastazos más y me di por muerto. Lo mismo debió creer el animal que me había herido. No podía moverme, y permanecí en tierra viendo cómo los asesinos arrastraban al infeliz centinela, acabando de separarle la cabeza del tronco. Reconozco que lo hicieron bien; se veía que tenían práctica.

El fuego de los rifles de los botes había cesado, y no me cupo duda que sus tripulantes habían sido muertos y todo había terminado. Sería cuestión de momentos el que volviesen a buscar mi cabeza. Evidentemente estaban procurándose las de los marineros de popa. En Malaita las cabezas tienen gran valor, especialmente las de blanco, y ocupan el lugar de honor en los cobertizos de las canoas de los indígenas costeños. No sé qué especial decoración constituyen para los indígenas de la selva, pero las aprecian tanto como los costeños.

Sin embargo, tuve la vaga idea de poder escapar; me arrastré hacia el cabrestante y, apoyándome en él, conseguí incorporarme. Desde allí podía ver la popa y ver también tres cabezas sobre el tejadillo de la cabina, las cabezas de los tres marineros a quienes había

dado órdenes durante varios meses. Los negros me vieron en pie y se precipitaron hacia mí. Busqué mi revólver, encontrándome con que me lo habían quitado. No puedo decir que tenía miedo. He estado a las puertas de la muerte en varias ocasiones, pero en ninguna me pareció tan inminente el peligro como entonces. Estaba medio atontado y nada parecía tener mayor importancia para mí.

El negro que los capitaneaba se armó de una cuchilla de la cocina y, gesticulando como un mono, se preparó a despedazarme. Pero el golpe primero no llegó a caer. Se desplomó sobre cubierta como una masa y de su boca vi brotar un chorro de sangre. Vagamente oí el disparo de un rifle seguido de otros disparos. Negro tras negro, se fueron desplomando. Mis sentidos empezaron a aclararse, y pude notar que no había un disparo que no fuera seguido de un blanco. Me senté en el puente junto al cabrestante y miré. Encaramado en la cruceta estaba Saxtorph. Cómo había logrado llegar hasta allí es para mí un misterio, porque llevaba dos winchester y no sé cuántas cartucheras de municiones. Y hacía la única cosa en el mundo para la que estaba verdaderamente capacitado.

He visto combates y encuentros, pero nunca vi cosa semejante. En mi estado de debilidad y semidesmayo, me parecía un sueño. ¡Pum, pum, pum!, se oía el rifle, y ¡chop, chop, chop!, caían desplomados los negros sobre cubierta. Era asombroso. Después de su primera carrera hacia mí, los negros, al ver caer a los seis o siete primeros, se habían quedado como paralizados; pero Saxtorph no dejaba en paz el rifle. Por entonces las canoas y los botes llegaban de la playa armados de *sniders* y de winchesters capturados en los botes. La descarga con que saludaron a Saxtorph fue formidable. Afortunadamente para él, los negros sólo son temibles a poca distancia. No están acostumbrados a echarse el fusil a la cara. Esperan estar cerca de la presunta víctima y disparan con el arma apoyada en la cadera. Cuando un rifle se recalentaba demasiado, Saxtorph tomaba el otro. Por eso había cogido los dos al encaramarse a la cruceta.

Lo extraordinario era la rapidez de sus disparos y que no fallasen nunca. Si hay algo en el mundo inevitable, lo era ese hombre en aquel momento. La rapidez hacía la matanza inaudita. Los negros no tenían tiempo ni de pensar. Cuando se dieron cuenta, saltaron por la borda atropelladamente, haciendo naturalmente zozobrar las canoas. Saxtorph no se detuvo. El mar estaba lleno de ellos, y ¡pum!

¡pum! ¡pum!, siguió persiguiéndoles con sus balas. Ni un tiro falla-
ba, y aseguro que podía oír el chasquido de la bala al chocar con el
cuerpo.

Los negros decidieron dispersarse, nadando hacia la orilla. No
se veían más que cabezas flotantes y cabezas que dejaban de flotar.
Algunos de los disparos fueron magníficos. Tan sólo un hombre
llegó a la playa; pero al tomar tierra, Saxtorph le alcanzó también.
Y cuando un par de negros corrieron a recogerle, Saxtorph les tendió junto a su camarada.

Creí que todo había terminado, cuando de nuevo volví a oír el
rifle, y la escena se repitió con unos veinte negros que se habían
refugiado en la cabina, a medida que iban saliendo para ganar la
borda. Saxtorph esperó un rato para asegurarse de que no quedaba
ninguno, y entonces bajó a cubierta.

Él y yo éramos todo lo que quedaba del complemento del Duchess, y yo servía para poco en mi actual estado, mientras que él no
servía para nada una vez terminado el tiroteo. Bajo mi dirección,
me lavó las heridas de la cabeza y las cosió. Un buen trago de wiski
me reconfortó lo bastante para poder intentar zarpar. No podíamos
hacer otra cosa. Todos los demás estaban muertos. Intentamos izar
las velas, Saxtorph izando y yo aguantando el cabo, pero él volvía
a ser el usual ignorante. No sabía izar, y cuando a consecuencia del
esfuerzo me desmayé, la cosa se puso muy fea para nosotros.

Al recobrar el sentido, Saxtorph estaba sentado en la borda;
inerte, esperando que yo decidiese lo que se había de hacer. Le dije
que inspeccionase los heridos, a ver si había alguno en condiciones
de arrastrarse. Pudo reunir seis. Recuerdo que uno de ellos tenía
una pierna rota, pero Saxtorph opinó que podía valerse de los brazos. Me recliné a la sombra, dirigiendo las operaciones, mientras
Saxtorph capitaneaba su pandilla de hospitalarios. Que me maten
si no hizo estirar a los infelices de cuantas cuerdas encontró en las
bordas antes de acertar con las que se requerían. Uno de ellos soltó
el cabo a medio izar y cayó muerto sobre cubierta; pero Saxtorph
obligó a los restantes a seguir con la faena. Cuando la mesana y la
mayor estuvieron izadas, le dije que dejase escapar la cadena del
ancla. No sé cómo se las arregló, pero en lugar de hacerlo, soltó la
otra, de modo que quedamos doblemente anclados.

Por fin conseguimos soltar las dos cadenas y poner más o menos en orden el velamen, haciendo rumbo hacia la entrada de la

bocana. Nuestra cubierta era un espectáculo. Por doquier, negros muertos o moribundos. Algunos habían ido a morirse en los sitios más inverosímiles. La cabina estaba llena de ellos. Ordené a Saxtorph que aclarase este cementerio echando los cuerpos al agua, con gran regocijo de los tiburones. Allá fueron vivos y muertos. Naturalmente, hubimos de hacer lo mismo con nuestros cuatro marineros asesinados. No podíamos pensar en enterrarlos decentemente. Sin embargo, recogimos sus cabezas, poniéndolas en un saco que llenamos de hierro viejo antes de tirarlo al mar, para evitar que fuesen a la deriva a la costa.

Decidí utilizar como tripulación a nuestros cinco prisioneros, pero ellos decidieron otra cosa. Esperaron una oportunidad y se arrojaron al agua. Saxtorph cazó a dos con el revólver, y hubiera cazado a los otros tres en el agua si yo no lo hubiera evitado. Ya estaba cansado de tanta matanza, y además nos habían ayudado a sacar el bergantín del puerto. De todos modos fue inútil la huida, porque se los comieron los tiburones antes de llegar a la playa.

Cuando llegamos a alta mar, yo tenía fiebre cerebral o algo por el estilo. El Duchess estuvo al pairo durante tres semanas, hasta que me repuse lo bastante para poder seguir rumbo hacia Sydney. Pero los negros de Malu aprendieron para siempre que no es saludable el atreverse con los blancos. En su caso, Saxtorph fue ciertamente inevitable.

Charley Roberts dejó oír un prolongado silbido, y dijo:

—¡Qué duda cabe...! ¿Y qué se ha hecho de Saxtorph?

—Derivó hacia la pesca de morsas, y durante seis años fue el «as» en las regiones de Victoria y San Francisco. El séptimo año, un crucero ruso capturó su bergantín en el mar de Bering, y la tripulación entera fue deportada a las minas de sal de Siberia. No he vuelto a saber de él.

—¡Dominar el mundo! —murmuró Roberts—. ¡Dominar el mundo! En fin... a su salud... alguien tiene que hacerlo.

El capitán Woodward se frotó las cicatrices de la calva.

—Yo he hecho mi parte —dijo—. Éste será mi último viaje. Después me iré a Europa a descansar.

—Apuesto lo que quiera a que no lo hace —dijo Roberts—. Usted morirá al pie del cañón, no descansando en casa.

El capitán Woodward aceptó el reto; pero, personalmente, creo que Charley Roberts tiene muchas probabilidades de ganarlo.

LA CASTA DE McCOY

El peso del cargamento de trigo que llenaba los flancos de hierro del Pyrenees le hacía ir muy a ras del agua, siendo tarea fácil para McCoy abordarle desde una diminuta canoa. Cuando sus ojos llegaron a nivel de cubierta, de modo que pudo ver dentro, le pareció discernir una indefinible neblina, algo así como si ante su vista se hubiera extendido un tenue y casi impalpable velo, tan vago que parecía una ilusión de los sentidos. Tuvo instintivamente deseo de pasarse la mano por los ojos para dispersarlo, y a la vez pensó que se hacía viejo y tendría que enviar a San Francisco a por unas gafas.

Al saltar la borda dirigió una mirada a la arboladura y después a las bombas. Éstas estaban paradas. No parecía que ocurriera nada de particular en el barco, y sin embargo, había izado la señal pidiendo auxilio. Pensó en sus apacibles indígenas y férvidamente deseó que no se tratase de epidemia. Acaso el buque estaba falto de provisiones. Saludó al capitán, cuyo fatigado rostro y mirar preocupado no disimulaban el peligro, fuera cual fuera. El recién llegado diose cuenta en este momento de un indefinible hedor.

Miró a su alrededor curiosamente. A veinte pasos, un marinero calafateaba la cubierta. Mientras sus ojos se posaban en el hombre, vio surgir de entre sus manos una ligera espira de vapor o neblina que pronto se esfumó. Sus pies desnudos percibieron un calor sordo, pero que pronto atravesó la callosidad de sus plantas. Ahora se explicaba la naturaleza del peligro en que se hallaba el barco. Su vista erró hacia proa, donde un grupo de marineros de aspecto fatigado le miraba expectante. Su mirada se posó sobre ellos como una bendición, calmándolos, haciéndoles sentir una extraña sensación de paz.

—¿Cuánto tiempo hace que arde? —preguntó al capitán en voz tan suave y tan plácida que parecía un arrullo.

Al principio el capitán se dejó también influir por esa sensación de placidez, pero el recuerdo de todo lo que había pasado y de lo que le quedaba por pasar cruzó por su mente y le perturbó de nuevo. ¿Por qué razón el solo aspecto de ese aventurero de calzones deshilachados y camisa de algodón le sugería paz y contentamiento a su alma agotada y destemplada? El capitán no razonó así, pero un proceso subconsciente de emotividad causó todo esto.

—Quince días —contestó secamente—. ¿Quién es usted?

—Mi nombre es McCoy —fue la respuesta en tono que respiraba ternura y compasión.

—¿Es usted el práctico del puerto?

McCoy posó la bendición de su mirada sobre la alta y poderosa figura de un hombre que acababa de presentarse y estaba junto al capitán.

—Soy tan práctico como cualquier otro —respondió McCoy—. Aquí somos todos prácticos, capitán. Conozco estas aguas pulgada a pulgada.

El capitán se impacientaba.

—Necesito entrevistarme con las autoridades; quiero hablar con ellas, y lo antes posible.

—Entonces puede empezar usted.

¡De nuevo esa insidiosa sugestión de paz, con el barco ardiendo como una tea bajo sus pies! El capitán arqueó las cejas impaciente y nerviosamente, y su puño se crispó en una vaga amenaza indefinida.

—¿Quién diablos es usted?

—Soy la primera autoridad —fue la respuesta en un tono que seguía siendo lo más apacible del mundo.

El fornido personaje que se había unido al capitán soltó una áspera carcajada. Tanto él como el capitán miraron a McCoy con incredulidad y sorpresa. Era inconcebible que semejante desharrapado pudiera ostentar la más alta dignidad de la isla. Su camisa desabrochada dejaba entrever un hirsuto pecho y el detalle de que no llevaba camiseta. Un raído sombrero de paja no podía ocultar su cabello gris y enmarañado. Sobre su pecho caía una barba patriarcal y descuidada. No valía ni dos chelines su indumento.

—¿Pariente del McCoy del Bounty? —preguntó el capitán.

—Era mi bisabuelo.

—¡Oh! —exclamó el capitán y, dándose cuenta al fin, añadió—: Mi nombre es Davenport, y aquí, mi segundo, se llama Konig.

Se estrecharon las manos.

—Y ahora, al asunto —prosiguió el capitán hablando rápidamente, como si la urgencia del caso influyese en sus palabras—. Hace dos semanas que tenemos fuego a bordo. En cualquier momento hará irrupción por todas partes a la vez. Por eso hice rumbo a Pitcairn. Quiero encallar o echarle a pique y salvar el casco.

—Entonces habéis cometido un error, capitán. Hubierais debido ir a Mangareva, donde habríais encontrado una playa ideal en una laguna como una balsa.

—Pero estamos aquí, ¿no es así? —interrumpió el segundo—. Esa es la cuestión. Estamos aquí y hemos de hacer algo.

—Aquí no pueden hacer nada, no hay playa. No hay ni fondeadero.

—¡Cuentos! —dijo el segundo—. ¡Cuentos! —repitió al notar que el capitán le hacía signos de ser más circunspecto—. No me venga usted con esa clase de historias. ¿Dónde fondean ustedes sus propios botes, sus bergantines o sus balleneras o lo que sea, eh? Contésteme a eso.

McCoy sonrió al contestar. Su sonrisa era una caricia, un abrazo, que atrajo al segundo, intentando imbuirle la placidez de su propio corazón.

—No tenemos ni bergantín ni ballenera —replicó—, y arrastramos nuestras canoas a la cumbre de la escarpa.

—Tendría que verlo para creerlo —gruñó el segundo—. ¿Cómo van a las otras islas? Diga usted.

—No vamos. Yo, como gobernador de Pitcairn, voy algunas veces. Cuando era más joven me ausentaba con frecuencia, a veces en alguna goleta mercante, generalmente en el bergantín de los misioneros. Pero ya no existe, y ahora dependemos de los barcos que pasan. A veces tenemos hasta seis visitas en un año. Otras veces pasa un año entero sin que veamos un barco. El suyo es el primero en siete meses.

—Pretende usted decirme... —insistió el segundo.

Pero el capitán Davenport intervino:

—Basta de esto. Estamos perdiendo el tiempo inútilmente. ¿Qué podemos hacer, McCoy?

El anciano dirigió hacia la orilla su mirada, y el capitán y el segundo le imitaron, contemplando primero la solitaria roca que era Pitcairn y después la tripulación agrupada a proa esperando, ansiosa, órdenes. McCoy no se dio prisa. Pensaba lenta y reposadamente, paso a paso, con la seguridad de un cerebro al que no perturba para nada la vida.

—El viento es ahora fresco —dijo finalmente—. Hay una fuerte corriente hacia el Oeste.

—Eso es lo que nos ha hecho derivar hacia el Este —interrumpió el capitán, deseoso de vindicar su pericia.

—Sí, eso es lo que les hizo derivar —prosiguió McCoy—. El hecho es que no se puede navegar contra esa corriente, y aunque pudierais, no hay playa. El barco se perdería totalmente.

Hizo una pausa, y el capitán y el segundo se miraron trágicamente.

—Pero se puede hacer una cosa. Por la noche, hacia las doce, el viento refrescará. ¿Veis esas nubes y esa neblina por barlovento? De ahí vendrá la brisa del Sudeste con fuerza. De aquí a Mangareva hay trescientas millas. Haced rumbo hacia allá. Encontraréis un magnífico fondeadero para vuestro buque.

El segundo sacudió la cabeza.

—Vamos a la cabina y daremos una ojeada a la carta de navegar —dijo el capitán.

En la cabina, McCoy halló una atmósfera angustiosa, irrespirable. Vahos de gases invisibles le causaban un escozor en los ojos verdaderamente doloroso. El puente estaba aún más caliente, casi irresistible a sus pies descalzos. El sudor corría por su cuerpo. Miró aprensivamente a su alrededor. La temperatura era horrible, siendo una maravilla que la cabina no estallase en llamas. Tenía la sensación de estar en un inmenso horno, en el que el calor podía ir aumentando hasta secarle como una hoja muerta.

Levantó un pie, restregándolo contra la pierna opuesta, y el segundo rio de una manera salvaje y hosca.

—La antesala del infierno —dijo—. El mismo infierno está bajo sus pies.

—Hace calor —exclamó McCoy, secándose el rostro con un pañuelo de colores.

—Aquí está Mangareva —dijo el capitán inclinándose sobre la mesa y señalando un punto diminuto en medio de la blancura de la carta—. Y aquí, en el camino, hay otra isla. ¿Por qué no arribar a ella?

—Es Crescent Island —contestó McCoy sin mirar a la carta—. Está deshabitada y sólo sobresale dos o tres pies del agua. Hay una

laguna, pero sin bocana. Mangareva es el punto más próximo y conveniente para vuestro propósito.

—Vaya por Mangareva —dijo el capitán Davenport, interrumpiendo las objeciones del segundo—. Reúna la tripulación a popa, señor Konig.

Los marineros obedecieron de mala gana, simulando una actividad que estaban lejos de sentir. Cada movimiento revelaba su agotamiento. El cocinero salió de su cocina para oír de qué se trataba y el grumete asomó también la cabeza.

Cuando el capitán Davenport hubo explicado a sus hombres la situación y anunciado su intención de intentar ganar Mangareva, se elevó un general clamoreo. En un fondo de murmullos iracundos se oyeron algunos gritos de rabia y dos o tres interjecciones. Una aguda voz de inconfundible acento londinense dominó por un instante el tumulto chillando: «¡Voto a...! ¡Después de estar quince días en este infierno, ahora quiere llevarlo flotando otra vez!»

El capitán no podía dominarlos, pero la presencia de McCoy pareció calmarlos, y las imprecaciones y los murmullos fueron amenguando, hasta que la tripulación entera, salvo algún descontento, contempló anhelosamente los picachos y la costa de Pitcairn.

Suave como un céfiro, la voz de McCoy se dejó oír:

—Capitán, me ha parecido oír a alguno de ellos decir que estaban hambrientos.

—Sí —fue la respuesta—, así es. En los últimos dos días he tenido por todo alimento una galleta y una cucharada de salmón. Cuando descubrimos el fuego, lo primero que hicimos fue cerrar herméticamente las escotillas para ahogarlo. Y después nos encontramos con que en la despensa no había casi provisión alguna. Pero ya era tarde. No nos atrevimos a volverlas a abrir. ¿Hambrientos? Yo lo estoy tanto como ellos.

De nuevo se dirigió a sus hombres y de nuevo se elevaron los murmullos y las imprecaciones, en rostros convulsos de rabia. El segundo y el tercer oficial se habían unido al capitán, manteniéndose detrás de él. Sus rostros inmóviles e inexpresivos parecían hastiados ante el espectáculo del motín. El capitán Davenport miró interrogativamente a su segundo, pero éste se limitó a encogerse de hombros en señal de impotencia.

—No puede usted obligarles a abandonar la seguridad que les ofrece esa isla y hacerse a la mar en un barco ardiendo —dijo el capitán a McCoy—. Han estado demasiado expuestos a que el barco se convirtiera en su sepultura. Están agotados, están hambrientos y, sobre todo, están hartos del buque. Iremos a Pitcairn.

Pero la quilla del Pyrenees estaba cubierta de algas y moluscos que entorpecían su marcha, y no podía navegar contra la fuerte corriente que venía del Oeste. Al cabo de dos horas había perdido tres millas. Los marineros trabajaban con buena voluntad, como si quisieran triunfar de los elementos adversos por la fuerza bruta. Iban derivando hacia el Oeste.

El capitán se paseaba inquieto. De cuando en cuando deteníase para contemplar las espirales de humo que subían de cubierta y trataba de localizarlas. El carpintero estaba constantemente ocupado en la misma tarea, y cuando lo conseguía, calafateaba la rendija lo más fuertemente posible.

—¿Qué opina usted? —preguntó finalmente Davenport a Mc-Coy, que miraba al carpintero con infantil curiosidad.

McCoy dirigió su mirada hacia la costa, que desaparecía en el horizonte brumoso.

—Creo que lo mejor sería hacer rumbo a Mangareva. Con la brisa que se prepara, estarían allí mañana por la tarde.

—Pero, ¿y si el fuego se desenfrena? Puede ocurrir en cualquier momento.

—Tened los botes preparados en los pescantes. La misma brisa que llevará al barco llevaría a los botes a Mangareva.

El capitán Davenport reflexionó por un instante, y luego Mc-Coy oyó la pregunta que no hubiera querido oír, pero que esperaba.

—No tengo carta de Mangareva. En la carta general es simplemente un punto. No sabría dar con la entrada de la laguna. ¿Quiere usted venir con nosotros y servirnos de práctico?

La serenidad de McCoy no se alteró.

—Sí, capitán —dijo con la misma tranquilidad con que hubiera aceptado una invitación a almorzar—. Iré con ustedes a Mangareva.

De nuevo se llamó a la tripulación a popa, y de nuevo el capitán les arengó.

—Como veis, lejos de ganar terreno, lo hemos perdido. Derivamos en una corriente de dos nudos. Este señor es el honorable McCoy, magistrado en jefe y gobernador de la isla de Pitcairn. Vendrá con nosotros a Mangareva. Ya veis, por tanto, que la situación no es tan peligrosa. Si creyese que está expuesto a perder la vida, no se ofrecería a acompañarnos. Además, cualquiera que sea el peligro, se ofrece a afrontarlo por su propia voluntad; lo menos que podemos hacer es imitarle. ¿Cuántos hay que opinen por Mangareva?

Esta vez no hubo murmullos. La presencia de McCoy, la serenidad y la calma que parecían irradiar de su persona, produjeron su efecto. Cambiaron impresiones en voz baja. Virtualmente estaban todos de acuerdo, designando al londinense como portavoz. Este benemérito personaje, impresionado ante su propio heroísmo y el de sus compañeros, sólo supo exclamar:

—¡Voto a...! ¡Si él va, nosotros también!

La tripulación murmuró su asentimiento y se dispersó.

—Un momento, capitán —dijo McCoy al ver que éste se preparaba a ordenar la maniobra a su segundo—. Antes he de ir a tierra.

Mr. Konig miró, estupefacto, a McCoy como si hubiera perdido la razón súbitamente.

—¿A tierra? —gritó el capitán—. ¿Para qué? Lo menos necesitaría tres horas en su canoa.

McCoy midió con la vista la distancia, y asintió.

—Sí; ahora son las seis. No podré reunir al pueblo antes de las diez. Cuando refresque la brisa esta noche, empiece a hacer rumbo, y me recogerá mañana por la mañana.

—En nombre de la razón y del sentido común —gritó el capitán fuera de sí—, ¿para qué quiere reunir al pueblo? ¿No sabe que mi barco está ardiendo?

La placidez de McCoy no se alteró y la cólera del otro no produjo en él efecto alguno.

—Sí, capitán —respondió—. Me hago cargo de que su barco está ardiendo; por eso voy con ustedes a Mangareva. Pero he de pedir autorización para ir. Es nuestra costumbre. El hecho de que el gobernador abandone la isla tiene mucha importancia. Va en ello el interés del pueblo, y por eso tienen derecho a decidir con su voto si lo autorizan o no. Pero lo autorizarán, estoy seguro.

—¿Seguro?

—Completamente seguro.

—Entonces, si está usted seguro, ¿por qué molestarse en pedirlo? Piense en el retraso que supone... toda una noche.

—Es nuestra costumbre —fue la imperturbable respuesta—. Además, como gobernador, he de tomar algunas medidas relativas a la marcha de las cosas en la isla durante mi ausencia.

—Pero si sólo hay veinticuatro horas de aquí a Mangareva —insistió el capitán—. Aunque el regreso en la canoa le costase seis veces más, a fin de semana estará de vuelta.

McCoy sonrió benévolamente.

—Muy pocos barcos llegan a Pitcairn, y cuando lo hacen, es viniendo de San Francisco o de dar la vuelta al cabo de Hornos. Me consideraré afortunado si estoy de regreso dentro de seis meses. Quizá esté ausente un año y haya de ir a San Francisco para encontrar un barco que me traiga. Mi padre, una vez, salió de Pitcairn con idea de estar tres meses ausente y tardó dos años en volver. Además, están ustedes faltos de provisiones. Si el tiempo se desbarata y han de tomar los botes, quizá tardarán días en llegar a tierra. Por la mañana traeré dos canoas llenas de provisiones. Lo mejor son bananas secas. Cuando refresque la brisa, vaya barloventeando. Cuanto más cerca esté, mayor cantidad de provisiones podré traerles. Adiós.

Extendió la mano, que el capitán estrechó, dejándole ir con cierta preocupación. Parecía confiar en su apoyo, como un náufrago confía en el salvavidas.

—¿Cómo sabe usted que estará de regreso por la mañana? —le preguntó.

—Eso es —añadió el segundo—. ¿Quién dice que no es un pretexto para salvar el pellejo?

McCoy no contestó. Les miró plácidamente y pareció a los dos hombres que en la mirada les enviaba un mensaje imbuido de la tremenda seguridad de su alma.

El capitán le soltó la mano, y con una postrera mirada a su alrededor, McCoy saltó la borda y bajó a su canoa.

El viento refrescó, y el Pyrenees, a pesar de la suciedad de sus fondos, pudo ganar unas seis millas contra la corriente occidental. Al amanecer, con Pitcairn a tres millas a barlovento, el capitán Davenport distinguió dos canoas haciendo rumbo en su dirección. De nuevo McCoy trepó por la borda y saltó al ardiente entarimado de cubierta, seguido de multitud de hatos de bananas secas envueltas en hojas también secas.

—Y ahora, capitán —dijo—, largue todas las velas y navegue, por su vida. No soy marino, pero si usted lleva el barco a Mangareva, yo lo pilotaré en la entrada. ¿Qué marcha le parece que llevamos?

—Once nudos —contestó el capitán dirigiendo una ojeada al agua.

—Once nudos; de manera que si continúa a este paso, daremos vista a Mangareva entre las ocho y las nueve de la mañana. A las diez ya estará embarrancado o a más tardar a las once. Y entonces se habrán acabado sus inquietudes.

Tan sólo de oírle, tal era la persuasión de su acento, el capitán sentía como si el feliz momento de que hablaba hubiera llegado ya. Hacía dos semanas que estaba sufriendo el terrible martirio de mandar un barco ardiendo y ya empezaba a desear que se acabase.

Una ráfaga de viento más fuerte que las demás le azotó la nuca. Midió su intensidad y miró por la borda.

—El viento aumenta continuamente —dijo—, y hacemos más bien doce nudos que once. Si continúa así, tendremos que recoger velas esta noche.

Durante todo el día, el Pyrenees, con su cargamento de fuego embotellado, surcó raudo el mar. Al anochecer amainaron el sobrejuanete y los masteleros y siguieron volando en la oscuridad, perseguidos por grandes olas de blanca cresta. El favorable viento hacía su efecto en todos a proa y a popa, y era aparente un visible cambio de espíritu. En el segundo cuarto alguien más despreocupado que los demás empezó a cantar, y pronto la tripulación entera siguió su ejemplo.

El capitán Davenport se hizo extender unas mantas en el puente.

—Había olvidado lo que era dormir —dijo a McCoy—. Estoy rendido. Pero despiérteme si hay algo de particular.

A las tres de la madrugada le despertó una ligera presión en el barco. Se incorporó rápidamente, apoyándose en el tragaluz, aún atontado de sueño. El viento silbaba en el cordaje, el mar zarandeaba al Pyrenees y el agua entraba por las bordas. McCoy le gritaba algo, cuyo significado no podía entender. Se aferró a él, acercándose a su rostro de forma que le puso el oído junto a los labios.

—Son las tres —dijo McCoy—. Hemos hecho doscientas cincuenta millas y estamos a unas treinta escasas de Crescent Island. No hay faro alguno, y si continuamos así, nos exponemos a estrellarnos y a estrellar el barco.

—¿Qué le parece que hagamos? ¿Ponernos al pairo?

—Sí; al menos hasta esperar el día. Nos retrasará solamente cuatro horas.

En consecuencia, el Pyrenees se detuvo en su carrera, con su carga de fuego, en los dientes del temporal, luchando y dejándose moler por las olas. Era un cascarón lleno de algo tremendo, y en cuyo exterior se sostenían precariamente unos hombres que tenían que luchar contra los peligros externos y los otros peligros, que no por ser invisibles eran menos temibles.

—Este temporal es imprevisto —dijo McCoy al capitán, al resguardo de la cabina—. En esta época del año normalmente no hay mal tiempo. Pero todo lo relativo a la atmósfera es insólito últimamente. Ha habido una paralización de los vientos alisios y ahora está venteando del cuarto opuesto —agitó su mano en la oscuridad como si quisiera penetrar en el misterio que encerraba—. Viene del Oeste. En algún sitio se está preparando algo gordo, un huracán o algo así. Tenemos mucha suerte al estar tan al Este. Pero sólo es por ahora una ligera brisa —añadió—; no hay probabilidad de que dure, se lo aseguro.

Al amanecer, el vendaval se había reducido a un viento normal. Pero la luz reveló un nuevo peligro. El mar estaba cubierto de una niebla espesa, o más bien de una bruma gris, que era niebla en cuanto a su densidad y a su efecto de entorpecer la visión, pero sutil como un velo sobre las aguas, ya que dejaba atravesar los rayos del sol.

La cubierta del Pyrenees humeaba más que el día anterior y la jovialidad había desaparecido en la tripulación y en los jefes. Al resguardo de la cabina, el grumete gimoteaba. Era su primer viaje y el miedo a la muerte oprimía su corazón. El capitán erraba como alma en pena, mordisqueándose nerviosamente el bigote, la mirada torva, indeciso.

—¿Qué opina usted? —preguntó, deteniéndose junto a McCoy, quien desayunaba con bananas y un vaso de agua.

McCoy terminó su última banana, bebió el agua y miró a su alrededor.

—Capitán, creo que igual arderemos bogando que parados. Indudablemente la cubierta está más caliente que ayer. ¿No tendría usted un par de zapatos que poder prestarme? Empieza a molestar esto a mis pies descalzos.

El Pyrenees recibió dos nuevos golpes de mar, que hicieron expresar al segundo el deseo de poder meter toda esa agua en el solla-

Jack London

do si pudiera conseguirse sin abrir las escotillas. McCoy agachó la cabeza, examinando el rumbo.

—Aguantaría algo más, capitán —dijo—. Cuando estábamos al pairo ha debido derivar.

—Ya lo he tenido en cuenta —contestó el capitán señalando la brújula.

—Este vendaval —insistió McCoy— ha acelerado la corriente más de lo que parece.

El capitán Davenport marcó un rumbo intermedio entre lo que él proponía y lo que McCoy aconsejaba, y subió a la cofa en su compañía y en la del segundo, a ver si conseguía divisar tierra. El Pyrenees tenía todas las velas desplegadas y marchaba a unos diez nudos. El mar se iba aplacando rápidamente, pero la bruma no se dispersaba y el capitán empezaba a estar inquieto. La tripulación se hallaba en su puesto, esperando anhelante la primera señal de tierra para virar el barco de cara el viento. Con la bruma era fácil que los arrecifes estuvieran peligrosamente cerca y no se dieran cuenta de ello.

Pasó una hora. Los tres vigías, en la arboladura, intentaban vanamente atravesar el velo de bruma.

—¿Y si no acertamos con Mangareva? —preguntó bruscamente Davenport.

Sin dejar de mirar, McCoy contestó:

—Seguir navegando, capitán. Es todo lo que podemos hacer. Todas las Paumotus están frente a nosotros. Podemos navegar por mil millas entre arrecifes y escolleras. Necesariamente hemos de arribar a algún sitio.

—Adelante —el capitán Davenport inició su intención de bajar a cubierta—. Hemos errado Mangareva. ¡Dios sabe dónde está la tierra más próxima! ¡Ojalá le hubiera hecho caso al marcar el rumbo! —confesó poco después—. Este diablo de corriente echa por tierra todos los principios de navegación.

—Los antiguos navegantes llamaban a las Paumotus el Archipiélago Peligroso —dijo pausadamente McCoy cuando hubieron bajado a cubierta—. Esta misma corriente fue en parte el motivo de ese nombre.

—En cierta ocasión, hablando en Sydney con un marino —dijo el señor Konig—, me dijo que el seguro en estos parajes era un dieciocho por ciento. ¿Es cierto?

—Los armadores —dijo McCoy sonriendo— deducen cada año el veinte por ciento del coste de sus bergantines.

—Eso es calcular en cinco años la vida de un bergantín —exclamó el capitán—. ¡Malos parajes, malos parajes! —añadió sacudiendo la cabeza.

De nuevo entraron en la cabina a consultar la carta, pero la pestífera atmósfera les obligó a volver a cubierta.

—Aquí está Moerenhout Island —dijo Davenport, señalando un punto en la carta—. No puede estar a más de cien millas a barlovento.

—Ciento diez —McCoy movió la cabeza dudosamente—. Podría intentarse, pero es muy difícil. Quizá conseguiría embarrancar, pero también es posible que nos estrellásemos contra el arrecife. Mal sitio, muy malo.

—Correremos el riesgo —decidió Davenport, disponiéndose a calcular la derrota.

A media tarde recogieron velas para evitar sobrepasar la isla durante la noche, y en el cuarto siguiente, la tripulación pareció recobrar su tranquilidad. La tierra estaba cerca y por la mañana cesarían sus calamidades.

Pero el día amaneció claro, con un sol tropical. El alisio del Sudeste había virado al Este y empujaba el Pyrenees a unos buenos ocho nudos. El capitán Davenport calculó su estima, haciendo generosa concesión por deriva y anunció que Moerenhout Island no estaba a más de diez millas. El Pyrenees navegó las diez millas y diez más y los vigías en las cofas sólo vieron el desolado mar bañado en sol.

—La tierra está allí, les digo —gritó el capitán desde la popa.

McCoy sonrió en silencio, pero el capitán le miró iracundo y, yendo a buscar su sextante, hizo una observación cronométrica.

—Sabía que tenía razón —gritó una vez que la hubo calculado—. Veintiuno-cincuenta y cinco, Sur; uno-treinta y seis-dos, Oeste. Estamos a ocho millas a barlovento. ¿Qué resultado ha obtenido usted, señor Konig?

El segundo oficial miró sus cálculos, y dijo en voz baja:

—Veintiuno-cincuenta y cinco, como usted; pero mi longitud es uno-treinta y seis-cuarenta y ocho. Eso nos sitúa considerablemente a sotavento...

El capitán acogió sus observaciones con un silencio tal que el segundo rechinó los dientes, murmurando una imprecación.

—¡Al largo! —ordenó al timonel—. Tres grados... firme... como va...

Y volvió a sumirse en sus cálculos, rehaciéndolos. El sudor corría por su rostro, se mordía el bigote, los labios y el lápiz, mirando fijamente las cifras como quien ve visiones. De repente, con un feroz gesto nervioso, estrujó el papel, tirándolo al suelo y pisoteándolo. El señor Konig se sonrió rencorosamente, dando media vuelta, mientras el capitán Davenport se apoyaba contra la cabina en silencio, mirando a sotavento con una expresión de pensativa desesperación en el rostro.

—Señor McCoy —dijo rompiendo bruscamente su mutismo—. La carta indica un grupo de islas, pero no dice cuántas, hacia el Norte o Noroeste, a unas cuarenta millas... ¿Cuántas son las islas Acteón? ¿Podríamos fondear en ellas?

—Son cuatro, todas bajas —respondió McCoy—. La primera, al Sudeste, es Matueri, desierta, sin entrada a la laguna. Después viene Tenarunga, donde solía haber una docena de indígenas, pero acaso ya no estén. De todos modos, no hay entrada para un barco... solamente un paso para canoas de una braza de fondo. Las otras dos son Vehauga y Teua-raro. Sin entradas, desiertas, muy bajas. No hay fondeadero para el Pyrenees en ese grupo. Sería perderlo totalmente.

—¿Qué le parece? —exclamó el capitán Davenport, furioso—. ¡Desiertas! ¡Sin entradas! ¿Para qué diablo sirven esas islas...? Pero en fin —exclamó súbitamente—, la carta señala un montón de islas hacia el Noroeste. ¿Cuál de ellas tiene una entrada para que pueda fondear mi barco?

McCoy recapacitó lentamente. No dirigió ni una sola vez la vista hacia la carta. Todas aquellas islas, con sus arrecifes, bajíos, lagunas y entradas, estaban marcadas en la carta de su memoria. Las conocía como el habitante de una ciudad conoce sus edificios, calles y callejuelas.

—Papakena y Vanavana están hacia el Oeste, a unas cien millas o más —dijo—. La una está desierta, y he oído que los habitantes de la otra se habían pasado a Camus Island. En todo caso, ninguna de las dos tiene embocadura en la laguna. Ahunui está a unas cien millas al Noroeste. Sin embocadura y desierta.

—¿Y las dos islas que hay cuarenta millas más allá? —preguntó el capitán Davenport, levantando la cabeza de la carta.

McCoy movió la cabeza.

—Paros y Manuhungi, desiertas y sin embocadura, como igualmente Nengo-Nengo. Pero ahí está Hao Island. Lo que nos conviene. La laguna tiene treinta millas de largo por cinco de ancho. Está habitada. Generalmente se encuentra agua, y cualquier barco del mundo puede pasar por su embocadura.

Calló, mirando solícito al capitán Davenport, quien, inclinado sobre la carta con un par de compases en la mano, había lanzado un gemido.

—¿Hay alguna laguna con embocadura en algún sitio más cerca que Hao Island? —preguntó.

—No, capitán; es el más próximo.

—Son trescientas cuarenta millas —el capitán hablaba despacio y con decisión—. No puedo arriesgar la responsabilidad de todas estas vidas. Lo encallaré en la Acteón. Y es un buen barco —dijo muy contrariado, después de alterar el derrotero, concediendo más amplitud que nunca a la corriente occidental.

Una hora más tarde el cielo se nubló. El alisio del Sudeste se aguantaba, pero el océano estaba agitado en varios puntos por violentas turbonadas.

—Llegaremos hacia la una —anunció confiadamente el capitán Davenport—. Lo más tarde a las dos. McCoy, embarránquenos en la que esté habitada.

A la una el sol no había reaparecido ni se veía tierra. El capitán Davenport miró a popa a la sinuosa estela del Pyrenees.

—¡Gran Dios! —gritó—. ¡Una corriente del Este!

El señor Konig demostró incredulidad. McCoy dijo que en las Paumotus no había razón por la que no hubiera corriente del Este. Minutos después una turbonada hizo cesar el viento, dejando al *Pyrenees* a merced de las olas.

Pyrenees¿Dónde está la sonda de profundidad? —el capitán Davenport sostuvo su cuerda, mirándola desviarse hacia el Nordeste—. Convénzase usted por sí mismo.

McCoy y el segundo lo comprobaron, sintiendo la cuerda vibrar rudamente al impulso de la corriente.

—Una corriente de cuatro nudos —dijo el señor Konig.

—Y del Este en lugar de venir del Oeste —añadió el capitán mirando con reproche a McCoy, como si fuera responsable de ello.

—Ésta es una de las razones por las cuales el seguro es del dieciocho por ciento, capitán —contestó McCoy—. No se puede afirmar nada en estas latitudes. Las corrientes cambian continuamente.

—Pero, entonces, ¿cómo puedo saber mi situación? —gritó exasperado el capitán—. ¿Cómo me las he de arreglar para calcular la derrota?

—No lo sé, capitán —respondió McCoy plácidamente.

El viento reapareció, y el Pyrenees, la cubierta humeante, tomó el largo a sotavento. Luego retrocedió, dando bordadas a babor y estribor, buscando las islas Acteón, que el vigía, en el palo mayor, no acertaba a descubrir.

El capitán Davenport estaba fuera de sí. Su rabia se manifestaba en un hosco silencio, y pasó toda la tarde paseándose por popa o reclinado en los obenques. Al anochecer, sin consultar a McCoy, varió de rumbo y enfiló el Nordeste, y el señor Konig y el gobernador, consultando subrepticiamente la carta y la bitácora, se dieron cuenta de que hacía rumbo hacia Hao Island. A la medianoche cesaron las turbonadas y brillaron las estrellas. El capitán Davenport se regocijó ante la promesa de un día diáfano.

—Por la mañana tomaré la altura del sol —dijo a McCoy—. Aunque confieso que el calcular la latitud es un rompecabezas. Usaré el método de Sumner para resolverla. ¿Conoce usted la línea de Sumner?

Y la explicó con todo detalle a McCoy.

En efecto, el día amaneció claro y el alisio sopló con la constancia suficiente para permitir al Pyrenees hacer sus buenos nueve nudos. Capitán y segundo determinaron su posición según la línea de Sumner, coincidieron ambos, y al mediodía repitieron la operación para comprobar la de la mañana.

—Veinticuatro horas más y habremos llegado —aseguró el capitán a McCoy—. Es un milagro que la cubierta resista de este modo. Pero no puede durar. Es imposible. Mire usted cómo humea más y más cada día, y eso que cuando salimos de San Francisco estaba recién calafateada. Mire usted...

Calló, quedándose asombrado, contemplando una espiral de humo que serpenteaba y se enroscaba a veinte pies sobre cubierta, resguardada del viento por la mesana.

—¿Cómo diablos ha llegado hasta allí? —preguntó indignado.

Debajo de la espiral no había humo alguno. Probablemente fue un capricho de visibilidad el que la hizo materializar a tal altura, debido al resguardo de la mesana contra el viento. Por fin se disipó, deteniéndose antes un instante sobre el capitán, quien, repuesto de su asombro, prosiguió:

—Como iba diciendo, cuando se inició el fuego y cerramos las escotillas, me sorprendió mucho todo eso. Era una cubierta recién calafateada y sin embargo, se iba como un colador. Desde entonces hemos tenido que calafatear incesantemente. La presión interior ha de ser horrible para filtrar tal cantidad de humo.

Por la tarde el cielo volvió a cubrirse iniciándose un período de lloviznas y turbonadas. El viento fue oscilando entre Sudeste y Nordeste, y a medianoche el Pyrenees recibió el choque de una turbonada del Sudoeste, desde cuyo cuarto el viento soplaba entonces.

—No llegaremos a Hao hasta las diez o las once —dijo Davenport a las siete de la mañana cuando la promesa de un día de sol se había desvanecido, siendo sustituida por una masa de nubes hacia el Este. Y a renglón seguido añadió—: ¿Qué hacen ahora las corrientes?

Los vigías en las cofas no divisaban tierra alguna, y el día pasó entre períodos de calma y violentas turbonadas. Al anochecer empezó a llegar del Este una mar gruesa. El barómetro había bajado a veintinueve cincuenta. No hacía viento y la marejada aumentaba por momentos. Pronto el Pyrenees se vio zarandeado por olas inmensas que se perseguían tumultuosas sin interrupción. Plegaron velas lo más deprisa que ambos cuartos pudieron efectuarlo, y cuando la rendida tripulación hubo terminado, pudo oírse en la oscuridad cómo murmuraban, iracundos y quejosos. En aquel momento los hombres de cuarto fueron requeridos para efectuar una maniobra, y manifestaron abiertamente su irritación y su desvío. Cada movimiento era una protesta y una amenaza. La atmósfera era húmeda y pegajosa, y la falta de aire la hacía casi irrespirable. El sudor corría por sus rostros y brazos desnudos, y por vez primera el capitán Davenport se dejó invadir por una sensación de fatalidad inevitable.

—Hagamos rumbo a Oeste —dijo McCoy—. Así bordearemos el temporal.

Pero el capitán no se dejó convencer, y a la luz de una linterna leyó el capítulo de su *Epítome* relativo a la estrategia de los navegantes en los ciclones tempestuosos. De algún punto del barco llegaba hasta ellos el gimoteo del grumete.

—¡Silencio! —gritó el capitán con una energía que sobresaltó a todos, causando tal terror en el culpable, que lanzó un alarido de pánico—. Señor Konig —dijo con voz que temblaba de ira—, ¿quiere usted ir a proa y tapar la boca de ese granuja con el palo de una escoba?

Pero fue McCoy quien se dirigió a proa, y pronto consiguió tranquilizar al muchacho y hacer que conciliase el sueño.

Poco antes de amanecer, se dejó sentir el primer soplo de viento del Sudeste, convirtiéndose pronto en una fuerte brisa. La tripulación entera estaba sobre cubierta esperando ver lo que el día traía.

—Ahora vamos bien —dijo McCoy—. El huracán está hacia el Oeste y nos hallamos al sur de su marcha. Esta brisa es la resaca. No aumentará. Puede usted largar más velas.

—¿Para qué? ¿Para ir adónde? Es el segundo día sin observaciones, y deberíamos haber dado vista a Hao ayer por la mañana. ¿Dónde está la isla? ¿Al Norte, Sur, Este, Oeste...? Dígamelo usted y haremos rumbo hacia ella enseguida.

—No soy navegante, capitán —dijo McCoy dulcemente.

—Yo creí que lo era —replicó el capitán—, hasta que vine a estas Paumotus.

A mediodía, el grito de «¡Tierra a la vista!» se oyó desde la cofa. El Pyrenees se puso al pairo, recogiendo vela tras vela, haciendo frente a una corriente que amenazaba arrastrarle hacia los escollos. Oficiales y tripulación trabajaban como locos, y hasta McCoy, el cocinero y el grumete ayudaban como podían. Escaparon de milagro. Era una escollera muy baja, sobre la cual las olas rompían incesantemente, en la que un hombre no hubiera podido mantenerse y hasta las aves marinas huían. El Pyrenees pasó a unas cien yardas de ella, hasta que el viento lo alejó del peligro. La tripulación estalló en imprecaciones y maldiciones contra McCoy, que había venido a bordo para proponerles la ida a Mangareva, robándoles la seguridad que les ofrecía Pitcairn y lanzándoles, en cambio, a la destrucción. Pero McCoy no se perturbó. Les sonreía con graciosa benevolencia, y la gran bondad de su alma pareció penetrar de algún modo en las tinieblas de aquella ira de los tripulantes, avergonzándolos y haciendo acallar las maldiciones en sus labios.

—¡Malos parajes, malos parajes! —murmuraba el capitán Davenport.

Pero calló para contemplar la escollera, que debía haber quedado a popa y que aparecía a babor, tomando rápidamente posición hacia barlovento.

Se dejó caer en un asiento, ocultando el rostro entre las manos. Y entonces el oficial y McCoy y la tripulación vieron lo que él había visto. Al sur de la escollera, una corriente del Este les había empujado hacia ella; al Norte, otra corriente se había apoderado del barco y lo llevaba irresistiblemente en su dirección.

—Ya había oído hablar de estas Paumotus antes —dijo Davenport sombríamente—. El capitán Moyendale me había explicado cómo perdió en ellas su barco. Y me reí de él a sus espaldas. ¡Dios me perdone! ¿Cuál es esa escollera? —preguntó a McCoy.

—No lo sé, capitán.

—¿Por qué no lo sabe usted?

—Porque es la primera vez que la veo y porque nunca he oído hablar de ella. Sé que no está en la carta; estas aguas no se han estudiado nunca por completo.

—Entonces, ¿no sabe usted dónde estamos?

—Sé tanto como usted —repuso cortésmente McCoy.

Serían las cuatro de la tarde, cuando los tripulantes descubrieron, a ras del horizonte, la silueta de unos cocoteros que, al parecer, surgían de las aguas. Transcurridos unos momentos, comenzó a levantarse sobre el linde lejano del mar la llamada de un *atoll*.

—Ahora ya sé dónde estamos, capitán —dijo McCoy—. Es la isla de la Resolución. Nos encontramos a cuarenta millas más allá de Hao Island. El viento nos favorece.

—Entonces, rumbo hacia la playa, ¿no es así? ¿Por dónde cae la embocadura?

—¡Oh! Es demasiado estrecha, propia para alguna piragua solamente. Sin embargo, ya sé donde estamos, y a mi entender podríamos hacer rumbo a Barclay de Tolley. Es cuestión de unas ciento treinta millas nada más. Con la brisa que ahora sopla, lograríamos atracar a las nueve de la mañana próxima, hora más o menos.

El capitán Davenport consultó el mapa, refunfuñando y de mal talante.

—Si naufragásemos en estos parajes —añadía mientras tanto McCoy—, habríamos de navegar con los botes hacia Barclay de Tolley. No hay más remedio.

Nuevamente dictó el capitán sus órdenes, y otra vez el Pyrenees emprendió la nueva ruta por aquel mar inhospitalario.

A la mitad del día siguiente, la tripulación estaba francamente amotinada. La corriente había acelerado, el viento flojeaba y el Pyrenees derivaba hacia el Oeste. El vigía divisó Barclay de Tolley hacia el Este, escasamente visible desde el palo mayor, y en vano el capitán trató de acercarse.

De nuevo él y McCoy consultaron la carta. Makemo estaba a setenta y cinco millas al Sudeste. Su laguna tenía treinta millas de longitud y era de una embocadura excelente. Cuando el capitán Davenport dio las oportunas órdenes a la tripulación, ésta se negó a obedecer. Declararon que ya estaban hartos de sentir el fuego del infierno bajo sus pies. Allí había tierra. ¿Qué importaba que el barco no pudiese arribar? Podían alcanzarla en los botes. Si el buque ardía, que ardiese. Sus vidas les eran más preciosas. Hasta entonces habían servido fielmente al capitán, ahora les tocaba el turno a ellos.

Se abalanzaron a los botes, apartando al segundo y tercer oficial, que pretendían impedirlo. El capitán avanzó hacia ellos revólver en mano, cuando McCoy intervino.

Dirigióse a los marineros que, al oír los primeros arrullos de su voz dulce, como de paloma, se pararon a escucharle. Parecía comunicarles su serenidad inefable, su paz quieta que nada podía conturbar. La voz meliflua, los pensamientos sencillos, manaban en mágicos efluvios y, derramándose sobre el alma de los marineros, les apaciguaba, aun contra la voluntad de todos. Evocaban el recuerdo de lejanas añoranzas, las canciones rumorosas de la cuna, suaves como susurros de tórtolas, el sueño de la infancia, el gozo del reposo en brazos de la madre a la hora sosegada del atardecer... Ya no existían en el mundo ni fatigas, ni penas, ni peligros. Todas las cosas eran como debían ser. Por eso no había duda de que, volviendo las espaldas a la tierra vecina, deberían afrontar una vez más el mar, aun cuando un infierno de llamas ardiera bajo sus pies.

McCoy hablaba con sencillez, casi con simplicidad. Había en su persona, más bien que en sus palabras, una elocuencia sugestiva que ningún vocablo podría contener ni transmitir. Era, por así decirlo, una alquimia espiritual, sutil, oculta, honda; una misteriosa emanación del alma, seductora, humilde por la dulzura, imperiosa por la terrible energía que en ella palpitaba. Como si de súbito iluminara las criptas tenebrosas de sus almas, los marineros obedecían al impulso de aquella voz pura, suave, gentil, con mayor humildad y sumisión que si se tratara de los revólveres brillantes de la oficialidad.

La tripulación vaciló, y los que habían empezado a descolgar los botes de sus pescantes los volvieron a su sitio. Y uno a uno, vencidos, fueron reintegrándose a sus puestos.

—Los ha hipnotizado usted —dijo el señor Konig en voz baja.

—Son buenos —fue la respuesta—. Sus corazones son nobles. Han sufrido mucho y han trabajado con exceso, pero seguirán trabajando hasta el final.

El señor Konig no tuvo tiempo de contestar. Estaba dando órdenes, la tripulación hallábase encaramada en la arboladura y el Pyrenees viraba lentamente hasta tener la proa en dirección a Makemo.

El viento era muy ligero y al atardecer casi cesó por completo. Resultaba insoportable la temperatura, y en vano procuraban los rendidos marineros conciliar el sueño. La cubierta estaba tan caliente que era imposible tenderse sobre ella; los fétidos vapores que filtraban del sollado se extendían por todo el barco como malos espíritus, haciendo toser y estornudar sin cesar. Las estrellas titilaban en la bóveda celeste y la luna llena prestaba un fantástico aspecto a las espirales de humo que serpenteaban por cubierta, se enroscaban por la arboladura y cubrían las bordas.

—¿Querría usted decirme lo que fue de la tripulación del Bounty después de que llegaron a Pitcairn? —preguntó el capitán, restregándose con el dorso de la mano los párpados escocidos—. Según la narración que yo he leído, parece ser que los tripulantes habían quemado el Bounty y que tardaron algunos años en ser descubiertos. ¿Sabe usted lo que sucedió mientras tanto? Siempre tuve curiosidad por averiguarlo. Creo que entre ellos había algunos indígenas y también algunas mujeres, que debieron ser el nudo de la discordia, ¿no es así? Creo, además, que eran gente de armas tomar.

—Sí hubo, hubo discordias —repuso McCoy—. ¡Muy mala gente! No tardaron en reñir por un quítame allá la mujer. Dicen que uno de los amotinados, un tal Williams, perdió a su mujer. Todas las hembras eran tahitianas, ¿sabe? Se le cayó la mujer, cuando iba a la caza de pájaros, desde el roquedal de un acantilado. Entonces, Williams arrambló con la hembra de un indígena. Se alborotaron éstos y, enfurecidos, pasaron a cuchillo a todos los blancos que pudieron hallar. Luego, algunos que salvaron la pelleja cayeron sobre los indígenas y los degollaron. Las mujeres ayudaron a esta matanza general. Todos andaban siempre a la zarpa, ¿sabe? Ya le digo que eran muy mala gente. A Timiti le asesinaron otros dos indígenas cuando los tres estaban peinándose amistosamente las greñas. Los hombres blancos les habían mandado que tal hicieran; luego, estos mismos mataron a los dos indígenas. La mujer de Tullaloo degolló en una caverna al rufián de su marido, porque la buena mujer quería maridarse con un hombre blanco. Ya le digo que eran muy mala gente: unos perdidos a quienes Dios había dejado de su santa mano. Al cabo de dos años no quedaba ni un solo indígena y no más de cuatro blancos. Éstos eran Young, John Adams, mi bisabuelo McCoy y Quintal. Éste también tenía malas entrañas; un día dicen que le arrancó la oreja de un mordisco a una de sus mujeres porque no le había cogido suficiente pesca.

—¡Caramba! ¡Vaya unas fieras! —exclamó el señor Konig.

—Sí, ya le he dicho que estaban dejados de la mano de Dios —asintió McCoy, y prosiguió relatando la lujuria sangrienta de sus antepasados, siempre con voz serena y acariciadora—. Mi tatarabuelo se salvó de la inmolación, para morir luego a sus mismas manos. Con las raíces del árbol ti fabricó una bebida alcoholizante. Quintal era su camarada en estos menesteres. En resumen, McCoy atrapó un *delirium tremens*, se ató una soga al cuello, un peñasco a la soga y se lanzó de cabeza al mar. La mujer de Quintal, la misma a quien le había mordido la oreja, se desplomó también de los acantilados. Entonces Quintal se acercó a Young y le pidió a la mujer, fue en busca de Adams y le exigió la suya... Adams y Young le temían. Y como no ignoraban que intentaría asesinarlos, se anticiparon a los pensamientos de Quintal y de mutuo acuerdo le cortaron de un hachazo el hilo de la vida. Más tarde falleció Young, y con él terminaron las discordias.

—Naturalmente —comentó bromeando el capitán Davenport—. ¡Si no quedaba nadie a quien asesinar!

—Ya ven ustedes cómo es verdad lo que digo: Dios le había dejado de su santa mano —repuso dulcemente McCoy.

Cuentos de los Mares del Sur

Al amanecer comenzó a soplar hacia el Este un viento suave, incapaz de arrastrarles hacia el Sur de un modo apreciable. El capitán gruñía, paseando a grandes zancadas por la pista de babor. Le aterrorizaba aquella corriente que de tantos puertos de refugio le alejara.

Continuó la calma día y noche. Los marineros refunfuñaban contra la insuficiente ración de banana. Sentíanse débiles, agotados, dolorido el estómago por aquella dieta rígida. La corriente de agua arrastraba el Pyrenees hacia Poniente. El viento dormido, en tanto, no les prestaba ni una sola ráfaga donde las velas se agarrasen para avanzar hacia el Sur. Divisáronse a lo lejos las siluetas de unos cocoteros que alzaban sobre la superficie azul del mar sus cabezas empenachadas anunciando la llanada de un *atoll*.

—Es la isla de Taenga —dijo McCoy—. Es preciso que esta noche sople el viento. Si no, perderemos también el refugio de Makemo.

—Pero, ¿qué se ha hecho del alisio Sudeste? —preguntaba el capitán—. ¿Cómo es que no sopla? ¿A qué obedece?

—Sí; es la evaporación de las grandes lagunas. ¡Hay tantas...! A veces hacen que el viento retroceda y hasta provocan rachas y ciclones hacia el Sudoeste. No olvide, capitán, que estamos en el archipiélago de Nuestros Peligros.

El capitán Davenport contempló el rostro del anciano, abrió la boca y estuvo en un tris de lanzar una blasfemia, pero se contuvo. La presencia de McCoy parecía reprobar aquellas palabrotas que hormigueaban en el cerebro del capitán y se estremecían, prontas a estallar en su garganta. La influencia de McCoy se había ido acrecentando por momentos durante aquellos días de convivencia. El capitán Davenport, que era un autócrata de los mares, que a nadie temía, que jamás refrenara su lengua, sentíase ahora incapaz de maldecir en presencia de aquel anciano de voz dulzona y de oscuros ojos femeninos. Y aquel anciano era tan sólo un descendiente de McCoy, el amotinado del Bounty, huido de Inglaterra para eludir la soga del ahorcado; de McCoy, el poderoso malvado que había vivido durante aquellos días de sangre, de lujuria y de muerte en las islas de Pitcairn.

Aun cuando el capitán Davenport no fuese hombre religioso, sintió que una ola de emoción le impulsaba a caer de rodillas ante los pies del anciano y de pronunciar una plegaria, no sabía cuál. No era un pensamiento coherente, no; era más bien un sentimiento profundo, irresistible, arrollador, que le revelaba su indignidad propia, su propia pequeñez ante aquel hombre viejo que poseía el don de la sencillez infantil y la gracia de una exquisita dulzura femenina.

Claro está que el capitán no podía rebajarse a los ojos de la oficialidad y de los tripulantes. Aún temblaba en su garganta la ira que impulsó la blasfemia que no había pronunciado. De repente comenzó a dar puñetazos contra la cabina y se puso a gritar:

—Perdóname, anciano, pero no puedo contenerme. Estas Paumotus se han burlado de mí, me han engañado, me hacen enloquecer. Pero no, ¡vive Dios, que no han de poder más que yo! Navegaremos con el barco, boga que boga, aun cuando hayamos de cruzar el mar desde las Paumotus hasta China; pero daré con una playa donde encallar el casco. Aun cuando todos me abandonen, yo seguiré a bordo. Las Paumotus no se han de burlar de mí. ¡Vive Dios, que no! ¿Me oyes?

—Sí, hijo mío, sí —repuso McCoy—. Y yo permaneceré hasta el fin a vuestro lado.

Durante la noche alentaban las brisas del Sur, leves y engañosas. El capitán, frenético, con su cargamento de fuego, medía y observaba la corriente del mar, que arrastraba la nave hacia el Oeste, y a veces, a hurtadillas, donde McCoy no pudiese oírle, lanzaba en voz baja alguna que otra dulcificada blasfemia.

La luz del alba dejó ver hacia el Sur nuevos palmerales que surgían de las aguas.

—Es la punta de sotavento de Makemo —dijo McCoy—. Unas pocas millas al Oeste, está Katiu. Allí podríamos atracar.

Pero la corriente absorbedora que avanzaba entre las islas arrastró el barco hacia el Nordeste y los marinos vieron aparecer y sumergirse de nuevo en el horizonte los palmerales empenachados de Katiu. Era la una del día.

Algunos minutos más tarde, cuando el capitán descubría que otra corriente Nordeste había atrapado entre sus zarpas al Pyrenees, el vigía anunció a gritos la aparición de otros palmerales al Noroeste.

—Será Raraka —dijo McCoy—. No podremos llegar si no nos ayuda el viento. La corriente nos lleva en dirección opuesta. Estemos alerta, sin embargo, porque dentro de algunas millas, la corriente gira hacia el Noroeste. Esto pudiera alejarnos de Fakarava, que es el lugar apropiado para atracar.

—Que pase lo que quiera —asintió tozudo el capitán—. En algún sitio habremos de dar con el atracadero, sea donde fuere. Lo mismo da.

Pero la situación en el Pyrenees llegaba a un punto culminante. La temperatura aumentaba de modo alarmante, haciendo pensar que algunos grados más causarían un desarrollo de la conflagración. En diversos puntos, las fuertes suelas de los zapatones de los marineros ya no les servían de protección alguna, teniendo que saltar de un sitio a otro. El humo había aumentado, haciéndose más acre, causando inflamaciones en los ojos y una tos seca y continua en todos. Por la tarde se bornearon los botes, equipándolos. En ellos almacenaron los últimos hatos de bananas secas y los utensilios de los oficiales. El capitán Davenport puso hasta el cronómetro en uno de los botes, temiendo que de un momento a otro hiciese explosión la cubierta.

Durante toda la noche estuvieron en esta tensión de ánimo, y a los primeros albores del nuevo día se miraron unos a otros: rostros desencajados, trágicos, como sorprendidos de que el Pyrenees aún resistiese y de estar aún con vida.

Rápidamente, a veces casi saltando, el capitán Davenport recorrió la cubierta de su barco, inspeccionándola.

—Es cuestión de horas —dijo—, si no lo es de minutos.

De la cofa del palo mayor llegó hasta ellos el grito de «¡Tierra!». Era aún invisible desde cubierta, y McCoy trepó al palo, mientras el capitán aprovechaba la ocasión para desahogar la amargura de su corazón en unas cuantas imprecaciones. Pero éstas cesaron pronto al distinguir hacia el Nordeste una línea oscura sobre las aguas. No era una turbonada, sino los alisios, fuera de su ordinario curso, unos ocho grados más allá de lo que debían estar, pero al fin allí, cumpliendo con su deber.

—Aguante, capitán, aguante —dijo McCoy al regresar a popa—. Es el punto más al este de Fakarava, y podremos cruzar el pasaje a toda vela con el viento en popa.

Una hora más tarde, los cocoteros y las palmeras se veían a simple vista desde el barco. La sensación de que el final estaba próximo pesaba sobre todos. El capitán Davenport hizo descolgar tres botes, situándolos a popa al cargo de un hombre en cada uno, para que los mantuviesen separados. El Pyrenees bordeó la costa a dos cables de distancia escasos de los arrecifes.

—Prepárese a virar, capitán —avisó McCoy.

Y un minuto después, entre los escollos, apareció un pasaje o embocadura, tras de la cual la laguna se extendía como un gran espejo treinta millas de largo y un tercio de ancho.

—¡Ahora, capitán!

Por la última vez el Pyrenees obedeció al timón, enfilando el pasadizo. Apenas lo había efectuado, cuando sin razón aparente la tripulación, abandonando su puesto, se precipitó a popa presa de loco terror. No había pasado nada, y sin embargo, tenían la seguridad de que estaba a punto de pasar. No podían decir por qué, pero lo sabían. Cuando McCoy se adelantó hacia proa a fin de ir dando instrucciones para el pilotaje, el capitán le detuvo.

—Hágalo desde aquí —le dijo—; sobre cubierta no estaría seguro. Pero... ¿Qué pasa? ¡No avanzamos!

McCoy sonrió.

—Pasa que tenemos en contra una corriente de siete nudos, por ser marea baja.

Después de una hora, el Pyrenees había escasamente conseguido avanzar su propia longitud, pero el viento refrescó y empezó a ganar terreno.

—Mejor será que algunos de vosotros paséis a los botes —dijo el capitán Davenport.

Aún sonaba el eco de su voz y la tripulación se disponía a ejecutar su orden, cuando la parte central de cubierta hizo explosión entre una inmensa llamarada, siendo la salvación de los hombres el que el viento viniese de popa.

Abalanzáronse todos hacia los botes, arrastrados por ciego impulso; pero la voz serena y dulce de McCoy les detuvo como si les transmitiera un mensaje de calma inacabable, de tiempo infinito...

—Tomad las cosas con tranquilidad —les decía—. Todo marcha a las mil maravillas. Que alguien ocupe el lugar del timonel.

Porque el timonel había desertado de su puesto. El capitán Davenport se adelantó de un salto, asióse a la rueda y estuvo en un tris de no poder impedir que el barco se alejara de la playa, absorbido por el arrastre de la corriente.

—Cuidad de los botes —dijo al señor Konig—. Remolcad uno de ellos hacia la cuadra de popa... Cuando haya de abandonar el buque, espero encontrar el bote en su sitio.

El señor Konig estuvo indeciso un momento, luego cruzó por encima de la barandilla y se dejó caer en la lancha. Toda la tripulación se apiñaba encima de los botes. El capitán Davenport estaba emocionado. Sentía tal vez el sobresalto de encontrarse a solas en el buque ardiente.

El Pyrenees era un horno encendido, llameante, sofocador. Exhalaba de su interior una masa enorme de humo compacto, que, remontándose por encima de los mástiles, envolvía en densas nubes toda la embarcación.

Al abrigo de las jarcias de mesana, McCoy continuaba tranquilamente cumpliendo la difícil tarea de conducir el buque por el canal intrincado. El fuego cundía y las llamas avanzaban como si, partiendo del lugar de la explosión, se arrastrasen por la cubierta en todas direcciones. Las velas del palo mayor se convirtieron en una torre de coruscantes llamaradas, extinguidas de súbito como si se disolvieran en el aire. Aun cuando la humareda cubría toda la proa, McCoy y el capitán sabían que las velas del palo delantero continuaban tirando del buque.

—¡Con tal de que no se prenda todo el velamen, antes de que logremos atracar en el puerto...! —gruñía el capitán.

—Atracaremos —afirmó rotundamente McCoy, con acento confiado—. Hay tiempo de sobra. Vamos viento en popa. Una vez en el puerto, el viento mismo nos librará del humo e impedirá que el fuego se propague hacia popa. Todo marcha a pedir de boca.

Una lengua de fuego se alargó entonces hasta el palo de mesana, como si buscara ansiosamente las velas inferiores. Luego se desvaneció, desleída en el aire, sin haber producido ningún daño.

Surgiendo de entre la torre de humo, desprendiéronse desde lo alto unos jirones encendidos, que vinieron a desplomarse sobre la espalda del capitán Davenport. Como quien siente el aguijón de una abeja, así el capitán dio una sacudida para quitarse de encima el ascua de fuego.

—¿Qué rumbo toma, capitán?

—Noroeste, por el Oeste.

—Pues orientadlo más a Poniente.

—Ya está.

—Ahora rumbo al Oeste.

El capitán, asido a la rueda del timón, obedecía las indicaciones de McCoy. Y así fue cómo el Pyrenees penetró en la laguna, describió una circunferencia y orientóse de nuevo viento en popa. McCoy dictaba, uno tras otro, los cambios de rumbo necesarios, serenamente, con la calma y seguridad de quien tiene un millar de años por delante.

—Otro rumbo más, capitán.

—Ya está.

El capitán Davenport hizo girar la rueda del timón, asida firmemente entre sus manos.

—Ahora mantened fijo el rumbo.

—Fijo. Adelante.

Aun cuando el viento desviaba las llamas hacia proa, era tan intenso el calor asfixiante, que el capitán Davenport hubo de apartar más de una vez la vista de la bitácora, y hasta tuvo que abandonar de cuando en cuando la rueda del timón para restregarse el escozor de las mejillas.

A McCoy se le rizaban las barbas, tostadas. El tufo del pelo quemado era tan fuerte, que el capitán se volvía de cuando en cuando para contemplarle con súbita inquietud, y mientras tanto, apartando las manos de la rueda, frotaba las palmas escocidas contra los pantalones. Una tras otra, las velas de mesana fueron desvaneciéndose en el aire en una floración de llamas. Los dos hombres tenían que agazaparse para proteger el rostro contra el fuego.

—Ahora —dijo McCoy, lanzando una mirada hacia la playa—. Ahora cuatro rumbos al Norte y dejad ir el buque a placer.

Llovían sobre los dos hombres trozos de maroma y jirones de lienzo encendido. El humo picante de una cuerda que ardía a los mismos pies del capitán le hizo prorrumpir en un acceso violento de tos, sin que por eso abandonara ni un instante los ejes de la rueda, atenazados entre sus manos crispadas.

El Pyrenees embarrancó; alzóse la quilla suavemente. Al choque desprendióse una lluvia de ardientes fragmentos y chispas. El barco dio un nuevo empuje hacia adelante, y el coral frágil, rasgado por la quilla, crujió con un chillido prolongado.

—Firme y avante —dijo McCoy.

Transcurrió un minuto de silencio. Luego preguntó con bondadosa y suave palabra:

—¿Firme y avante?

—No quiero obedecer —repuso el capitán.

—Bien está. El barco se bornea de por sí —añadía McCoy, mirando a la playa—. La arena es blanca y fina. No podíamos desear nada mejor. Es un barco magnífico.

El Pyrenees giraba lentamente, balanceándose. El viento lanzó sobre los hombres una bocanada de humo y fuego. El capitán abandonó el timón, presa de sofocante agonía, y se abalanzó hacia el bote que a popa les aguardaba; pero reparó de pronto en McCoy que, desviándose a un lado, le dejaba pasar delante.

—Usted primero.

—No; primero usted —gritó el capitán, agarrándole con tal fuerza por el hombro, que a poco más le hace rodar sobre la borda.

Pero las llamas y el humo no permitían ya semejantes cortesías. Los dos hombres saltaron por encima de la barandilla y se dejaron resbalar a lo largo de la maroma hasta el bote acogedor. Un marinero, sin aguardar órdenes de nadie, rasgó la cuerda de un navajazo, hincáronse los remos en el agua y el bote salió disparado.

—Es un barco magnífico, capitán —murmuraba McCoy mirando hacia atrás.

—Sí, sí, muy hermoso; pero gracias a usted...

Los tres botes, donde se hacinaban todos los tripulantes, bogaron hacia la playa blanca de coral molido por el oleaje de siglos. Tierra adentro, cabe los esbeltos troncos de unos cocoteros, una veintena de negros contemplaban boquiabiertos y asombrados el barco de fuego que se había presentado en sus playas.

Atracaron los botes, pusieron pie en tierra todos los tripulantes y, mientras tanto, McCoy decía con dulzura inalterable al capitán:

—Y ahora veremos cómo me las compongo para volver a Pitcairn.

EL *SHERIFF* DE KONA

—No podrá usted por menos de quedar prendado del clima —observó Cudworth en contestación a los encomios que la contemplación de las costas de Kona me arrancara—. Era yo un mozalbete, recién salido del colegio, cuando vine aquí por primera vez, hace ya dieciocho años, y no las he abandonado desde entonces, de no ser para alguna que otra breve visita. Se lo aviso por si de algo sirviera mi advertencia: no permanezcáis aquí mucho tiempo si amáis algún agradable rincón de la tierra, porque las costas de Kona le parecerán mil veces más deliciosas y amables.

Acabábamos de tomar la cena, que nos sirvieron en el amplio *lanai,* a manera de abierta terraza, expuesta al relente de la noche, si es que puede hablarse de relente en tan delicioso clima.

Habían sido apagadas las luces. El ágil mozo japonés, vestido de blanco, se deslizaba como una sombra espiritual entre el mar de plata del claro de luna. Acercóse a nosotros y, después de ofrecernos algunos cigarros, volvió a esfumarse en las tinieblas del bungaló. A través del gran harnero de guineos y árboles de *lehua* contemplábamos a lo lejos algunas extensiones de mar tranquilo, entre los claros que dejaban los espesos matorrales de guayabos. Aún no había transcurrido una semana desde que desembarqué del menudo vapor costero que a Kona me condujera, y durante todos aquellos días transcurridos en compañía de Cudworth, ni un leve soplo de viento alborotó la tersa superficie del mar inmaculado. Únicamente habían alentado suaves brisas, céfiros gentiles y alados de los más agradables que pudieran aletear en los veranos isleños. Y más que vientos parecían suspiros... largos suspiros embalsamados de un mundo de quietud y serenidad.

—Es el país del loto —dije.

—Sí. Donde todos los días se asemejan entre sí; donde cada día parece el paraíso de los días —repuso—. Nunca ocurre nada extraordinario. Ni hace excesivo calor, ni se padece demasiado frío.

Siempre el clima permanece en el justo medio de la templanza. ¿Habrá reparado tal vez en cómo la tierra y el mar se devuelven periódicamente el aliento de sus brisas?

Yo había echado de ver, en efecto, aquella respiración deliciosa, rítmica, de mar y tierra. Todas las mañanas había sentido la brisa marina, que comenzaba a soplar en la linde de la playa y, extendiéndose lenta y suavemente sobre el mar, rociaba sobre la tierra bocanadas de ozono, tibias, blandas, sutiles. Jugueteaba sobre las aguas, rozando la superficie tersa del mar, ora cambiante y agitada, ora quieta y dormida, siempre pródiga en juguetones y caprichosos besos de aire. Y al atardecer, iba aletargándose la brisa marina, hasta reposar en celeste serenidad, mientras comenzaba a percibirse el susurro de la brisa del campo que suavemente caminaba sobre los árboles de café y enramadas de mímulos.

—Es éste el país de la calma eterna —dije—. ¿Hace aquí viento alguna vez, verdadero viento? ¿Sabe lo que quiero decir?

Cudworth engrameó la cabeza y, señalando hacia Oriente, dijo:

—¿Cómo es posible que sople viento alguno, teniendo como tenemos aquella barrera gigantesca?

Erguíanse a lo lejos, como enormes torres, las masas corpulentas del Mauna Kea y del Mauna Loa, que parecían cubrir la mitad del cielo estrellado y levantaban a tres mil metros de altura por encima de las nuestras sus frentes blancas, coronadas aún con el manto de nieve que el sol de los trópicos no había podido derretir.

—Estoy seguro de que a cincuenta kilómetros más allá sopla en estos mismos instantes un ciclón de a sesenta por hora.

Sonreí, un tanto incrédulo. Cudworth se acercó hacia el teléfono del *lanai,* llamó sucesivamente a las centrales de Waimea, Kohala y Hamakua. Las entrecortadas frases de su conversación me confirmaron sus sospechas:

—Un viento que corta, ¿eh...? ¿Cuánto tiempo hace...? ¿Una sola semana...? ¡Hola, Abe...! ¿Es usted...? Sí, sí, diga... Plante, plante café en la costa de Hamakua... ¡Puede usted colgar su paraviento...! ¡Adiós mis árboles...!

—Está soplando un huracán —añadió, regresando a mi lado, después de colgar en la alcayata el aparato receptor del teléfono—. Suelo gastarle algunas bromas a mi amigo Abe sobre sus plantaciones de café. Tendrá sus dos mil y pico de hanegadas en cultivo, y puede creerme que hace maravillas para salvarlas del ciclón. No me cabe en la cabeza cómo se las pueda componer para que no se le desarraiguen los árboles. Nunca para el viento por el lado de Hamakua. A su vez, informan desde Kohala que una goleta acaba de estrellarse contra los arrecifes que bordean el canal de Hawai y Maui.

—Increíble parece —me atreví a objetar débilmente—. ¿No ocurre de cuando en cuando que alguna vaharada del ciclón, siquiera sea leve, descienda hasta nuestras costas, ya por medio de algún remolino u otra circunstancia anormal?

—Ni una vaharada. Nuestras brisas se forman al lado de acá del Mauna Kea y del Mauna Loa. Ya lo sabe; la tierra irradia el calor más presto que el mar, y por eso, durante la noche, la tierra envía su aliento hacia el mar. Durante el día, el campo se vuelve más cálido, y entonces la brisa vuelve del mar a la tierra... ¡Escuche! Comienza a sentirse el rumor de la brisa del campo; llega el aire de la montaña...

Anunciaba su advenimiento con rumores apagados al rozar dulcemente los árboles de café, al agitar los macizos de mímulos o al deslizarse como un suspiro alado por entre los cañaverales de azúcar. Aún reinaba el silencio en nuestro *lanai*. De súbito, sentimos el primer soplo del aire montanero, sutil, embalsamado, fragante y rezumando ambrosía y suave frescor; un frescor delicioso, sedeño, dulce, como sólo el aire montanero de Kona puede serlo.

—¿Se maravilla usted ahora de que me enamoraran las playas de Kona cuando las pisé por vez primera, hace dieciocho años...? Hoy me sería imposible abandonarlas. Pienso que me moriría si tal ocurriera. Sería terrible.

Hizo una pausa. Quedóse pensativo unos instantes y luego prosiguió diciendo:

—Pues aún hubo un hombre más enamorado que yo de estas playas; porque el mar de Kona le arrulló su primer sueño. Era mi mejor amigo, mi mejor hermano y más que hermano. Pero, ¡ay!, un día hubo de abandonar estos lugares, y no le costó la vida, sin embargo.

—¿Motivos de amor? —pregunté, intrigado—. ¿Alguna mujer acaso...?

Cudworth hizo con la cabeza un signo de negación.

—No regresará jamás, aun cuando su corazón permanecerá en Kona hasta el día de la muerte.

Hizo una pausa nuevamente y sus ojos se posaron sobre las luces titilantes de Kailua. Yo fumaba en silencio, esperando a que prosiguiera.

—Tenía relaciones amorosas... con su mujer. Tuvieron tres hijos, y los amaba con pasión. Ahora viven todos en Honolulú. El niño asiste al colegio.

—¿Acaso hizo alguna cosa poco meditada, tal vez se dejó llevar de algún arrebato? —pregunté al cabo de unos instantes, curioso e impaciente.

Mi amigo engrameó la cabeza de nuevo:

—Ni fue acusado de crimen alguno, ni podría culpársele de nada delictivo. Era el *sheriff* de Kona.

—Amigo mío, goza usted en dejarme perplejo con sus paradojas.

—Así parece a primera vista, y esto es lo más horrible de todo.

Me miró de hito en hito durante breves instantes, guardando silencio. Luego, de súbito, comenzó a narrarme la historia como a continuación se relata:

—Era un leproso. No de nacimiento, porque nadie nace con tal estigma. Cayó sobre él como una maldición. Aquel hombre..., pero esto no importa para lo que os voy a contar. Se llamaba Lyte Gregory. Descendía de la pura y sincera estirpe americana; pero la contextura y armazón de su corpulenta figura recordaba más bien a los caciques indígenas del antiguo Hawai. Tendría sus seis pies de estatura, o sea alrededor de un metro ochenta, y no pesaba menos de cien kilos, de carne recia, todo hueso y fibra. Nunca he visto ni espero ver hombre de más fuerte contextura. Parecía un atleta antiguo, un gigante fabuloso, un dios de los mitos olvidados. Era mi mejor amigo, y mi amistad me dio ocasión de descubrir en él un alma tan grande y hermosa como su cuerpo.

No sé qué habría hecho usted en mi caso, viendo cómo su amigo y hermano se resbalaba al borde del precipicio, sin que usted pudiera evitarlo humanamente. Tal era mi situación; yo nada podía hacer; veía asomar, cernirse sobre su frente, la tragedia. Allí estaba, encima de sus ojos, la huella macabra, incontestable, cruel. Nadie la había distinguido; sólo yo que le amaba supe descubrirla. No quería dar crédito al testimonio de mis sentidos. Era demasiado terrible para creerlo. Y, sin embargo, allí estaba la bestia asomándose por aquella hinchazón de los lóbulos de la oreja, aquella hinchazón leve, casi imperceptible. Y así transcurrieron algunos meses. Luego, desesperando de toda esperanza, descubrí en la piel, por encima de las cejas, un leve oscurecimiento como si fuera un toque ligero de sol. Lo hubiera tomado por solanera, de no ser por el lustre casi imperceptible, como lejana lucecita que se desvaneciera aún no bien percibida. Yo quería convencerme, en vano, de que tenía la frente tostada del sol. Repito que nadie más que yo se daba cuenta de todas estas cosas, y aun yo mismo, viendo cómo se acercaba el estigma horroroso, la maldición inevitable, quería engañarme y rehusaba pensar en el porvenir. Tenía miedo, me sentía impotente, vencido, y más de una noche lloré y clamé contra el Destino.

Era mi amigo, mi verdadero amigo. Juntos pescamos tiburones en Niihau; juntos perseguimos a los rebaños salvajes de Mauna Kea y Mauna Loa, domamos potros, pusimos la marca a los novillos bravos en las dehesas Carter y unidos cazábamos a las cabras montaraces por los desfiladeros de Haleakala. Él me enseñó a zambullirme y nadar, hasta que llegué a ser casi tan diestro como él en ambas habilidades, y él lo era más que cualquier *kanaka* o indígena. Más de una vez lo vi zambullirse a quince brazas de profundidad y permanecer sumergido durante dos minutos.

Tan montañés como marino, era capaz de encaramarse por donde las más atrevidas cabras no osaran. No tenía miedo a nada ni a nadie. Cuando el naufragio del Luga, estuvo nadando treinta y seis horas seguidas por un mar alborotado y proceloso, hasta recorrer las treinta millas que le separaban de la playa. Era capaz de abrirse camino por entre las aguas precipitadas de los rompientes, que hubieran dejado hecho papilla a cualquier mortal como nosotros. Era enorme, glorioso como un hombre divino. Juntos pasamos la época de la Revolución y ambos fuimos románticos realistas. Dos veces le hirieron y sentenciaron a muerte; pero era sin duda demasiado hombre para que los republicanos le asesinaran. Se reía de ellos. Más tarde le honraron con el cargo de *sheriff* de Kona.

Era ingenuo, simple como un niño eterno. No cabían en su cerebro ni intrincadas concepciones ni laberínticos procesos mentales. Siempre iba derecho al fin, y sus fines nunca dejaron de ser sencillos y transparentes. Su temperamento sanguíneo le hacía el hombre más confiado, satisfecho y feliz de cuantos he conocido. Estaba contento con lo que la vida le concediera, y nada pedía ni se quejaba de cosa alguna. La vida no tenía con él deudas ni atrasos;

todo se lo pagó contante y por anticipado. ¿Qué más podía desear que su magnífica figura, su constitución de acero, su inmunidad innata contra todo género de enfermedades corrientes y su alma sana, robusta y llena? En cuanto a lo físico, era aquel amigo mío la misma perfección. En la vida sufrió las molestias de un dolor de cabeza, ni supo nunca lo que fuese una enfermedad. A veces, cuando me veía presa de tales padecimientos, solía asombrarse de que existieran. Los torpes gestos de incomprendida tristeza con que quisiera compartir mis dolencias me hacían reír por lo desmañados e impropios. No comprendía lo que fuese un dolor de cabeza; no podía comprenderlo.

No es de extrañar su temperamento confiado y optimista, gozando como gozaba de aquella tremenda vitalidad y salud increíble.

Voy a relataros un caso de su vida, para que comprendáis hasta dónde llegaban la fe que tenía en su gloriosa estrella y los sobrados motivos para tan firme certidumbre. Era todavía un mozuelo y acabábamos de hacer amistad, cuando en cierta ocasión se puso a jugar una partida de naipes en Wailuku. Actuaba de banquero cierto alemanote llamado Schultz, a quien la suerte favorecía como si tuviera el santo de cara. Ufanábase a gritos de su fortuna, acompañando cada nuevo triunfo con insoportables risotadas, cuando a Lyte Gregory se le ocurrió tomar parte en el juego. Schultz fue desplumando uno por uno a todos los jugadores, hasta quedarse a solas con mi amigo. Jugaban a las siete y media. Las apuestas eran crecidas. Repartió Schultz las cartas. Lyte Gregory se plantó a la primera. Schultz alzó la suya, el cinco de espadas. Echó una más y eran cinco y media. Creyendo que Lyte Gregory, a juzgar por la decisión con que se había plantado tendría un siete o cuando menos un seis, el alemán echó una nueva carta, que resultó ser excesivamente alta. Lyte Gregory descubrió la suya: era... ¡el rey de bastos! Tomó entonces las cartas entre sus manos, barajó y repartió una para Schultz y otra para sí. El alemán, que había puesto alto, pidió una carta; le dieron un siete y se plantó. Había hecho siete y media. Gregory descubrió la suya. Era un cinco. Echó tres cartas seguidas, las tres eran figuras, que con la anterior sumaban seis y media. Gregory tenía confianza absoluta en su suerte; echó una carta más, figura también..., y luego otra... y eran siete y media. El alemán escupió una blasfemia y dobló la apuesta. Todo fue inútil. Parecía o que Gregory conocía el juego a las mil maravillas o que colocaba las cartas a su gusto y placer. Ni una ni otra cosa; lo único cierto era la fe absoluta en su buena estrella, que resultaba ser digna de tanta certidumbre. En una ocasión sacó mi amigo, carta tras carta, tres ases y las nueve figuras, con todo lo cual completó las siete y media más fantástico que pudiera imaginarse. En resumen, el alemán tuvo que marcharse después de mucho vociferar y maldecir a voz en cuello, acalorado y con los bolsillos vacíos.

—¿Pero tú sabes que has jugado a tontas y a locas? —le pregunté después de terminada la partida.

—¡Bah! Ni sé cómo he jugado, ni sé cómo se juega; lo único que sé es que había de ganar. Yo hubiera sido el primer sorprendido si aquellas nueve figuras no hubiesen salido una tras de otra para completar las últimas siete y media.

Y así eran todas las cosas de Lyte Gregory. Esto le servirá para comprender su optimismo colosal. Donde ponía la mano, brotaban como por ensalmo el éxito y la prosperidad; en el incidente que os he relatado, como en otros cien de su vida, su buena estrella se mostró digna de la fe que Gregory en ella depositara. Por eso nada temía, ni creía que nada malo pudiera acontecerle, porque sólo cosas buenas le ocurrieron durante toda la vida. Cuando el naufragio del *Luga*, hubo de nadar durante dos noches y un día; pero en tan largas horas de ansiedad, jamás perdió la esperanza ni dudó un momento del feliz desenlace. Sabía, estaba seguro de llegar a poner pie en la playa lejana. Así me lo aseguró después, y estoy convencido de que me dijo la verdad.

Ya sabe qué clase de hombre era mi amigo Lyte Gregory. No parecía de la misma pasta que nosotros, los demás mortales, quejumbrosos, enfermizos y llenos de alifafes. Él, por el contrario, semejaba un ser superior y señorial, a quien no osaban mancillar las vulgares enfermedades y desdichas. Conseguía cuanto deseaba. Le bastaba quererlo. Quiso conquistar a su esposa (una de las Caruthers, linda y menudita), y fue suya, a pesar de una docena de apuestos rivales que se la disputaron. Deseó un hijo, y lo tuvo. Quiso después una niña y otro muchacho, y sus anhelos quedaron colmados. Todos sus hijos eran espléndidos y robustos, sin mácula, tara ni defecto; sus pechos combos como barrilitos, cual si hubieran heredado toda la salud y fortaleza del padre.

Y luego vino el desenlace. La marca del gran monstruo se había posado sobre su frente. Durante todo un año me tocó contemplarlo, con el corazón rasgado de amargura. Ni él reparaba en nada, ni los demás lo imaginaban siquiera. Sólo aquel maldito *hapa-haole* o mestizo Stephen Kaluna lo sabía. Yo ignoraba, sin embargo, que lo supiese. Tampoco le pasó inadvertido al doctor Strowbridge, médico federal, que había desarrollado la cualidad de sorprender al misterioso monstruo de la lepra. Una de sus ocupaciones consistía en examinar a los sospechosos y ordenar su traslado al lazareto de Honolulú. El mestizo Stephen Kaluna había desarrollado la facultad de descubrir la lepra a fuerza de verla en su propia casa. La enfermedad se había cebado cruelmente en su familia. Cuatro o cinco de los suyos residían entonces en el destierro de Molokai.

Recientemente, la marca de la bestia había comenzado a manifestarse en la hermana de Stephen Kaluna; pero apenas recayeron en ella las sospechas y antes de que el doctor Strowbridge pudiese ordenar su detención, el mestizo cuidó de ponerla a buen recaudo en algún lugar oculto. Lyte, como *sheriff* de Kona, tenía la obligación de encontrarla.

Una noche estábamos reunidos en Hilo, en la taberna de Ned Austin. Allí encontramos a Kaluna, algo alumbrado y ansioso de camorra. Nos sentamos a su lado. Lyte comenzó a reírse de alguna ocurrencia, con aquella risa sonora, amplia y confiada de un niño gigante. Kaluna escupía despectivamente en el suelo. Lyte lo vio, como lo vimos todos; pero no aparentó darse por aludido. El mestizo parecía ansioso de reñir, tal vez porque se considerase personalmente agraviado por la solicitud con que Lyte trataba de capturar y detener a su hermana. De mil maneras distintas quería demostrar el disgusto que la presencia de Lyte le causaba. Éste no le hacía caso, tal vez por compadecerle desde el fondo del alma. El más duro deber que su cargo de *sheriff* le imponía era la captura de los leprosos. Comprenderéis que a nadie le resulta agradable tener que meterse en casa ajena y arrancar de los hogares a padres, madres e hijos que ningún mal hicieron, para mandarlos al perpetuo destierro de Molokai. Claro está que en el fondo era una medida de protección social. Lyte así lo comprendía, y estoy seguro de que no hubiera vacilado en detener a sus propios padres si hubiesen sido sospechosos de lepra.

Al fin Kaluna reventó bruscamente, diciendo:

—Oiga, Gregory: cree usted que conseguirá detener a Kalaniweo; pero yo le aseguro que se equivoca. ¡Se lo juro por éstas!

Kalaniweo era su hermana. Lyte le miró al oír que pronunciaba su nombre; pero guardó silencio prudentemente. Kaluna estaba furioso, encolerizándose por momentos, hasta que exclamó a gritos:

—¡Le juro que irá desterrado a Molokai antes que mi hermana Kalaniweo! Obra usted mal al estar en compañía de hombres honrados. Se ha llenado la boca mil veces charlando de sus deberes, para terminar mandando a Molokai a miles de infelices leprosos, sabiendo como sabe que es usted más leproso que todos ellos.

Más de una vez he visto enfadado a Gregory, pero nunca como en aquel momento. Comprenderá que para nosotros no sea la lepra cosa de juego. Dio un salto hacia Kaluna, le asió del cuello y, arrancándole de la silla, le sacudió salvaje y brutalmente entre las garras de sus atenazados dedos, hasta hacerle rechinar los dientes.

—¿Qué quieres decir? ¡Escúpelo! ¡Habla o te ahogo!

Kaluna no era ningún cobarde. Tan pronto como se sintió libre de aquella tenaza que le estrujaba el cuello, replicó sin vacilar:

—¿Qué quiero decir? Muy sencillo: que usted es leproso.

Lyte, al sentir la réplica, arrojó al mestizo en la silla de un empujón y estalló en una carcajada franca, sonora, honrada, como salida del corazón. Pero se rio solo. Callamos todos los demás y, al advertir nuestro silencio, pasó su vista por el círculo de amigos, escudriñando nuestros rostros. Me había llegado junto a él y en vano intentaba llevármelo. Ni siquiera reparaba en mí. Clavados los ojos en Kaluna, le contemplaba fascinado, mientras que el mestizo, nerviosamente, como si quisiera cepillar la contaminación de los dedos, se frotaba la dolorida garganta con un gesto espontáneo, instintivo e ingenuo.

Lyte volvió a mirarnos uno por uno, lentamente, posando la mirada de rostro en rostro. Luego exclamó:

—¡Dios mío! ¡Dios mío!

Y sus palabras parecían más bien inarticuladas y guturales ronquidos de pánico, de terror, que por primera vez vibraban en su garganta. Hasta aquel momento, jamás en la vida había sabido lo que fuese el miedo.

Después, como si de nuevo se impusiera su optimismo colosal, volvió a reír a carcajada limpia.

—¡Vaya una broma! ¿A quién se le ha ocurrido? La verdad; los vapores del vino se me han subido a la cabeza, y confieso que, ofuscado, me dejé amedrentar por un momento. Amigos míos, os

suplico que no volváis a gastarme, ni a mí ni a nadie, tan pesadas bromas. Es demasiado serio. En unos instantes he sufrido todo el dolor de mil muertes. Pensaba en mi esposa, en mis hijitos del alma y...

Ahogó sus palabras la ternura. El mestizo, que continuaba frotándose la garganta, atrajo nuevamente sus miradas. Lyte estaba confuso, apesadumbrado, deshecho.

—¡Juan! —balbucía, volviéndose hacia mí. Su voz retumbante vibró sonora en mis oídos, pero no pude responderle. Procuré disimular la turbación que asomaba a mi semblante—. ¡Juan! —gritó de nuevo, dando un paso hacia mí.

Y su voz era tímida, y en aquella timidez de sus palabras asomaban las más terribles pesadillas de insólitos y monstruosos horrores.

—¡Juan! ¡Juan! ¿Qué significa todo esto? —prosiguió, aún más tímido y apocado—. ¿Es una broma? ¿Es verdad? ¡Juan! Aquí tienes mi mano. Si estuviese leproso, no te la ofrecería. Tú lo sabes. ¿Soy leproso, Juan?

Y me tendió la mano con ansiosa expectación. Era mi amigo, mi compañero, mi hermano. Sin vacilar siquiera, la estreché entre las mías. Su rostro se iluminó con el destello misterioso de la esperanza.

—Era una broma, Lyte —balbucí, con el corazón desgarrado—. Habíamos acordado de antemano gastártela; pero tienes razón, es asunto demasiado serio para jugar con él. No volveremos a repetirlo.

Lyte no replicó, como antes, con una carcajada. Se limitó a sonreír, cual si despertara de un mal ensueño y aún estuviera abrumado por la trama de la pesadilla.

—Bien está; no volváis a repetirlo y consagrémonos de nuevo al vino agradable; pero debo confesaros, amigos míos, que por un instante me he visto bogando camino del destierro. Mirad cómo me habéis hecho sudar.

Dejó exhalar un suspiro, enjugó el sudor que le bañaba la frente e hizo ademán de acercarse al mostrador.

—No es broma. Le han engañado —rugió Kaluna brutalmente.

Yo le miré amenazador y hube de contenerme para no estrangularle allí mismo; pero no osé moverme ni responder por no precipitar la catástrofe, que aún tenía esperanza de evitar.

—No, no es broma. Usted es un leproso, Lyte Gregory. Usted no tiene derecho a tocar la carne limpia y sin mancha de un hombre honrado.

Gregory comenzó a sulfurarse.

—¡Ha ido ya demasiado lejos la broma! ¡Basta ya, si no queréis que le rompa la crisma!

—Sométase al examen bacteriológico y luego rómpame la crisma si le engaño. Mírese en el espejo, mírese. Usted mismo puede verlo por sus propios ojos como cualquier otro. Vea el oscurecimiento de la piel de la frente; repare cómo comienza a ponérsele el rostro de león…

Lyte se miró de hito en hito con trágica atención, y yo vi que le temblaban convulsivamente las manos.

—Nada veo —dijo al fin—. Tienes el corazón negro, Kaluna. No me avergüenzo de confesarte que me has hecho concebir un terror que nadie tiene derecho a infundir a otro. Te cojo, pues, la palabra. Voy a poner las cosas en claro. Ahora mismo marcho a casa del doctor Strowbridge. Prepárate para recibirme a la vuelta —dijo.

Y sin mirarnos siquiera, saltó hacia la puerta.

—Tú, espérame aquí, Juan —añadió por toda despedida, prohibiéndome con resuelto ademán que le acompañara.

Quedamos silenciosos, sentados, como grupo de fantasmas inmóviles.

—Es la pura verdad —dijo Kaluna—. Ustedes mismos pueden verlo.

Volviéronse todos a contemplarme interrogativamente; yo asentí, dejando caer la cabeza sobre el pecho.

Harry Burnley, que había levantado la copa, no llegó a tocarla con los labios y vertió sobre el mostrador la mitad de su contenido. Su boca temblorosa se retorcía en el gesto de un niño que va a romper en llanto. El tabernero, Ned Austin, golpeaba la nevera sin darse cuenta de lo que hacía. Todos guardábamos un silencio de muerte. A Harry Burnley le temblaban los labios más intensamente que nunca. De pronto le asomó al semblante cierta expresión horrorosa, cruel, maligna, y tendiendo el brazo, asestó un tremendo puñetazo en el rostro de Kaluna. Se echó luego sobre el mestizo, propinándole una paliza soberana. Ni siquiera intentamos separarles. No nos interesaba la pelea. Además, estábamos todos tan aturdidos, que no recuerdo cuándo ni cómo dejó escapar Burnley al pobre diablo.

El doctor Strowbridge me contó más tarde lo sucedido. Estaba ocupado en redactar un informe, cuando Lyte penetró en su despacho. Había recobrado ya su imperturbable optimismo y, aunque un tanto enfadado con Kaluna, estaba contento y seguro de sí mismo.

—¿Qué podía hacer yo? —me decía el doctor—. Hacía meses que seguía en su rostro los progresos del mal. No sabía qué contestarle. Debí guardar silencio unos instantes, vacilar, gritar. Todo menos decirle que sí. Lyte me pidió el examen bacteriológico. «Córteme un trozo de pellejo, doctor —repetía una y otra vez—; córteme un trozo de pellejo y haga el análisis.»

El doctor se echó a llorar y Lyte lo comprendió todo. A la siguiente semana salía para Honolulú el vapor Claudine. Le encontramos cuando se dirigía a bordo con el propósito de entregarse en Honolulú al Consejo de Sanidad. No pudimos convencerle. Había enviado demasiados leprosos a Molokai para que ahora se perdonase a sí mismo. Le sugerimos la idea de que huyera al Japón; pero se negó rotundamente a oír nuestros consejos. «Tengo que apurar mi cáliz, amigos míos», repetía una y otra vez, como si estuviese obsesionado por este pensamiento.

Arregló todos sus asuntos desde el lazareto de Honolulú, y luego le trasladaron al destierro de Molokai. No le sentó bien la nueva vida dolorosa. El médico de la residencia nos escribía que ni sombra era de su verdadero ser. Rebosaba de pesadumbre al recordar a su esposa y a los niños, aun cuando sabía que habíamos tomado a nuestro cargo el cuidado de los cuatro.

Transcurridos unos seis meses poco más o menos, fui a visitar la residencia de los leprosos. Me senté a un lado de la ventana, él al otro, y entre los dos una plancha de cristal. Nos veíamos a través del cristal y charlábamos por medio de una especie de tubo. Quise convencerle, pero fue en vano: estaba firmemente decidido a continuar en el destierro. Discutí con afán durante cuatro mortales horas. Todo en vano; me sentía exhausto, y ya la sirena del vapor me llamaba para emprender el regreso.

Los amigos no supimos resignarnos. Tres meses más tarde fletábamos la Halcyon, goleta velera como ella sola y dedicada al contrabando de opio. Su contramaestre era un alemanote capaz, por dinero, de ejecutar las más atrevidas empresas. La Halcyon se hizo a la vela, saliendo de San Francisco. Algunos días más tarde dejábamos Bumley y yo la pendiente de Landhouse, y, a bordo de un balandro de unas cinco toneladas a lo sumo, nos lanzamos mar adentro, cubriendo cincuenta millas, viento en popa, sin mareos que en mi vida he padecido, ni contratiempos de ninguna especie. Ya en alta mar y alejados de la costa, subimos, sin ser vistos de nadie, a bordo de la Halcyon.

Hicimos rumbo a Molokai. Era bien entrada la noche, cuando avistamos el destierro de los leprosos. Viró la goleta hacia la costa y desembarcamos en un bote ballenero junto a los rompientes de Kalawao, lugar donde, como usted sabe, sucumbió el heroico padre Damián.

El alemán nos proporcionó sendos revólveres y, juntos los tres, comenzamos a cruzar la península, recorriendo unas dos millas camino de Kalaupapa. Imagínese usted si es empresa de poca monta ir a la caza de un hombre en aquella residencia donde se aglomeraban cerca de dos mil leprosos. Un grito de alarma, y estábamos irremisiblemente perdidos. En el suelo desigual se abrían hoyos y oscuras pendientes. Los perros de los leprosos, cual si brotaran entre la tiniebla de la noche, nos recibían con amenazadores ladridos. Y así estuvimos rondando, vacilantes y sin rumbo, como perdidos en la oscuridad.

El alemán tuvo una ocurrencia salvadora. Llegóse a la primera casa. Le seguimos. Penetramos en el interior, cerrando la puerta tras de nosotros, e hicimos luz. Seis leprosos dormían en la estancia. Se alborotaron al vernos; nuestras amenazas les hicieron quedar inmóviles y en silencio. Yo les hablé en lengua indígena, preguntándoles dónde podríamos encontrar algún *kokua*, esto es, un enfermero indígena, no tocado de lepra, de los pagados por el Consejo de Sanidad, puestos al servicio de los leprosos para curar sus heridas, lavar sus úlceras y otros menesteres semejantes. Burnley y yo permanecimos en la estancia vigilando a sus inquilinos, mientras que el alemán salió acompañado de uno de los leprosos en busca de un enfermero. Pocos instantes después volvía empujando a uno de ellos con el cañón de su revólver. No hubo necesidad de medidas extremas, porque el *kokua* se ofreció voluntariamente a complacernos. Quedóse el alemán vigilando la casa; Burnley y yo marchamos a la de Lyte Gregory, en pos del enfermero. Lyte estaba solo y, al vernos entrar, dijo:

—Sabía que vendríais, amigos míos; os esperaba. No me toques, Juan. ¿Cómo está Ned? ¿Y Carlos? ¿Y mis nenes? Pero ahora no importa esto. Ya me informaréis luego de todo. Ahora partamos. Estoy decidido. He sufrido nueve meses de soledad en este destierro y ya no puedo más. ¿Dónde está el barco?

Regresamos en busca del alemán. Pero la alarma había cundido; encendíanse luces en todas las casas y se percibía el rechinar de puertas y ventanas. Nos habíamos comprometido a no disparar, a menos que fuese absolutamente necesario; por eso respondimos a cuantos nos dieron el alto a puñetazos y golpes de culata. Un hombrachón corpulento se arrojó sobre mí y nos enzarzamos forcejeando, sin que ni aun golpeándole a culatazos el rostro pudiese quitármelo de encima. Tropezamos, caímos al suelo y, revueltos y confundidos, fuimos rodando buen trecho, sin cejar en nuestros golpes, presas y arañazos. Alguien se acercó con una linterna en la mano, a cuyo resplandor contemplé la faz de mi enemigo. ¡Cómo describir el terror que se apoderó de mí! Aquello no era un rostro humano. Sólo quedaban ruinas de las destrozadas facciones. En una masa informe de carne lacerada, se abrían los hoyos de la nariz desprendida y de la boca sin labios. Una de las orejas, hinchada, descomunal e informe, pendía flácida sobre los hombros. Me sentí desfallecer. ¡Era demasiado horrible! La emprendí a culatazos, frenéticamente, para desasirme, y no sé cómo, cuando conseguía libertarme de sus garras, clavó en una de mis manos los dientes de su boca deslabiada y podrida. Le asesté un culatazo entre los ojos y cedieron los apretados dientes.

Cudworth me mostró la mano y aún pude percibir las cicatrices al resplandor de la luna llena. La mano parecía como si hubiese sido desgarrada por la mordedura de un perro.

—¿Y no tuvo usted pánico? —le pregunté.

—¡Ya lo creo! ¡Siete años de miedo y ansiosa espera! Como usted sabe, la lepra tarda siete años en manifestarse. Aquí, en Kona, estuve esperándola día tras día, sin que por fin se presentara. Pero ni un solo día ni una sola noche de aquellos siete largos años dejé de contemplar esas montañas y ese mar.

Su voz temblaba. Guardó unos instantes de silencio, mientras que sus ojos se extasiaban en la visión del mar de plata, sobre cuya tersa superficie rielaba el resplandor de la Luna y de las lejanas y enhiestas cumbres cubiertas de nieve.

—No podía soportar la pesadumbre de pensar que algún día hubiese de perder para siempre mi tierra amada de Kona. ¡Siete años!

Por fin he permanecido limpio y sano; pero, ¡cuántos pesares no me ha costado! Deshice mi boda proyectada, porque, en la duda, no me atrevía a contraer matrimonio. Mi prometida no podía comprender mi ruptura inesperada. Marchóse a los Estados Unidos, y allí se casaría. No volví a verla más.

Terminaba de libertarme del policía leproso, cuando percibí un repiqueteo de cascos y una avalancha de corceles que llegaban como si fuera una carga de caballería. Era el alemán, que, temeroso de que se armase la de San Quintín, había aprovechado el tiempo, consiguiendo por las buenas o por las malas que los leprosos de cuya custodia se encargara le proporcionasen cuatro caballos, con los cuales acudió en nuestra busca. Lyte dio buena cuenta de tres *kokuas,* ayudamos entre ambos a que Burnley se deshiciera de otros dos policías y emprendimos la fuga. Toda la residencia estaba alborotada y en movimiento. Cuando partíamos a todo galope, alguien, que acaso fuera Jack McVeigh, superintendente de Molokai, hizo silbar las balas de un winchester.

¡Aquello era poner pies en polvorosa! ¡Vaya una cabalgata! Provistos de caballos, sillas, bridas y correajes de leprosos, nos abríamos paso por entre la oscuridad densa de la noche. Silbaban a nuestro alrededor las balas y el camino era pedregoso y difícil. El alemán cabalgaba por vez primera en su vida sobre una mula rebelde. Alcanzamos, sin embargo, la playa donde habíamos dejado el bote ballenero, y cuando bogábamos entre el oleaje del rompiente, rasgaban el aire de la noche los relinchos de los caballos, que, en nuestro seguimiento, comenzaban a descender las pendientes de Kalaupapa.

Lyte se refugió en China. Cuando vaya usted a Shanghai no deje de visitar a mi amigo. Está empleado en una casa alemana de aquella ciudad. Beban juntos unas copas del mejor vino; pero no le deje pagar nada, porque lo necesita todo para su mujer y sus hijitos, que residen en Honolulú. Mándeme a mí la cuenta. Yo sé con cuánta estrechez vive, como un anacoreta, para poder enviar a su familia la mayor parte del sueldo. Y, sobre todo, háblele de Kona, de su mar eternamente azul y sereno, de sus montañas cubiertas de nieve, de sus brisas perfumadas y rumorosas, y de los murmullos del viento montañero al rozar los macizos de mímulos y deslizarse como un suspiro alado por entre los cañaverales de azúcar. Porque el corazón de Lyte permanecerá en Kona hasta el día de su muerte.

ÍNDICE

Introducción 5

La llamada de lo salvaje 19

    Capítulo primero 21

    Capítulo II 30

    Capítulo III 38

    Capítulo IV 50

    Capítulo V 58

    Capítulo VI 72

    Capítulo VII 84

Cuentos de los Mares del Sur 99

    La casa de Mapuhi 101

    El diente de ballena 113

    Mauki 122

    «¡Yah! ¡Yah! ¡Yah!» 133

    El idólatra 141

    Las terribles Salomón 158

    El inevitable blanco 172

    La casta de McCoy 180

    El *sheriff* de Kona 208